在阅读中展开，人生的可能

CONTENT
肯特文化

血色星期五

陈 汗

著

江苏凤凰文艺出版社
JIANGSU PHOENIX LITERATURE AND
ART PUBLISHING, LTD

图书在版编目（CIP）数据

血色星期五 / 陈汗著. -- 南京 : 江苏凤凰文艺出版社, 2017.11
ISBN 978-7-5594-1292-8
Ⅰ. ①血… Ⅱ. ①陈… Ⅲ. ①中篇小说－小说集－中国－当代②短篇小说－小说集－中国－当代 Ⅳ. ①I247.7

中国版本图书馆CIP数据核字(2017)第257194号

书　　名　血色星期五

著　　者　陈　汗
选题策划　盛世肯特
出 版 人　黄小初
出版统筹　柯利明　林苑中
特约监制　伊　然
责任编辑　牟盛洁　李　黎
特约编辑　何慧婷
营销推广　刘　源
装帧设计　梧　白　李　艾
责任印制　张军伟　付媛媛
出版发行　江苏凤凰文艺出版社
出版社地址　南京市中央路165号，邮编：210009
出版社网址　http://www.jswenyi.com
印　　刷　三河市华东印刷有限公司
开　　本　787mm × 1092mm　1/16
印　　张　24
字　　数　280千
版　　次　2017年12月第1版　2021年7月第2次印刷
标准书号　ISBN 978-7-5594-1292-8
定　　价　69.80元

本书若有质量问题，请与本公司图书销售中心联系调换。电话：010-69737280

目 录

血色星期五

他们各来自不同的世界，

但其实各自等待着对方，

在时间刚好那一刻，

两个孤独的心灵紧密拥抱在一起，

足以承受生命中所有沉重的轻。

这句话应该是他说的嘛。

“傻猪。好了，我要赶回去了。待会不能送你，该我说对不起。”

方兰用手按住丈夫的嘴：“看你，你累坏了，是不是公司的情况……”

肖阳刻意微笑：“没事。你老公行的。”说完深吻了方兰。

方兰应该庆幸她说了心里憋了许久的话，因为今天过后，她永远也没有机会说了。

雄牛的眼睛。

铜雕的肌肉偾张。

仰望玻璃幕墙大厦头顶的天空云层飘移，朝阳照临。

这城市是一个来自五湖四海龙蛇混集的冒险家乐园，全中国率先致富的亿元户大都出自这经济特区，年GDP高达17500亿元，超过澳大利亚一整个国家。

无数年轻创业的追梦者在巨潮中奋斗。

在大厦高层一家规模不算大的证券公司内，员工忙碌着，神情都不免凝重：接打电话，复印资料，接待客户，氛围紧张。

陈俊宇虽然是公司的高层，可是他还蛮注重外表的，暗花衬衣，印象派的黄绿点领带。他正指挥手下员工招呼客户，尽量把客户忧心忡忡的心情稳住。

“冇事嘅，有危就有机！”他跟客户讲白话，表示亲切。但看来作用不大，因为电脑屏幕显示的指数一直在狂跌——美元加息引发资金外逃的恐慌性抛售。

女秘书匆匆把文件递过来给陈俊宇，套装工作服把她裹得密实却更突显其童颜巨乳，略显和环境不大协调。

“咖啡。”陈俊宇接了看，乘其他人不注意，在她屁股上拍了拍。

女秘书轻轻地娇嗔着走开。

陈俊宇一边在看文件，走过有点儿乱的走廊，进入总经理房间。

三台大电脑，屏幕上分别显示股票期指、纳斯达克、黄金外汇等趋势图，操作这些貌似固定而毫厘之差的变化足以改变贫富荣辱生死的数据的是坐在大班桌后的肖阳。

他卷起了双袖，松了领带，专心致志注视着电脑屏幕，接过陈俊宇递过来的文件。桌前还有分析员和经理，或坐或站，不是手里忙着就是脑袋里忙着……

“其实三周前已经出现了‘底背离’，”肖阳其实手心冒汗，却不失专业的自信和镇定，“资金指标不对劲。”

“今天13号，黑色星期五。”陈俊宇相信内幕消息，“有消息，海外大鳄做空，救火救不来了。”

分析员有点沮丧：“快崩盘了……肖总？”

肖阳在沉思中。

“放吧，都放吧，要斩仓了。”

“这样我们损失很大。”

“不能贪心，何况算上以前赚下来的也不算亏。”肖阳痛下了决心了，看看他的团队还有所不甘，便切换了屏幕上二十四小时CNN的滚动财经新闻，说，“石油、大宗商品，这一年都很难回升了。”

“这样吧，我有朋友，有庄家找我们合作，背景挺……”副总陈俊宇被打断了。

“不不不，靠实力。”

“但这次地震不是……唉！”陈俊宇头一甩，知道说不过肖阳，而且不是第一次了。

肖阳抖擞精神，敲键盘查找资料："涨时看势，跌时看质。"这一刻他会想到一些企业名人的成功格言，诸如"忍、缓、静、想、干"之类……

"三三传媒08087报价！"他吩咐桌前经理。

分析师抢先应答："08087逆市回升，指数报16459.68点。"

"对吧？只能保留这几只良心股。"

这时，有人敲门，是女秘书端来两杯咖啡："肖总。"

"谢谢。"肖阳对殷勤的性感女秘书毫不在意，他专注之时眼前只有数字，这里是男人的战场。

陈俊宇低声提醒她："肖总的咖啡不加糖的。"

大家都不说话了，女秘书还没出去，她原来还在等着："肖总，这合约可以签了吗？"

陈俊宇这才记起，赶忙给肖阳看文件："资料你看过的了，你还说什么'猪屎艾登'的，很猪屎的呀！"

分析师费神地想了一下子才弄明白："是juicy item吗？"

陈俊宇："是吧？哈哈哈……就是好项目的意思嘛。"

肖阳正想下笔签了，但想想……

"不能签，资金不能再分散地投了。"

"哥啊！……"陈俊宇愣了。

"俊宇，外面风大雨大，尸横遍野啊。"

女秘书被示意出去，关上门。

沉默的空间。

众人正在一筹莫展之际，肖阳突然提出："黄金！……报价。"

"1079。伦敦昨天收市微跌了0.13。"

"黄金？大妈都损手了！"

“美国无力再加息了，石油这场仗还会继续打下去。……要找避难所。”

分析师们都等着肖阳的决策。肖阳的决策与其说是英明，毋宁说是稳重。陈俊宇不会明白，婚姻和孩子会怎样影响一个男人。

“入黄金。”

分析师和员工收到指示，纷纷起身去走到房间远处一角，拉开抽屉，里面有四五部手机。行规是开会时大家都不能和外界沟通，更需提防手机暗中录音。

肖阳取了自己的，其他人也取回自己的，纷纷打开电话。陈俊宇安排各人跟进购入黄金的事，而肖阳则对着窗外讲电话：

“喂？……不好意思，刚才我在忙。”

方兰在开车，用蓝牙耳机通话：“没关系老公，你工作要紧。”

她的长发被挽起了，用蓝色水晶发簪别着，清丽脱俗。

“忙完啦！”

肖阳侧着头夹着手机，一边说，一边拆开早上快递来的一箱妊娠纹霜，取出了一支，看看标签说明，挤出一些涂抹在脖子上……

“老婆，我给你买了一箱妊娠纹霜，朋友介绍的，瑞士出的……我试了。”

“你试了？孕妇用的啊！”

“我试过好才能推荐嘛。真的很管用，我颈部的皱纹平了。”

方兰甜甜地笑了。

“都快要生了，买那么多用不完。”

“坐月子也用，保证你生了之后可以穿比基尼！”

方兰笑得更厉害了：“哈哈哈……哎哟，你别逗我笑了！……只要宝宝健康出生，我的身材无所谓啦！”

“宝宝要健康，老婆也要开心幸福。我会更加努力，让你和儿子住上大别墅！”

“……我以前想住大别墅，现在……只要和你，和宝宝好好过。”

肖阳心也暖了、柔了：“我以后要多陪你们，一切都会很好的。”

宝马轿车在路上行走，方兰稳定地驾驶着。

“我前面拐弯就经过你们公司了……”方兰也很想她丈夫了，仿佛心血来潮似的，“待会我检查完了一起吃午饭吧！”

“好啊！我忙完了，不如经过公司时你停下，我陪你一起去产检，应该是最后一次产检吧？”

“哎……”方兰捂着肚子。

“怎么了？”肖阳可被吓坏了。

“……在踢我呢。”她解开了安全带，想弄松一点……

肖阳发觉这一秒以后，电话内方兰再没回音。

“喂？……喂？”

他居然看到手机信号亮灯上显示一个叉！他再按键打方兰的手机，响了好一会，接通了。

“喂？老婆——”

传来女服务员录音：“对不起，您拨打的电话已关机。”

肖阳感到莫名其妙。

陈俊宇还和分析师在电脑上处理购入黄金的事宜，见到肖阳这时有空过来了，喜滋滋地跟肖阳说：

“东京金价升了！你果然——”

“俊宇，”肖阳没心思理会这些，“手机借我。”

肖阳拿过他手里的电话，再拨打过去，焦急等着，接通了。

还是那女服务员录音："对不起，您拨打的电话——"

肖阳烦躁地挂了。

陈俊宇一脸疑惑。

"你嫂子……手机没人接。"肖阳解释说。

"可能没信号，再打试试。"陈俊宇见他皱着眉，前所未有的严肃焦急。

肖阳不打了，不祥之感涌上心头，他匆忙走出办公室。

走廊，员工向他招呼，他不理。

电梯。

他按了，不等了……

他小跑着下楼梯……

眼前人影飘浮过，车声、人声……

他经过雄牛铜雕……

赶向街道，四下张望……

有人走向大厦转角……

他下意识跟上，心跳声突突……

肖阳拐弯，走了好一会，见到前方天桥底五十米左右的地方挤满了人，有女人尖叫一声！

肖阳不淡定了，缓了下神情走过去。他脑子好像被掏空了。

路面上印着弯弯的很长一道车胎摩擦的痕迹！

肖阳紧张不安，仿佛听到刹车"唧——唧——"的声音！

他不期然自动推理，眼前好像看到：

方兰解开了安全带，松开了一些，肚子没勒得那么紧了，正想把扣插回去，不料眼前一辆小货车迎面而来！

她吓傻了，本能反应向左猛扭方向盘……

急刹车！

轮胎在地上“唧——唧——”

车前景物划过……

肖阳脸青了，继续往前走，身边有嘈杂声。

有人喊：“快打‘120’吧！”

另有人喊：“打了！打了！”

他发现地上有轿车被撞烂掉下来的后视镜……

路面上有一个碎掉的手机壳，上面坠着肖阳买给老婆的手机链、蓝牙耳机和数据线。地面上很多碎玻璃。

肖阳手也抖了，想捡……

他眼前有如目击：

方兰控制不住了，不知车身撞到什么。

轿车冲上路牙台阶！

方兰：“啊！——”

手机从架子飞脱！撞在车头玻璃上反弹！

肖阳惨无人色，起身再寻看。他眼里布满血丝，呼吸好像一下停了，血脉跳动、脑袋嗡嗡作响。

有些人在分散站着，极度震惊，被车祸惨状逮住了全部神经。

肖阳看到十米外一辆血色轿车停在天桥柱子前，冒着烟。

天呀！是他帮老婆挑的蓝色水晶发簪，地上还有长长的头发丝。

车牌掉落在地。

车牌数字清晰地印在肖阳眼里，是他的！

他跑上前，驾驶座的车门是打开的！

他看到妻子控制不住轿车了！

方兰恐慌地向右扭转方向盘……

轮胎在地上“唧——唧——”

轿车朝天桥的柱子撞去！

方兰张嘴……连叫也来不及！

轰然巨响！

冲力太猛，车门弹开……

方兰飞出，刚好头在车窗上，而身在车门外……

从车里，整个人被抛出！

发簪坠落。

肖阳回头看：

一只鞋子在马路上……

路旁矮丛有一双脚伸出，鲜血一大摊，一只脚光着，大肚子下裙子掀开露出大腿。

肖阳快晕了，心跳突突突突……

他走近，一看，他不敢相信眼前惨状，站不稳，竟然颤巍巍退了一步……

他身后不远有一对男女路人，女的伏在男人身上吓得哭了。

肖阳好一会才醒觉，立刻跪下来，想摸摸大肚子，摸摸方兰的脸。

方兰的头被矮丛遮住，在阳光照不到的阴影里。

肖阳祈祷着：“……没事的，没事的……”

他为方兰急救，双手按压胸口，沾满血……

对着嘴吹气，做人工呼吸……

肖阳完全丧失理智了，方兰嘴里流出的血染得他的唇和牙齿都鲜红一片……

这时，陈俊宇也赶来，从后抱住他！

“肖阳！”陈俊宇激动地颤抖，“……不要了，不要了！……嫂子已经去了！”

肖阳挣脱他，他摔在地上。

“老婆！……老婆！”肖阳继续压心脏，捶打……

“不要了肖阳！她已经……不要了……” 陈俊宇撕心裂肺狂叫着。

肖阳对着方兰的嘴吹气，不自觉地抱起了方兰的头。

围观的女人尖叫：“啊——啊——”

他原来不知道他抱着的是方兰的人头！

原来……原来方兰在被飞撞出车外时，人首分离了，肖阳竟然不知道，他仍然对着嘴吹气：“没事的，没事的……”

陈俊宇被恐怖所慑，他只能狂嚎。

肖阳要给妻子按压心脏时，滑稽地只摸到空气，血色染红了他们俩……

肖阳双手抱着头不停地叩去地面，痛苦、恐惧、悲惨，不一而足。

陈俊宇也觉得不对劲了，没法表达悲痛地看着方兰，颤抖的手为她拨弄凌乱的头发……

救护车的声音由远而近……

肖阳紧紧抱起老婆的头搂在怀里，无助地环视四周，人群皆模糊不清……

肖阳出神地跪着，抱着老婆的头，双手染满鲜血，陈俊宇痛苦地挥着泪，企图用力拉肖阳起来，好像慢镜头下人世间生离死诀、荒诞惨绝之舞……

二　网上寻凶

白瓷骨灰盎。

门刚打开，肖阳木然捧着骨灰盒子。

方兰的黑白肖像。

他记不清是捧着骨灰盒子回家，然后打开取出骨灰盎，还是捧着骨灰盎回来，更记不清妻子的遗照是什么时候搁在卧室的架子上了。而且不知从什么时候开始，一首黑胶唱片味道的音乐在脑际回荡，那是网上搜寻到的，妻子出事那天刚好是西方人忌讳的黑色星期五。

这一天已经被美国商人利用来启动感恩节的疯狂购物潮了，这欢乐的一天原本却是上帝之子耶稣受难当天——十三日星期五，不祥的一天。古代欧洲一些巫术组织更借着这黑色星期五的忌讳来诅咒人，十二巫婆夜聚狂欢，等待第十三个法力无边的魔鬼撒旦出现，给人们带来灾难。

陈俊宇轻扶着肖阳回家，后面陪同的是肖阳的岳父岳母，他们全都穿着黑色丧服。

肖阳眼神空洞地径自进屋里了，这房子一切旧事旧物在阳光下的微尘中漂浮，和时间一起慢慢凝固。

陈俊宇想请肖阳的岳父岳母进来坐，不过岳母伤心摇头，她无法承受女儿这么年轻却惨遭横祸而自己白头相送，她之所以能如此坚强地强吞眼泪，是因为女婿肖阳比他们更伤心难受，一直沉痛呆滞，连哭都没法哭出来。肖阳显然和真实世界拆裂了，他拒绝接受已发生的事实，精神病人就是这样，生活在起码两个世界、两种性格里。所以她挺住了，她只能表现得更正常，否则头顶整片天都会崩塌，大家都好像在崩溃的边沿抑制着自己。他们不住在这城市，现在他们更不属于这城市了。

岳父岳母互相搀扶着离去。

屋子昏暗，仿佛黑白片调子，窗纱透进来的光线照亮了屋子里的茫然。肖阳呆呆地坐在窗前，望着一盆快干枯的兰草。他胡须渣满脸。

陈俊宇推门进屋："肖阳，你岳母不舒服，他们赶高铁先回——"可窗前已不见肖阳了。

他去饭厅、厕所、卧室找，见到肖阳坐在床沿，骨灰盎不在手里了。房间的角落里还停放着空的婴儿床。

"是我……我和她讲电话，我害死她的。"肖阳说话的声音没有了语气，平平的。

陈俊宇心里被割一样，不知如何回应。

他的手平抚着干净的床单，阳光照不进卧室……

"肖阳！"

回忆仿佛来自另一个世界、另一个维度：

蒙在床单下面的男女欢笑……

半透明的裸影……

身材姣好的方兰喝醉酒了，长发披偏着，有放浪的媚态……

一夜之间，老天把一切都收回去了。

肖阳仍然困在自己的内心世界出不来，哀伤过度甚至没有挣扎而不正常地默然无语。陈俊宇跪倒地上忍不住号啕大哭，哭得抽搐了，反而肖阳摸着他的头发安慰他。

天桥下汽车快速飞驰!

肖阳在天桥上凭栏而站。他已经很久没洗澡没换衣服了，邋遢而双眼无神，头发如蓬。

身后有路人打伞经过，地面湿漉漉的。

他凝望着下面嗖嗖而过的车辆，世界跟他毫无关系了，安稳的人生就被一次车祸颠覆粉碎，以为拥有一切却原来被拨弄被嘲笑被抬得高高的一下子摔下来！如果妻子是被杀的，他还有个复仇的理由让自己存活下去，可是他没有。他对哲学宗教从来不在意，什么命运？什么业力？现在逼到他眼前的不是数据和金融图表，而是人生的一个个问号。

突然，他冲动地企图爬过栏杆跳下去!

但衣服被勾住，狼狈得不上不下，挣扎了好一会，尴尬地在栏杆上卡住了，卡在前半生的幸福和后半生的悲催的中间……终于掉在地上，挨着栏杆感到腿痛，终于有知觉了，会痛了。

路人打伞经过。

不远处有一打伞的——红伞特别幽玄:

是一个女人站在那里，应该是一直看着他的吧，这时转身走了。

肖阳发现她了，好像是幻觉，一头长发飘过，是她？方兰？——伞下，一枚头颅空中漂移似的!

肖阳更添沮丧，他忆妻悲痴，欲哭而哭不出来。

以前他不相信灵魂，不相信这个世界之外还有另一个世界，如今他愿意相信。如果真有另一个空间的存在那该有多好，这样他就不至于如此绝望，如此一无所有、四大皆空。可怜的妻子也许在桥的另一端等自己呢？她已经断了气，离开了。

太惨绝人寰了！尚未出生的孩子！那天早上他才听过在肚皮下那咕咚咕咚的水声。是跟自己说话吗？是孩子感应到不祥的预兆急于警告他，而他疏忽了吗？另一个世界更有希望和生的茫昧呼唤……

电锯声！

肖阳漫无目的地在街上走着，翻滚的木屑在他视线里出现之前，他竟然一点没察觉，他听不到电锯声，却先闻到一股木屑刺鼻的甲醇味——他真的思觉失调了吗？嗅觉敏锐，而听觉遥远缥缈遗留在天桥上，脚痛的感觉消失了，而视觉还是幻觉呢？他看到方兰打着伞，哦不，是方兰的头，在飘。不应该的，头不是一直在他手里吗？那重量他记不得了。

一家店铺外，装修师傅在用电锯锯木，木屑飞扬。

流浪汉一般的肖阳一边拿着小银酒壶喝酒，一边漫无目的地走着。酒被喝光了，倒不出一滴了，他在刚好经过的店铺外停步。

电锯声戛然而止，师傅擦汗进店里拿东西。没有预谋，突发地，肖阳拿起电锯，打开开关，发动了滚转的钢齿，凑近自己脖子！

电锯……脖子……电锯……脖子……

肖阳闭上眼，决定一死！

但电锯停了！

原来师傅拔掉了电源，手拿着插头，气急败坏地嚷着白话："要死死远啲，仆街，你害死阿坚啊！"

可怜的肖阳痛苦难受，面容扭曲，原来想自杀也不是件容易的事。他真的想去那个世界和方兰相会吗？他其实也不肯定，他只是想离开这个世界，逃出去，了结这一切。

一对夫妇庆幸有行车记录仪作证，他们的车绝对没有碰到肖阳，边都没有。

傍晚时分，中年男子开着本田在大路上行驶，那路段交通不堵，他也开不快，虽然胖妻在旁边不停唠叨着，他早就留意到路边树丛中突兀地站着一个人了，傻乎乎地站在那里干吗？

那是肖阳。

他不知站在那里多久了，定定地直盯着马路，车辆嗖嗖地掠过，终于，他鼓起勇气，扑向那辆本田！

本田紧急刹停，肖阳倒在车下……车停下了，中年男子和胖妻盛怒大骂，冲下车看个究竟。

“泥妈的，碰瓷呀？！”

两人狂揍狠踢肖阳，还扯头发。肖阳并不还手，肉体的痛让他忘掉了内心的痛楚。

车开走，肖阳从地上忍隐爬起，颧骨肿了，头发乱蓬蓬。他摸摸脸，竟然笑了，然后放声大哭，他终于能哭出来了……

一根香烟在陈俊宇双掌之间的空中神奇地悬浮着。

在KTV包房里，喝得有点醉的陈俊宇表演魔术小把戏给两个性感美艳女郎看，其中之一正是那女秘书。香烟在隔空抖颤着，然后自动飞入陈俊宇口中，点燃了。陈俊宇吐出烟圈，她们被逗得咯咯笑，但又不懂原理。

“为什么这样的？为什么？”低胸女秘书夸张又亢奋地问。

陈俊宇这才拉出香烟，原来香烟中间穿着一条黑线：“看到吗？这里有条线的。这样……”那条线绕过后颈，控制在手掌间，他示范性地再次掷出香烟。

香烟在空中漂移。

“哈哈哈，太有才了你！”女秘书奖励地亲了他，不意被陈俊宇搂着，失去平衡两人倒在沙发上……

另一个性感的妩媚女不耐烦了，弄熄了烟：“陈总，你叫我来，整个晚上就看你……们表演？”

她拿手袋起身走，陈俊宇伸手拉却没拉着：“嗨嗨！他快到的了，刚才电话——”

他正要追出……而妩媚女刚拉开门，吓了一跳！

赫然看见门口站着的肖阳乱发眼肿，不修边幅。外面蹦迪音乐震响！

“哥！怎么了？被谁打的？”陈俊宇也很久没见过他，他怎么变成这样子了！

肖阳木然，自杀不成，身体皮肉受罪。

“行了，尽在不言中。”陈俊宇拉他进来，关上门，“来！归根究底皆因你缺乏荷尔蒙。”

陈俊宇把妩媚女推给肖阳，介绍道：“这是肖总，我好哥们。”

“他就是肖总？！”妩媚女难以相信眼前的肖阳是个老总。

“肖总你好！你今天很……有艺术气质喔。”女秘书挥手打招呼。

肖阳木然，没兴趣，神情惨苍。

“……他来这里……找杀父仇人吗？”妩媚女一脸的不满。

陈俊宇接上话，笑了：“没错！你们今晚冤家路窄了。”他低声拉扯着肖阳，“Relax啦，你很久没了，今晚……嗯？”

肖阳本来又想哭，突然跪倒，跪倒在几前。

大家都不敢说话，肖阳突然把眼前的酒一饮而下，还把所有人的酒也一杯一杯干了。

陈俊宇见状才放心下来，拍手叫好，大家都拍手叫好。

“倒上！”肖阳任性了。

肖阳家暗沉的客厅，窗台那兰花不知不觉间开花了，屋子里面传来微细的水声。

是从卫生间传来的吗？

浴室的门半敞开……磨砂玻璃后，妩媚女在洗澡。有人走近……

是肖阳！大醉巍巍地抱住她。

“……老婆……”

“坏！”妩媚女笑了，也用花洒帮他洗……

两人倒在床上亲热了！但突然肖阳跪起来，身体有异，鬼上身吗？

妩媚女百般奇怪，肖阳竟然双手在她胸口有节奏地按压。

他是在急救。

“玩什么花式呀？”

“……没事的……没事的……” 肖阳醉且哀伤，不像当时抢救车祸的妻子那样紧急错乱了。

“靠！我当然没事，有病啊你？”

肖阳俯身亲她，不是亲，是吹气！

本来在享受的妩媚女瞪大了眼！

肖阳抱着她的头，脸贴着脸，含着泪：“没事的……老婆……没事的……”

妩媚女觉得不对劲了，刚好看到方兰在黑暗中直视着他们，幽灵般飘出来似的！

她吓僵了，尖叫着裸身起来，匆匆套上衣服。

那是方兰的黑白照片——架子上肖像。

“不好意思啊，”妩媚女向她鞠躬，走出房间时还几乎被自己穿得一半的内裤绊倒，“我……我是路过的……”

肖阳颓然倒在床上。

卧室死寂。

在某角落某空间。方兰现在看他的眼神柔了些了，她好像藏身在相框内永远窥视着她和她丈夫的床，那床上上演过亲密温存、肢体缠绵、情潮欲浪澎湃的生之戏剧，而今床单凌乱一切皆空，肖阳和妻子阴阳相隔对望……有首歌不是这样说的吗？承诺了白头到老，要活到一百岁的，假如我俩谁先死了，哪怕九十七岁高寿，也定必在冥河桥上等三年，才一起牵手共饮忘情水。

手机屏突然亮了！

好像神秘的召唤，肖阳苦笑，也许按错了什么键，但忽然，他紧张认真起来了，难道妻子借着手机的什么磁场和自己联系上了？他抓紧了手机：“喂？”

另一头沉默着。

“老婆，你和宝宝还好吗？”

叮叮！

肖阳吓了一跳，难道？难道？

一个女的回复：“对不起，我好像不明白。”

一看，是特写屏幕Siri的话筒。肖阳好失望：“我心情不好。”

叮叮！

“我相信会否极泰来。”Siri的语调是没有情感的机械的语调。

“听过这曲子吗？”肖阳哼出调子，正是那首萦绕在他脑际久久不去的歌曲。在车祸之后，他记得那天是十三号星期五，这歌曲他也是在网上百度的：“《黑色星期五》。”

“这是全球禁曲，传说由匈牙利作曲家鲁兰斯·查理斯谱写于1933年，原名为《世界末日》，听过这首曲子而自杀的人数以百计。”

“如果我想自杀呢？”肖阳忍不住表白了。

叮叮！

“如果你有自杀倾向，我建议你和自杀预防中心的人谈一谈。我在网上找到了一些讯息。”

手机上出现了一排网络关于预防自杀的资料。

“我自杀……不了。”

叮叮！

“我不明白你的意思。”

“……我想找杀手杀人。”

叮叮！

“我不明白‘我想找杀手杀人’的意思。上网查一下吧。”

肖阳无聊，决定试试上网查找资料，胡乱按了些什么，一个QQ群——qq858107820进入视线……肖阳输入资料，然后等待回复，等着等着睡了。

不一会，收到一条未知号码发来的短信：“打算什么时候结束生命？”

肖阳醒了，“竟然有回复”，他立刻问道：“7月15日之前。”

未知号码：“你先给这个账户打一千元诚意金：346009111227730978。”

肖阳冷笑，不客气地回复了：“你是我见过最愚蠢的骗子！”算了，别胡闹了，肖阳起身，却无力摔倒在地上。

冰柜门打开，他是趴在地上去取啤酒喝的。

但醉解决不了问题。他不想什么正能量。也不想什么负能量，0就好了。

为什么以前时间总不够用，现在时间却太多太长太空洞。

他越发无聊，用手机按支付宝。不一会，有回音了！

未知号码："你确定要清理'垃圾'？"

肖阳想了想了明白，回复："是的！……不，不是垃圾，是……"

未知号码："请形容目标。"

肖阳不太懂他的意思。

未知号码："目标不会是警察吧？"

"不不不，嗯……是一家公司的总经理，28岁……没有家庭……只有他一个人……"

"订金10万，事成后20万。"

"……没问题。"

"你把10万打到另一个账号：78911029888568292。"

"我怎么能相信你？你是台湾人？马来西亚打来的？……说呀！我凭什么相信你？"

"……你看看这些视频。"

肖阳感到好奇。

手机传来视频：监控镜头拍到一辆奔驰车开到某大楼前，电动铁闸只开到一半，震动着不能再打开了，土豪老板下车怒踢铁闸，推它时因漏电被电死！

未知号码："我们每一次都会做成意外的样子。"

其实这可能只是个网上随便下载的一宗意外事件的视频，有什么证据证明这是谋杀呢？

监控镜头拍到电梯里一个年轻女子像看到鬼魂似的，神经兮兮进进出出电梯……

最后她被发现卧尸天台……手袋里有针筒……

嘿！这视频好像哪里见过，YouTube？有关华裔留学生在国外发生的一宗离奇命案一直没破，她叫蓝什么的？

未知号码：“那女孩其实被注射了药物，产生幻觉，所以行为怪异，她被发现溺死在天台水箱里，看起来是意外，而且没有痛苦。”

以肖阳这么精明的人，难道不会怀疑这些所谓买凶杀人的证据吗？要知道，人有时候是很愿意被骗的，他宁可相信这都是真的，他没有别的方法来缓解悲伤。

跟着来的是街道的监控视频：一个中年人过马路，一辆车失控，中年人被撞得飞起在空中翻跟斗……

肖阳别过脸不敢看：“噢噢噢！行了！行了！”

三　喷射式打火机

偏僻的公园绿树绵延，一个男人步入，气氛诡秘而四处无声。

小径上，“沙沙——”，鞋底碾过碎石。

树木一棵一棵往后移去。

那人是肖阳，臂膀上挂着双肩包，他已经尽力穿得体面些，但仍是不修边幅的样子。无论如何，他听到自己心跳，他好奇而狐疑，眼神比之前有了点生气，留意着四周动静。

他偏离了水泥路，张望着找铁丝网。铁丝网？那岂不是公园的围栏了？他看到铁丝网了，是一道锁着的门，外面是电表房之类的石屋，和公园隔着的一处荒僻之地。

“嗖嗖——”草头摇动！是蛇，还是什么？

“我犯什么傻？我来这里干吗？”

肖阳一辈子没试过把自己置身于陌生而危险的境地，他虽然出身小城镇，父母早逝，但他很懂事，很早就明白知识改变命运的道理。于是，向着目标努力，以优异的成绩考进了重点大学，留美攻读商业管理硕士，人生本就是计划好了的。规行矩步，天道酬勤，就是那么简单，你孜孜不倦耐心地敲幸福的门，幸福就开门。不喝酒，不开快车，不流连夜店，不走捷径，不惹是生非，不赚来路不明的横财，不欺山不犯水，危险从何而来？

大啊！是谁？是什么力量把我引到这处境来的？

恐惧来自于不可知，他原本已经松弛、麻木的神经再次绷紧，比股市汇市变化诡谲更凶险更刺激。

嘿！怕什么，死都不怕了，你还怕什么？

铁丝网的另一边慢慢从台阶下冒出了地平线……一个戴鸭舌帽、蒙着口罩、架着墨镜的大叔。

肖阳手心又冒汗了。

大叔已经走进铁丝网的另一边。闸门是锁着的，生锈了。……约在这里见面，隔着铁丝网围栏，这样一旦发生什么事，对方要逃跑就容易多了。看来，这中介人也是蛮专业的。

“哒！”

喷火式打火机点烟……

“杜先生？”肖阳和他通了微信，他自称杜先生。

杜先生摘下口罩抽烟，有点像韩国鸟叔，他没有回答，望着肖阳，等什么似的。

他控制着今天这个奇诡约会的节奏。

肖阳恍然明白，从背包拿出文件袋从铁丝网顶抛过去，杜先生接住了，打开看资料。

“我觉得你们做得挺利落的，很自然……像意外就好了……”肖阳已经让自己完全相信那些视频了。

“我靠！”杜先生突然蒙了，“你花钱去做掉……”拎起照片来，是肖阳本人。

“对，是我自己。我同意的，你可以做的……要、要突如其来，我不知道什么时候在什么地方……你让我毫无准备下——”

“不是我，我只是call台。”

肖阳不懂他们的术语，但听得出是南方口音。

“就像你叫滴滴打车，有人抢单的。不是我。”杜先生一再强调。

“好吧。”肖阳似懂非懂，“就这样定吧，最迟7月15日——我生日之前把我——”

“你怎么给我尾款？”

对啊，死人怎么为自己买单？

肖阳早想好了。

“你看看，支票写着7月16日的，我还活着的话就会通知银行作废了。”

杜先生仔细看支票，觉得可行，深深吸了口烟。

肖阳有点哀求似的：“其实，你可以现在就……反正没人，开枪也没人听到的，对不对？”

“我说了，不是我，是谁不知道。”杜先生一再强调。

肖阳失望地低下头。

“放心，一定做得到的。”

肖阳面容释然了。

蓝色的火喷射而出！

火焰中地图化为星火舞动……

在肖阳提供给他日常作息和大致的活动范围后，杜先生把地图烧掉。

“这是我的家和我的公司，我活动的范围就这么多，你们什么时候下手不要让我知道……最好造成意外。”

地图烧成灰烬。

那证券大厦金碧辉煌的玻璃墙幕，天天如是，反射出金黄灿亮的阳光，这一切对肖阳来说已幻灭如昨，灰飞烟灭。

一身着深蓝色套装、扎起了头发的神秘女子在前台不知询问什么，从背影可见她身材姣好。

“不好意思，总经理不在。”

这是后肖阳时代的证券公司状况，客户流量大不如前。这其实才不过三个月的事。

总经理也不是肖阳了。

这神秘女子也不是第一次来这里了。

“你是来开户还是什么的？我可以让其他同事帮你的……”

前台忽然面露惊愕，不知看到了谁：“总经理！”

她立刻从柜台出来招呼，那神秘女子也注意到了进门的“总经理”——是肖阳！他穿了西服，只是没有打领带，沧桑和忧郁把他的气场减弱了，不像个总经理，但起码他不再以“潇洒哥”那样的流浪汉形象出现，以免对这环境大不敬。

肖阳经过走廊，客户里有几个看似三教九流的人，的确，人数比以前少多了……性感女秘书见到肖阳如同天降，有点不知所措。

“肖总？！”

员工大多都点头打招呼……

肖阳回公司了！他客气地回礼点头，径直走向总经理室，女秘书紧张地为他开门。

他的办公室格局没有变，当然，他来看最后一眼而已。他从小就培养自己成为一个有责任感的人，有始有终，凡事都应该有所交代。这毕竟是他一手创立的公司，虽然规模不大，但在行业里有声誉，有good view。

肖阳在他的大办公桌后坐下，感觉很不同，他不再是操盘手了，私人的东西就删掉吧。他正想打开电脑……

“肖总，”女秘书一脸尴尬，“你没上班很久了，现在陈总在这里办公。”

果然，肖阳发现需要新的密码才能打开电脑。

“那，陈总呢？”

“早上在游轮开记者招待会——新股东的活动。”

肖阳理解。陈俊宇一向都积极推荐新股东加入，也曾经约过他出去和他们吃饭聊天，饭后总是提议去夜总会。

“陈总应该在回来的路上了，11点要开会。”

“行，我等他。”

“肖总，你回来就好。”女秘书以为肖阳回公司上班了，“咖啡不加糖？”

“不了。谢谢。可以了。”

女秘书不知说什么了，静静地退出。

肖阳看到办公桌上的烟灰缸，和不大整齐的文件文具……确实，这已经不是他的位置了。不过万分意外，他看到平时他放在桌上的方兰的照片还在！在电脑屏幕的后面，肖阳如条件反射般被慑住了，另外一个时空被打开，他听到方兰心声：

“……我以前想住大别墅，现在……只要和你、和宝宝好好过。”

出事那天妻子开车，他在这办公室，在窗前，他从电话中听到妻子说的。

方兰婚前婚后都爱玩，还摔过杯子说：“爱我就要惯坏我，甭想改变我！”所以听到方兰说出这样的话，他眼里的泪水在打转了。

“我以后要多陪你们，一切都会很好的。”

肖阳不自主走到窗前了，对面的大厦还是那模样，同样是一个晴明的中午。

办公室窗前一角还放着那一箱防皱霜，肖阳感慨万分，上前打开箱子，他用过的那一支还在，他挤了些在手上，涂抹脖子……他感觉是在为妻子涂抹——

“老婆，我给你买了一箱妊娠纹霜，朋友介绍的，瑞士的……我试了，真的很管用，我颈部的皱纹平了。”

“都快要生了，买那么多用不完的。”方兰笑了，他听得出。“哎……”

“怎么了？”

“在踢我呢……”

肖阳回忆方兰的种种，又禁不住痛苦伤感了，他没察觉：已经去世的妻子站在身后着看他！

亡妻向他走近……

肖阳感到身后凉飕飕的，一转身，吓得大叫！

“老婆！”

跟前的是一个和方兰年纪相仿的女人，穿了深蓝色套装，刚才在前台问询要求见总经理的，不知什么时候进来办公室了！

陌生女子深深地看着他，刚才被他认错做老婆。

“肖总吗？不好意思打扰了，我是……嘉利保险的业务代理。”

她递上了名片，显然是cold call，来推销保险的。肖阳心情一时未平复，没有接名片。

“我姓刘，叫我思思就可以了。”

肖阳有点尴尬，涂抹着防皱霜的手在半空中微颤……一时恢复过来了，想找那支防皱霜的盖子。

“我来过两次了，原来你才是总经理。”

“我曾经是。”

“你没什么吧？”

“没什么。……我不会买保险的，别浪费时间了。”他找到盖子了，但心绪不宁，拧不上。

“ 你刚才唤老婆，你一定很疼老婆的了，那就应该为她着想嘛，人生常变，留下一些保障给老婆儿女，而不是留下一些负担给他们——”

肖阳听着激动了：“够了！我给她们买了保险了，明明车祸是意外，却一直没有赔！”

正常情况下，谁都会被他过激的反应吓倒，但思思很冷静，一直深深地看着他，似乎企图看到他灵魂里去。试想，一个年轻帅气的总经理行为古怪，在办公室涂抹孕妇用的防皱霜，还把自己错认为老婆，而且他老婆，应该还有孩子在交通意外中亡故了。

“对不起。也许走流程吧，不会不赔的。”

“赔又有什么用！人都不在了！人都不在了！一夜之间我什么都没有了，赔啥都——噢！”

肖阳冷不防把手中的防皱霜猛然挤出了，白色的膏条喷到思思胸口了！

肖阳半张了嘴：“嗯……对不起……”

思思可也真的没想到，膏条流进衣服里面了。

正在此时，陈俊宇回来了！

“哥！你回来了，也不跟我——”他看到思思，身上有白色膏条。下巴也有一点，“是谁呀？”

“我先失陪……再聊。”

思思匆匆出门。

陈俊宇也不管她："你回来跟我说一声嘛，我给你搞个欢迎会，大家都很想你、也担心你，现在好了，见到你……气色不错啊。"

肖阳放下防皱霜，不大舒服，坐在沙发阴影里。

"我回来只是……"

"肖阳，你看，这里一切都没有改变，就是等着你回来的。我没有你有才，公司需要你。"

"俊宇，我回来是……退股的。"

陈俊宇愣了。

"我对不起你嫂子，是我打电话给她，导致她开车分心的——"

"你说了一千遍了。"陈俊宇打断他，"这是意外，你没必要责怪自己。"

"我决定把房子卖了，钱都给了外父外母，算是补偿他们失去了女儿。"

陈俊宇听着更愣了。

"至于我的股份，就半价折现吧……留给我老家的奶奶，还有我们以前读的那小学。……你能照我的意思帮我办好吗？"

"你出让股权当然可以啊！公司最近谈好了合并的事，我一直不敢烦你，今天你在，不如就把那些文件签了吧。"陈俊宇正想去保险柜拿文件。

"俊宇，我也说过一千遍了，他们做的是洗黑钱呀、做空人民币呀、非法融资呀……将来引火上身的，不行的。既然这样，公司只有结束了。"

陈俊宇听着更愣了。

"俊宇，公司资产起码有三千万，你省点花，下辈子也够了。"

"哥，你也知道我没资格做法人啊，不然我就自己做。你现在心情不好，迟些再说吧——"

"我没时间了！呃……我……俊宇，你找律师尽快处理吧。"肖阳起身要走了。

“哥？你有什么打算！”

肖阳不说话。

陈俊宇察觉到肖阳神情有异，不舍地追问：“你自己有什么打算，你说啊！”

“离开这里……”

“去哪？”

“去别的地方吧。生日之前就走。”

陈俊宇的表情是：没有最愣，只有更愣。

毕竟是发小，陈俊宇太了解他了，想抽他巴掌打醒他，又想抱他哭一场：“哥啊！你还年轻，以后有大把好日子，可以从头再来！”

“我经常看到你嫂子，她好像等着我才肯上路似的。”

陈俊宇突然拉他出门。

“你这是思觉失调。走去！去看医生，来！”

肖阳甩开他：“我已经有安排了，俊宇，你是我最好的朋友，你明白我的。”

“我明白你想干什么，我不会让你做傻事的！”

“我不会自杀的，你放心。”

“真的？”

“真的。”

“不行，我不放心。来，去看医生，你需要吃药，吃药就好了。”

不用肖阳再甩开他，女秘书挡着路了。

“陈总，要开会，大家等着了。”

锲刀。

不耐烦地来回刮在手腕上……

大堂的电梯门打开，肖阳挟着那箱防皱霜步出，还没到下班高峰期，人不多。他刚才终于说好了，交给律师办，他不想俊宇一个人做下去。是他把俊宇带入行的，其实论能力、魄力、定力，俊宇都力有不逮，以前有他，他罩得住，他不能坑朋友，他答应过俊宇的爸妈在深圳会好好照顾俊宇。照这样下去将来俊宇一定会出事……无论如何，他是最后一次回公司了。

他在想，他给了杜先生地图，说了他活动的范围，现在公司这一活动范围就会消失了。怎么办呢？他抬头看看监控，会不会……他一直被监视？

在大堂一角等着的女人起身，鞋跟在地板上踢踢作响。

锲刀被收好放进外套的口袋。

“肖总！”

是思思，她追上了肖阳。

肖阳看到是她，没有停步，推门走出大厦。

“肖总！”思思跟出。

“我说了，我不买保险。”

思思倔强地跟着，一直跟着肖阳到了大楼广场的铜牛下，抢在他前面。

肖阳有点生气了：“你还跟着我干嘛？”

“我查过了，你老婆方兰是在我们公司买的保险。”思思扬起了一份文件。

一提到老婆，肖阳马上绷紧了神经。

“可能是因为你断供了，没有再联系你吧。不过车祸事发是在断供之前，应该赔的。”

赔不赔已经无所谓了，肖阳不理她，绕过她，拐入大厦弯角，他不知道自己要去哪儿，当前就是要回避这烦人的女人。

“你的情况我很同情，”思思死缠烂打，“你老婆有了8个月身孕。”

肖阳傻了，停步，快要骂人了：“不要烦我了，不要再提了好吗？”为了躲她又绕路走，不知不觉走到方兰遇难的街道！

思思真可谓锲而不舍。

“我可以帮你申请赔偿的。”她从文件夹里抽出一张申请表，“你签字就可以了。”

肖阳简直想抽她。

“你离开公司了？你需要钱的，肖总，我是在帮你。人死不能复生，你始终要面对未来的。”

“我没有未来了。过去就过去吧，我……唉！让我安心等吧！”

“等什么？”

“跟你有关系吗？”

肖阳突然发现地上的刹车痕，那天他也是走到这位置，这不是妻子当天车祸留下的？“唧——唧——”

眼前车辆闪过、划过！

车按响——

肖阳失了魂似的走开，却看到矮丛被压坏了的枝叶：地上干了的血迹，残留的粉笔人形，头和身体是分开的！

亡妻曳着长发从那封闭人形中飘出……

她和丈夫相隔着时空的差错。

肖阳发现自己置身天桥底下那天的意外现场，他情绪波动，从现实拆裂的人格错置。

思思感觉他不对劲。

她看不见他的妻子就躺在那儿。

“……没事的……没事的……”肖阳茫然地喃喃自语。

天旋地转似的，他面色惨白，双腿不自觉地后退……

一辆车高速冲过来！

他本能地闪避，扑倒在行人道上！

防皱霜却被车撞得飞散落满一地……

思思跑过来看他。

他仿佛从另一个时空醒过来了，坐在地上，眼看那车已经远去，他想了想，竟然失笑。

思思忿然地看着他，一般人看来会觉得不可思议，几乎被撞了还笑？但她似乎很明白，这个痴情男人忆妻成狂，生命早已经成了荒诞。

经过的路人，有的驻足观望。

肖阳摸着疼痛的臀和腿，竟然还有点亢奋："是真的！……哈哈！是真的！"

差点撞到人的汽车扬长远去，在霓虹灯影间不知所踪。

看客围上来了，不知什么时候思思不见了。

肖阳起身，立刻打开手机。

屏幕出现对话框，他给"未知号码"发信息。

"杜先生！对不起！"肖阳录下语音，"我刚才反应太快了，下次！我保证……我保证不会躲的……谢谢你。"

四　黑色星期五

被喻为死亡音乐的《黑色星期五》又称“魔鬼的邀请书”，自问世以来听过的人无法忍受其无比忧伤的旋律，很多人患上精神分裂、抑郁症等，纷纷自杀，竟数以百计，故列为世界三大禁曲之一。作曲者死前深深忏悔，他自己绝没想到此曲会害死如此多的人。于是和欧洲各国联手销毁了它。这首失传的乐曲每每以极为神秘的方式在世界各地的旧书店、二手店被发现，开始时还保留着二次世界大战黑胶唱片的调子，现在在网上找到的传说是匈牙利作曲家鲁兰斯・查理斯写的《忧郁星期天》（Gloomy Sunday），诗人László Jávor作的歌词，不过这首歌曲缺乏原曲的魔力，没有听说听者为之轻生了。

其实，是听了这魔乐产生精神分裂、抑郁症而自杀？还是这些人本身患有精神分裂、抑郁症，被这魔乐触动而自杀的呢？

亡妻照片上的眼睛。

相框里的幽冥空间。

“老婆，我相信你已经在去往天堂的路上了……”

窗前的兰花又开了，浮尘在阳光中飘荡。

虚空的客厅。

肖阳心情颇平静地对着兰花说话："但是你等等我，我很快就来陪你了，以后的日子，你不会孤单一个人。嗯，还有孩子，他会在天堂出世的，爸爸妈妈都会陪在身边，我会看着他长大，就好像这花开……"

又如果她不在天堂，而在阴间呢？

门铃响！

肖阳马上警觉到会不会是……他已经不回公司了，要杀他只有上门行事。

门铃又一响。

肖阳决定开门，他愿意配合，愿意提供机会……虽然他不知道开门那一刻是否就是世界的终结？

开门，没人！

大大出乎肖阳意料，这情景倒像网上那些灵异的视频：门口空洞洞的，是谁按门铃的呢？他迟疑着要不要出去看看？

一只手伸出，手中拿着一瓶名贵的白兰地，淘气地摇晃了一下，陈俊宇调皮嘻嘻地从门边伸出头来。

肖阳几近乎崩溃。

"哥，你现在到底像个人了，可是整天疑神疑鬼、胡思乱想，我担心你想不开。"陈俊宇径自去玻璃架开酒，取酒杯。

"我说了，我不会自寻短见的。"

"那就好，我们兄弟俩好好喝一杯聊聊。咦？"陈俊宇从玻璃架高处取下一个小银酒壶，"这不是我送给你的生日礼物？为什么不见你用？"

"用。只是……我现在很平静，不需要用酒来麻醉自己了。"

"我需要。"陈俊宇把酒倒小银酒壶里，摇了摇，喝一大口，瘫坐在沙发上。他有很多心事，头发少有地有点乱，留了午后须影，神情不太对劲。

肖阳太了解他了，过来坐在他身边，等他说。

“自从嫂子发生意外之后，你一直没有回公司，那只有我一个人顶！你知道我哪能跟你比？我上个月大手买入石油股抄底，哪想到50美元一桶也回不去了！”又喝一大口，孩子气地抓头发，“哥，没办法我没选择，我只有接受新股东加盟——”

“俊宇，我当你是兄弟，我给你忠告，那些大佬玩的游戏，你真的玩不起的，出事要坐牢的。”

“那你叫我怎么办？我真的……走投无路了……”

“俊宇，公司不是欠债了吧？”

“不至于！”陈俊宇笑了，放松了。

“那，听我的吧。”肖阳诚恳地劝说。

“好吧，我什么都听你的。其实呀，我中专也没毕业，不是因为你，我今天应该在4S店修奔驰而不是坐奔驰了。……谢谢你。”陈俊宇边说边轻拍他哥们的大腿。

肖阳紧紧地握着他的手，也感触良多，对俊宇这从小一起长大的发小，他很在乎，童年穷，有时候俊宇的爸妈留他吃饭，还让他带吃的回家给奶奶。

“你真的决定离开？”陈俊宇又喝一口，喝得急，脸开始红了。

“这里每一件东西都让我想起方兰。这沙发，是我们一起挑的。那天我在公司忙完了很累，去逛家具店，试坐在沙发上竟然睡着了……她说这就是她要买的沙发了，因为能哄我睡觉……”肖阳感慨地回想过去，栩栩如在目前，哽咽了。

陈俊宇也难过，但突然：“啊！”他跳起来，看到了什么？吓得说话也发抖：“嫂……嫂子！”

“啊，你也看到？”

陈俊宇有幻觉，见到肖阳的亡妻披头散发女鬼模样在卧室门外飘过！他害怕得到处躲，折腾了一番……

这时门禁突然响了，两人吓了一跳。

肖阳深呼吸，这次肯定是了，昂然走过去，猛然开门！

没有人。

陈俊宇："是门禁。"

肖阳也恍然，果然门禁又响了。他打开，看看门边的监控：是思思！他有点奇怪了。

"你怎么知道我住这里的？"

"我从你老婆的保单上找到你的电话、地址的，"思思在楼下，她永远是不慌不躁的样子，"打你电话你不听，有要紧事跟你说。"

肖阳还没按开门键……

"那……"陈俊宇看见有人来访，自己神志不清，也要回家了，"我走了……我不舒服……"

"你行吗？你不能开车，我送你。"

肖阳向门边的监控答道："好，我下来吧。"

楼下的思思见有人刚好出门，也不理会，进去再说。

肖阳两人到了电梯间，陈俊宇像撞鬼似的，行为怪异就像那个撞邪最后死在天台水箱的女孩一样，肖阳把他拉进电梯。

陈俊宇害怕，他乱按楼层的键……

他按了顶层——9。

电梯上升！

"我们去一层啊！"肖阳越想越心寒，"天啊？你不是要上天台……去那……那水箱吧？"

顶层的电梯槽中，平衡铊的钢缆已被人割裂了，下面电梯正一层层爬升上来……

陈俊宇感到不舒服，冒汗，难受，拍打电梯门。

“俊宇！”肖阳拍他脸颊让他清醒，同时急着使劲按底层，但电梯仍往上升……

电梯槽里，眼看电梯快要升至那割裂之处……

陈俊宇的恐惧接近歇斯底里，电梯上到第九层突然卡了几下，发出机器的响声……

钢缆断开！

电梯随即急降！肖阳他们扶着电梯墙身，顶灯一眨一眨，陈俊宇的外套飘至半空！电梯从7楼失重坠下……

“唧——唧——”钢缆摩擦发出火花！

强烈的震荡，两人被吸在地板上了！

陈俊宇大喊，手抓紧扶手撑着。

5、4、3楼急降，快到1了……

肖阳情急智生，喊：“跳起来啊！”

快到-1时——

肖阳跳起来！

嘭一声巨响！强烈震荡中，陈俊宇撞到天花板，然后落在地上！

肖阳也倒地。

在一层的思思听到巨响，看到电梯停在-1层，然后灯灭了，警钟大鸣——她立刻从太平门跑下楼梯，到了-1层，思思发现电梯门打开了一条缝，电梯里灯一眨一眨的，门框还有灰尘掉落，警钟响着……

她喘着气，紧张不已。

门缝里伸出一只流血的手……企图把电梯门撑开！

思思立刻上前帮忙拉开电梯门，看到黑暗中灯亮了，肖阳和陈俊宇倒在地上了，灯又灭了。

肖阳抱着陈俊宇：“俊宇！俊宇！”

陈俊宇则受伤昏迷。

灯光一眨亮了一眨黑了，思思并没有像普通女人一样恐慌惊叫，她的潜意识在浮动着……

灯光一眨一眨的，在思思的脸上……灯光接着熄灭了。

诡异的医院走廊。

他们被送进医院来了，警方介入了调查，究竟电梯钢缆是否是人为破坏尚需进一步检测。

“这不是意外！”肖阳似是在自言自语，他坐在走廊长椅上，不断在脑海里重复刚才发生的一切，甚至浑然忘记了思思一直坐在身边。她有没有嫌疑呢？大厦的监控视频证实她没有作案时间。

肖阳几乎百分之百确定这是杜先生安排的一次“意外”，他霍然起身，“砰砰砰”地以头撞墙……肖阳既懊恼又失悔，有点语无伦次：“是我自己找凶手杀自己，自己没事，可是害了自己的好朋友啊！”

思思也不阻止他伤害自己，她也惯于用肉体的痛盖过内心的痛。她默默等他安静。可肖阳突然回身，若有所悟地瞪着思思。

思思也冷静地与他对望着。

“两次了！”肖阳几乎是在喊，“上次你也在场的，我差点给车撞了！……这次你又出现，又出事了！你……你啊……你……”

“我是来告诉你这个的。”思思递上文件。

肖阳的表情是个问号。然而当他要接过去看，思思却牢牢抓住不放手。肖阳问：“啥意思呢？给还是不给？”

“你看了不要后悔。”思思这才松开手。

肖阳的手悬在那里了。

“这是验尸报告，曾经挂号寄给你，没人收，又被退回去了。保险公司给你打过好多次电话，你又全不接。”

“关于我老婆的？”肖阳更紧张了，掏出文件看，越急越看不懂，“怎么还有我孩子……怎回事，到底上面说什么了？什么B型？”

“孩子不是你的。”

肖阳慢了几拍，跟不上，听不懂。

“你和老婆都是A型血，但孩子是B型的！也就只可能你老婆和……”

“和什么？和……和什么？”肖阳有点懂，心里发烧了，头有点晕。

“和B型血的男人生的。”

“不可能的，一定是搞错！”

肖阳荒诞地“扑哧”笑了，思思的同情已近乎怜悯，但隐隐不露。

“一定是搞错！这难道就是证据吗？”肖阳怒而撕烂文件，“就凭这个？”

“别骗自己了，你为什么不查查这个男人究竟是谁。”

谁也搞不清肖阳是在笑着还是哭着。

“不可能的。我老婆怎么可能？……这个男人……B型的？……肯定搞错。”

可忽然，肖阳霍地跪在地上找撕破的纸片，手也发抖了。

“名字……不是方兰吧，我是什么血型我自己也记不得了……”肖阳既绝望又愤怒。

“你这样没用的。”思思建议他找确凿证据。“何不查查她的遗物？譬如日记、电脑、手机。”

“不用！”肖阳在吼叫，“不会的，不用多此一举，真的不用。”

停车场灯光昏暗，凌晨时分。

汽车的防尘布幕被掀开！

光线照了进来：一部宝马车，车厢的标板下还吐着气袋——当天方兰出事后，它一直被防尘布罩着弃置在停车场。

已经够倒霉的肖阳此时五内翻腾，孩子不是他的？是谁的？他已折腾一整夜了，还拖着心力交瘁的身躯来找妻子背叛他的证据，对于一个爱妻成痴的男人来说，这无疑是最惨无人道的宿命！他应该后悔看那该死的保险报告，一个幸福完美的谎言何必偏偏要被残忍地戳破？！

思思陪着他。

她为了签一张保单而苦苦挖掘别人隐私，把肖阳唯一赖以存活的爱粉碎？还是她别有目的？

他上车，打开副驾驶抽屉翻了一会儿，转身在后座一个纸箱子里翻找……

思思也上了车。

找到了！方兰的手机——屏幕裂了，肖阳拆开机壳，把手机卡换到自己的手机里，开启……但需要密码！

肖阳试试生日，自己的生日，都不对……

“我的生日、她的生日都不对。……她最喜欢用生日来做密码的。”肖阳企图输入另一个生日日期，却记不起来，“她妈的……”

思思看着他。

“我不是那意思……”肖阳尴尬地解释，“我是说她妈妈的……生日，我记不得了。”

他毫无头绪了。思思忽发奇想：

“那孩子的生日呢？”

肖阳奇怪地看了看她：“什么？孩子没出生，哪有生日啊？”

“你们不是约了大夫做剖宫产吗？”

“啊，对！约了！”肖阳把剖宫产的日期打进去。

果然！手机锁被解开了。

肖阳紧张地手心冒汗了。

他挑选了微信通讯录，一一翻查。他从来没想过、事实上也从未试过偷看妻子的秘密，可是他已经阻止不了自己。

肖阳太专注了，没理会到身旁发生的一切……

停车场通常是凶案或灵异事件的发生地，尤其在晚上。

思思把白花油涂在香烟上，点火，深吸一口，舒缓了情绪。

“怎么了？找到什么了吗？”

看着肖阳神色震惊，哑口无言，显然，他找到了。

微信对话框一些暧昧的对话文字：

方兰：“我有了。”

对方：“是我的吗？ ”

方兰：“是的。””

对方：“你肯定？”

方兰：“是的。”

肖阳面色青了，晕了，想死的感觉也有了。思思抢过手机，一看，也傻了。

方兰：“我们不能再这样下去了。 ”

对方：“为什么？”

方兰：“他对我很好，我对不起他！ ”

对方：“不。”

方兰：“我求你了，我不能再错下去了。”

对方：“不！不不不不……我有视频，你不想他看到的吧？”

肖阳呼吸困难。

思思看看对话框顶部。那个“对方”是：郭大夫！

“郭大夫，你认识吗？”

“她的产科医生！难怪她一直都说我忙不用陪她去做产检！”肖阳想起了车祸当天的清晨，“啊！怪不得那天她跟我说……”

那天他弄了早餐，在窗前吻醒了妻子，他听到方兰幽幽地流着泪说：“对不起……”当时他有点错愕，现在想起来，会不会就是忏悔内疚的暗示？

肖阳要呕吐！他的世界彻底崩塌了。

“为什么要找出真相？为什么要找出真相？有什么用啊！”他狂叫！他捶打汽车！欲哭无泪。他一生所信仰的原来是假的，他一生所深爱的女人原来一直在骗他，连孩子也不是他的……这之前他生无可恋，这一刻他生不如死。

任何人看到肖阳饱受锥心之痛也会凄恻不忍的吧。

思思拿出锣刀！

锣刀“嘎嘎嘎”地亮出锋刃……

“我一烦躁，心难受，就是这样让自己安静的。”思思示范用锣刀刮手腕，刮到红了，有点痛了，这样心情就平复了。

她把锣刀放到肖阳手里：“试试。”

肖阳拿着锣刀，颤抖着，用锣刀在腕上来回刮，痛苦得差点要割腕……把持不住了……

思思内心亢奋却又不免悲凄。她在想什么呢？她积极接近肖阳，帮忙查出了方兰背叛丈夫的天大秘密，是为了套近乎？是为了签一纸保险单？

这是否太残忍了？把一个男人赖以活得有价值、死得有尊严的信念毁掉了，他连逃往另一世界的勇气都没了，因为那个女人在那里等他。谎言和欺骗，尽管喝了忘川水也忘不了的呀！

手腕被刮红了……肖阳真想一刀割下去，但又下不了决心！使劲刮着……

“红了，痛了吗？”这是企图诱劝他自了生命吗？思思的眼神和脸容使别人无法看出她内心，你只能感觉到她的意识在流动，不能确切捉摸到她所思所想，一如蒙娜丽莎的画像。

肖阳点头，又哭又笑，非哭非笑……

他怀疑思思是有道理的，可是他没有再继续怀疑下去。这世上没有谁可以信任了，唯一可以信任的他的发小陈俊宇还躺在医院病床上昏迷不醒，而他自己也神志不正常了。

“但不要真的割呀。”思思在悬崖边拉了他一下。

“当然……不会，”肖阳脸也扭曲了，停了手不刮了，“我花了钱了，不用自己来。”

思思看着他，不明白又很明白，他深深的苦楚。

五　棺材的体验

肖阳在马路中央走着，不顾车辆在身边经过，有司机还把头伸出车窗骂：“找死呀你！”

他走在马路中央，思思在后面不远的行人道上默默跟着。肖阳回身喊：“我警告你！……拜托你离我远点儿！”

思思不理，继续跟着他。

“我生人勿近啊！你懂不懂？！”

在思思眼中，肖阳确乎是一个遭无常命运所拨弄、所折磨、所摧残的倒霉男人。

有人说灾难是上帝的试炼。她不懂，其实也没有人懂。曾经在小镇里有人传教，《圣经》里的义人约伯平日行善，生活平顺，不料一天天灾人祸降临，夺取了他妻儿、所有的财产，甚至健康，他竟然染上了麻风病！问天也没有用，哲学宗教都只是提供一个理论、一个解释，永远无法证实，一切只是大自然亿亿兆兆的或然率在无意识地永恒运作。

天若有情天亦老！

肖阳如果能早一天死去就幸运了，他对妻子的不忠一无所知，他怀着希望去死。可这天以后，他无处可逃。

街上车辆经过……

肖阳在路中央对着天喊：“我在这里！——你下手吧！别再等了！”可是没有车撞他。

“杜先生，”肖阳用手机找杜先生，用语音央求他，“别等到我生日了，马上！马上！”

他再发送自己的坐标地图……

“我在这儿！”

思思看着他的背影，眼神泛着恻忍之情，她隐隐内疚于伤害了肖阳。他是个好人，她是否因工作过分狂热而超越了道德底线？

肖阳失望于自己死不了，问天天无语：

“生不容易，死也这么难啊！”

肉被煎熬，烤出了油腻的泡泡，滋滋作响。

烟气蒸腾……一排羊肉串在透红的发热线上，散发着香气。

思思在路边吃羊肉串，肖阳对着啤酒瓶咕嘟地喝着。

三四个空瓶在杯盘间或站或卧。

肖阳醉了，他又回到酒精的世界：“我已经戒了酒的，本来安心在等……”

思思吃完，用纸巾擦擦嘴，拿起酒杯喝一口啤酒：“等死？”

肖阳有点讶异。

“见你之前已经知道了。”

肖阳更莫名其妙了。

“你是忆妻成狂吧？……现在呢？”

肖阳默认，但苦笑，凄凉而扭曲，生气了……把啤酒倒在头上，那是对天、对命运的一种抗议方式。

“那你还要我买保险吗？”看来酒精把肖阳带回了逻辑的世界，“……我随时会死，你公司要赔的！”

“天意。”思思总是那样淡漠。

“你老不放弃，老跟着我就为了这个？”

“我任务没完成。”

肖阳忽然想到了买凶自杀的事，紧张了：“什么任务？”

“起码，这个月能签到一张单。”

“哦。”肖阳轻轻松了口气。

“你不明白的了，我也不明白，你们生活挺好的，不愁钱了。你又这么爱老婆，她竟然这样对你？”

“是我错！我太忙了——”

“嗤！你还为她找借口。”思思不屑，也为他不值。

肖阳怅然无语。

“是我多事，找出了真相反而让你痛苦。”

“不不不，我应该谢你。”

“不用谢。……给我钱，我什么都干！”

肖阳看到她眼里有泪光，这个女人……啊，他现在才真正留意到她也是长头发的，同样有点卷，跟他妻子一样，不过她古怪多了，随身带着锲刀的！

思思起身要走了，步向黑暗的巷子。

酒醉而头脑有点晕乎的肖阳也起身跟她走，差点滑一跤。

思思回身：“你是那一边的。”

顺着她所指，肖阳扭头看到那一边灯火通明的大厦群。

“我是这边。”思思仿佛在说他俩属于不同世界。

肖阳又扭头看马路这一边的昏沉杂乱、影影绰绰的出租屋区……思思已然消失在黑暗中了。

他凝望着那躺在墨茫雾气中的陋巷，昏沉的街灯……阴森森的凉气爬上脊梁……会不会是亡魂的怨气不息，缠迷着自己？

陈俊宇仍然躺在医院病房里，输着点滴，胡须茬更浓密了。如果说肖阳是灾星，那亲近他的人竟然无一幸免。

“对不起，是我害了你……”肖阳决定每天都来看他，在床边跟他低声说话，“他们是针对我的……我知道这个说起来很荒谬……是我雇来的凶手要杀我。那电梯出事是冲着我来的，俊宇你是无辜的！我连累了你……”肖阳痛疚得说不出话，真想抱着俊宇大哭一场，他是彻底的失败者，失败得连朋友都没有了。

同事来探望陈俊宇。

他刻意回避以前的同事。他好像沾上了晦气的病人身上流动着满满的负能量。女秘书伏在陈俊宇身上哭，两个黑社会装扮的“客户”也买了花来探病，医生来巡房，护士为陈俊宇探热。

“他一切都正常，”医生跟肖阳说，“是脑震荡，很幸运没有发现瘀血……”

警方调查没什么进展，同一款式的电梯上最近几个月也发生过意外，也有不同程度伤人记录，所以也没有像电影中那样派人来保护陈俊宇。

他企图联系杜先生，但讲讲道理吧，人家出手连警方也难以定性为刑事案，陈俊宇被牵连才是意料之外。

阴天雾霾。

医院走廊静悄悄的。

窗玻璃上倒反映着人影，寂静下来，偶尔浮现穿白衣服的医护人员。

“俊宇，你快点醒来吧。”肖阳在床头贴近他耳边说话，“你现在这样子……躺着的应该是我！……这世界，你知道的越多，就越恐怖。你嫂子原来……”

门口竟然站着披发的亡妻！是幻觉吗？

肖阳还懵然不察：“她原来……跟别的男人有暧昧的，孩子不是我的……你知道是谁的吧？是……郭大夫的！”

亡妻一步一步走近他背后……

“我现在不知道该怎么做了？我死了去到那边……她会在等我吗？我还应该见她吗？啊——”

他从窗玻璃的反影中看到亡妻！吓得跳起来！

其实，那是思思。

思思也有点被吓倒，僵立在那里，什么时候，她不再盘发髻了，解散了长发，和方兰真有点相似。

“你？……”

“我煲了汤。”思思拎着暖壶。帮客户或准客户煲煲汤送送礼，就保险营销员而言，这都是司空见惯的。

“可他，不能喝啊。”肖阳不理解了，陈俊宇还在昏迷怎么喝汤？

“给你的。我从食谱上学的，只有这么多了。”思思倒汤，只够一碗，看来她也不很擅长这个。

肖阳犹豫了，端起了汤，确实有点怀疑，可是怕什么呢？求仁得仁呀……在喝的那一刻后背不知被什么拍了一下，吓得打洒了！

思思的表情无法读解。

“不要紧。反正，照X光要空腹的。”

“照什么X光？”肖阳总是被思思突如其来的奇怪提议弄得昏头转向，唉……这世界已经够无常的了，不是吗？

闪光！

一张X光底片。

瞳孔被照射。

量血压。

手指被戳破挤出一滴血。

另一个房间里，肖阳体检完了，还用棉花捏着被戳破的手指。

思思坐在他对面填写完了文件，她快要完成签单了。肖阳为什么就答应买保险呢？是糊里糊涂怕了思思死缠烂打，还是答谢她积极用心查到妻子不可告人的秘密？不啊！肖阳应该恨她才对。

“受益人呢？填什么名字？”

“陈……”肖阳想了想，“俊，英俊的俊；宇，宇宙的宇。”

“确定？”

“确定。”

签名。或许是补偿给陈俊宇，这点愧疚的心无人知晓。

“只要体检报告出来了，没问题的话，就马上生效。”

“生效？人生幸福有保险的吗？一切都没了，有钱有什么用？”

“你还想死吗？”

又来了，肖阳真的搞不明白她啥意思。

低级红灯区的街巷，有指压中心、文身店、卖水果的摊档、潮州粥、网吧……

“我以前住在这附近。”思思领着肖阳穿过妖娆的城市一角，深夜如同白昼。

可是一拐进小巷，声光形色立马隐蔽起来似的，只剩一家卖烟酒的小店。零落的灯影，流浪狗在沟渠旁俯伏。

老实说，肖阳真的没来过这种地方，现在为什么来这里，他还没弄明白，思思刚才问："你还想死吗？"来这里和想不想死有一毛钱关系吗？

上楼梯，闻到一股尿骚味儿。

"说吧，我们去哪里？你不说我不去了。"

"你有看韩剧的吧？"思思煞有介事地说，"……这家店没什么人知道的，你好好体验一下。"

"体验？"

噢！他们来到三楼一家不知什么店门前，锁链锁上了，连招牌都拆掉了。

"倒闭了？"

"我们还是走吧。"肖阳见这地方阴森，像黑帮交易毒品的地方。

"你死都不怕了，怕什么？"她拔下发卡，竟用它撩拨了几下，开了锁。

直觉告诉肖阳，思思不是个普通的保险业务员。

不过他跟她进去了，一来他掂量不会有什么损失，二来这个女人让他对着世间尚存一点好奇。

屋子里灯坏了，阴风迎来……

"这是什么地方？"

思思点亮了玻璃盛器内的白蜡烛，她肯定来过，好像挺熟悉这里的，屋子里空空荡荡的，肖阳用手机照明。思思领着他踏着影子前行，直至他看到一个长方形木箱——棺材？！

思思把蜡烛放在棺材上，打开棺材。棺材内四壁都裹有绸里。

"你来这里体验过吗？"

"不，我以前的一些爱玩的朋友体验过。在韩国、日本都有这种店的。……来吧。”

“来什么？……我？”

思思抢过他的手机，给肖阳拍照，闪光灯咔嚓！

“你干什么？”

“给你拍‘遗照’有仪式的。”

肖阳不懂。

“你的葬礼，躺进去。”

“我……我为什么要躺进去？”

“你不是要死吗？我帮你。……你反悔了？你不是想去见你老婆和孩子吗？”

肖阳只能默认。

“你不会是那种光说不做的男人吧？你害怕了？”

肖阳还来不及反应，已被推搡……

“体验嘛。10分钟。”

“10分钟？”肖阳躺进棺材里了。

思思用棺材里的皮带把他双手扣紧，双脚也扣紧，打开了肖阳手机的照明功能，手机屏幕显示着他的“遗照”。思思把手机平放在他胸前。

思思按动了录音装置……幽玄的男声：

“安息吧，你将要长眠地下了。她会给你带路的，你将会走一段很长的路，你听到这世界最后的声音之后，就会走到永远的黑暗。”

思思把棺材盖合上了！

肖阳的确害怕了，手心开始冒汗了。

那个男声应该是堂倌吧，就好比葬礼上的司仪，听着听着，他就会送你上路，直到阴间地府。

“你可以回想自己的一生，你爱过的恨过的、悲欢离合……”

思思把白蜡烛放在棺材一头，她的脸被光线从下照得有如鬼魅。

“你可以从遗嘱上读一小段话作为最后的道别。”

肖阳试探性地问在棺材外面的思思：“我可以读遗嘱吗？……嗨？嗨？”

思思没回答他，竟然悄悄地离去！

肖阳在棺材里听着，恐惧袭来，磅礴他全副神经。

“现在你躺下了起不来了，因为你的生命已经结束。人间一切的眼泪已经与你无关，你听到爱你、怀念你、不舍得你的人在哭泣吗？你回不去了，你在路上穿过森林和冰冷的海洋……”

有惨烈的兽叫……风呜呜、海涛……哭声……

“嗨！……思思！10分钟了吧？……嗨！嗨！”

没人回应。他慌了，挣扎却摆脱不了。

“你来到了远离尘世的幽冥之乡，生前最亲爱的人、朋友渐渐消失，你的父母在哭着呼喊你……”

肖阳不自觉地流下眼泪。

《黑色星期五》的音乐又从他心里升起：

我的生活已经毫无意义，
亲爱的，我的生活被无数阴影笼罩，
白色的小花将不能再把你唤醒，
你也不可能从黑色的灵车上重新站起
天使们也不愿意把你带走……

棺材。

昏黑的店面。

街道。

低级的红灯区。

录音停了。

“……有人吗！？……有人吗！——”死亡不可怕，濒临死亡的感觉才可怕，更令肖阳恐惧的是：手机照明灭了！

棺材里面全黑了。

毕竟他没试过漆黑，原来真的是伸手不见五指的……不啊，他根本动弹不得，伸不了手，双脚也被拴住了，太紧了，手脚开始麻了……“嗳？死不是人生的解脱吗？干吗绑住我？”

他中计了，他被骗了。但这不正是自己一直寻找的归宿吗？他将慢慢地因空气不足够血液不流畅而死去。没有最荒诞的人生，只有更荒诞的……

突然手机滑下了！灯亮了！他赫然看见贴在棺材上方、和他面对面几乎贴在一起的方兰！

他想叫，却叫不出声音来……

定眼一看，却竟然不是方兰！是思思？这张苍白的脸，在他眼中变为血红，思思张眼看他，仿佛在地狱里受尽了苦楚，长发慢慢垂下，他惶恐、悲恸、迷离地接受黑色的长发罩住了他全部的视线……

他想起很多过去最深刻的片段，他不再挣扎了，泪流满脸。此刻除了思思这个神秘的问号，人生的所有皆成为抽象，模糊而深沉。

天亮了。阳光射进来。浓密的浮尘中光线很快便爬到棺材上面。

白蜡烛也早熄灭了。

肖阳无力再喊了，他累坏了，脸色苍白，只勉强用脚踮一踮棺材底部，他麻痹了，他感觉自己已经死了……

这时有人移动棺材盖上的白蜡烛盛器……棺材被打开，是思思！

他唇干舌焦，几乎是奄奄一息了。

思思把捆绑他手脚的皮带解开，扶他出来。

肖阳从棺材翻滚到地上，拼了最后一点力气发飙，嘶哑地喊：“别碰我！你是疯的！哎……”想起身，但手脚麻痹，动作滑稽逗极了。

“哈哈哈哈，恭喜你复活了，哈哈哈……”

“还笑！不许笑！不许笑啊！你……”肖阳握拳要揍她。

思思瞪着他，迎上前：“打啊！你打啊！”

“你疯的！”肖阳颓丧了，“……你究竟是什么人？你不正常的！”站也站不稳，扶着棺材，像在滑稽地跳舞似的。

思思又捧腹笑了。

“你……你……”

死亡的恐惧和极度疲乏还留在肖阳脸上，他委屈的同时发现思思脖子后的文身！

在他眼中，思思渐渐变为定格。

肖阳心里想：“难道是她？”

肖阳在床边对着还昏迷着的陈俊宇。肖阳怀疑思思的同时却又否定自己，“不然，你说这不是太巧合吗？第一次我差点被汽车撞倒，她在现场；第二次电梯意外，她也在场。是她打电话给我说在楼下等的，是她引导我们去坐电梯出事的！……她有文身，在这里，你想想一个保险业务员怎么会？而且，她随身带着[illegible]刀。”

他想起思思拿出锣刀“嘎嘎嘎”地亮出刀刃那一刻……正常人怎么会带利器在身上？况且更不会像她那样神经质地刮自己的手腕。她唆使自己也刮了，当时他痛苦得无以名状，而她利用这机会诱导他用锣刀来回刮着刮着差点要割腕……这样他就意外地死了或被警方定性为因现实打击太大而厌世轻生。

肖阳不断在脑中寻找和思思接触这些日子里，是否有任何足以成为证据的蛛丝马迹……对！他低声告诉陈俊宇：

“她说过：‘我任务没完成。’还有……‘不用。……给我钱，我什么都干。’为了钱她什么都干，很明显她失言了她露了口风，她是网上接活的那种组织的人吧，生活在低级红灯区的文身女人……”

肖阳的脑子里，各种记忆和推理不断上演，无法停止，他也会做辩方反驳自己，不啊，她把自己带到那废置的店里体验死亡，他已经被锁牢在棺材里，如果她不回来他必死无疑，为什么还回来？……噢！街道监控！有记录她和他是一起来到这小区的，她难以洗脱嫌疑，所以……她必须回来。

“俊宇，你知道吗？警方证实了电梯顶层的钢缆是被人为破坏的。这一切都是个阴谋！”

陈俊宇竟然有点反应！

肖阳大喜，大叫：“俊宇！俊宇！”

护士匆匆过来给陈俊宇把脉，检查瞳仁，但他又回复昏睡状态。护士看腕表，大概是记录了病人在昏迷中曾有过何种反应之类吧。

看到一生中唯一的好友发小这样瘫着的样子，肖阳非常懊恼、自责：“俊宇，你会没事的，你会没事的。其实怎么会这样子的呢？一个月前我还以为自己是世界上最幸福的人，我很有自信，我以为一切难题都不是难题，我都能做得很好……我都能……可是我做错了什么？我的老婆、我的公司、我最好的朋友……现在竟然……这事情由我而起，我对不起你，我会对你有个交代的！”

六　骨灰兰花

《黑色星期五》的原版业已失传，现有的版本有好几个，其中一首大提琴悲怆变奏，在前奏前还配了恐怖的惨嚎怪叫。

客厅那盆兰花——自从入住这新房子以来一直点缀在窗台，却一直只是绿叶的兰草，就像国画里的雅淡姿态，可最近开花了。

肖阳在阴影里对着那小银酒壶口喝酒。他不善于照料花卉，不过是个摆设罢了，图它不用怎么浇水，可最近——尤其是他一生遭逢最晦暗最绝望的时候，它开花了，花苞淡黄嫩绿的，仿佛一夜间无声无息地绽放。这兰花原是亡妻带给他的一点人间依恋的欣慰，如今已是出墙之花！

他拿过差不多充满电的手机，接通电话：

“杜先生，请你尽快回复。电梯的意外是你们做得吗？”

他的手机已经发出过十几次这个问题了。

“杜先生，你确定我们之间的……合约……还继续吗？”

没回应，自从在公园见面他打款10万订金给这陌生的神秘人以后，杳无音讯。

肖阳起身，站不稳，好像又出现幻觉……

方兰在背后看着他，他回头：她藏身在那相框的照片里哭泣，那天清晨她说“对不起”，可是后悔也回不去了……

《黑色星期五》的音乐更怪异……

兰花消失。兰草被肖阳拔出，花泥被倒出来，骨灰从花盆倒回骨灰盎……

原来这花盆的兰花是亡妻的骨灰种出来的！

肖阳内心的痛苦非常复杂，他对方兰的爱被出卖了！

手机屏幕亮了：是杜先生的语音回复！

肖阳吓得几乎倒地，手也颤抖了。他按键，听到：

“合约还继续。你20万能先打款吗？”

“还是按约定吧。那电梯的意外是你们做的吗？”

杜先生那边不说话了。

“为什么这样的？你们失手了！”肖阳大骂，“你们差点杀了我的好朋友，你们这算是专业吗？”

杜先生那边继续沉默着。

“喂？喂！喂！”

“我们会有安排的。”杜先生冷漠而低沉。

肖阳也不再追究了，其实他心中也明白，那时陈俊宇刚好和自己乘坐同一部电梯，这是难以避免的。

“你安排的人……落实了吗？”

“当然。”

“是男还是女？”

“资料由组织发出去了，有人接了，不知是谁。”

“有可能是女的吗？”

杜先生不再回复了，无论肖阳如何追问也是徒然。

这时门禁响了！

又是思思！

肖阳想按键回复但又收手……

“你又不听电话了？……告诉你，你体检过了，保单有效了。”

思思见没回复，以为没人，离去。

肖阳立马穿鞋子，开门追出！

思思的背影走在街道上，天阴，路面湿亮。

肖阳在跟踪。他从没试过做这种事，他脑子里胡思乱想，许是刚才喝了酒的缘故吧，脚底轻轻的，眼中时有重影。

有人打伞经过。

思思拐弯，肖阳不善于跟踪别人，刹那间思思不见了。

肖阳到处找，惊见打着伞的思思，那样子让肖阳想起了那天在天桥上出现的打伞女子，难道也是她？

还是幻觉？

茫茫人海中，他极力为一个女人而专注、紧随而又保持着距离，更怕跟丢了她而懊恼万分。

然而肖阳又想到，会不会……她其实是故意引他出来，方便下手呢？

肖阳躲在树后偷看：

露天咖啡座，思思和一个男人喝咖啡聊天。聊什么？不知是否是客户？那个男人坐在餐厅的暗角，也看不清他是什么人。

肖阳站久累了，再伸头出来看：

只留下那男人在抽烟，思思不见了！真的不见了！肖阳走过去，到处张望，不见她影踪。

“串”字招牌亮着了，夜幕低垂。

雨早停了，路面乍亮——有个黑影在车灯的映照缓缓经过，是思思打伞的剪影。她回来了，经过摊档。

刚才不知藏身在哪里的肖阳立刻出来，悄悄尾随。

高跟鞋的声音……思思步入错综复杂的小巷，湿亮的地面，半空乱挂的电线，气氛阴暗，恐怖油然而生。

肖阳悄悄跟在后面。

思思其实早发觉了，收伞，疾步跑，拐弯……

肖阳不见了她的踪影，倾耳听高跟鞋的声音追去，在巷子里转……

突然高跟鞋的声音没了！

街巷不少平方房墙上刷了“拆”的字样。

思思躲在暗角。

肖阳在小巷瞎跑。

一时，又再发现思思的踪迹。

一时，又失去思思影子了。

只剩高跟鞋的声音，扑朔迷离。

肖阳喘气，无奈准备放弃时，又见到思思在巷尾鬼魅般飘过……

肖阳再追！

在黑暗角落他看见那伞了。不知是否有人撑着？

肖阳小心翼翼走近。

肖阳走到伞那里，没人！回身：

“啊！——”

街道在眼前晃动！

肖阳吓得退后跌落一个土坑！

他挣扎着，身旁有杂乱的电线，腿被电线缠住……

锲刀“嘎嘎嘎”地亮出刀刃……

思思拿着锲刀，在黑暗中晃着亮光！

肖阳害怕得说不出话……

思思神色凝重，快手用锲刀割开那电线！电光啪啪啪响！

“出来！……慢点！”

思思大胆举起电线，肖阳把腿抽出来，沾着泥污的肖阳被眼前漏电的噼啪闪电吓得手脚都僵硬了。

小区暗黑破落，和对面繁荣璀璨的闹市相隔一道明渠而已，却有着云泥之别。这一带的出租屋本来就杂乱无章，更何况已被划为拆迁区了，住的多为外地工和黑户，一时难以找到和这里租金相若的地方，搬的寥寥可数。

思思家的客厅非常简陋，电灯泡昏暗而发黄，张开的伞在屋角地上晾着。

肖阳用毛巾擦试身体，仍一脸惶惑。

思思已经脱掉了外套，给肖阳倒了一杯烧好的热开水：“你跟踪我？”

肖阳不好意思了。

“找死啊？这地方不安全的。”

“那你呢？住这种地方？”

思思不答，点烟。

“你究竟是什么人？……我查过你只不过做了两个月保险员。你不像这一行的。……你什么时候文身的？”

“你对文身有偏见。”思思解下长发，遮住颈后的文身。

肖阳看着桌上插着的锋利锲刀：“这是攻击性武器啊！正常人随身带这个干吗？”

思思不经意地支着腰：“我也想住10万一平方米的豪宅。可住这种地方，没东西防身可以吗？”

“你真的不是来……杀我的吗？”

“你说什么？” 思思几乎笑了。

“没有……反正，我的日子不多了。我以为你……”

“你老婆死了，你生无可恋，想自杀又不敢，所以……你想有人帮你？”

“……你没杀过人吧？”

“哈哈哈哈……”思思忍不住大笑，她这是什么意思没人懂。

“你不是说过‘任务没完成’？”

“我这个月的确没完成任务啊。”

“不，唉！……你不是说‘给我钱，我什么都干’的吗？”

“是的。”思思的自尊受伤了，又恢复冷酷，“我什么都干，但我不做鸡。”

肖阳不得其解。

“我不是高贵，我只是不想学我妈那样，她连鸡也不如！她帮我继父强奸我！”突然激动了，拿起桌上的锑刀，“我就是靠它逃过一劫的！”

肖阳震惊了，锑刀在他面前晃动。

“我每次不开心、难受到没法忍受的时候，我习惯用锑刀这样刮自己！”

思思用锑刀来回刮自己手腕，肖阳看得心惊胆跳，想找机会阻止她。

“刮到我痛了我才能平静下来。不过，我不会自杀的，我要活着看一下将来，我不相信我一辈子就这么背！”

肖阳趁她不注意，拿走她手里的锑刀。思思情绪放松了些。

“我15岁就离家出走了。我遇上一个男人，没正当职业的，那又怎样？

我到底有一个自己的家了。他欠了债要我出来做鸡我不肯。有一天他回家说饿了，我做了碗面给他吃，他吃了几口突然一拳打过来，桌子都翻了他一直打我踢我，我进了医院，以后他动不动就打……”

“唉！他打你……你……你为什么不离开他？”

思思有点冒汗，或许是条件反射吧，一提到这段过去，她就控制不了自己。

“有一天他没回家，给收数的人绑架了，第二天带人回来逼我做鸡……我跳楼了。”

肖阳张着嘴……

“三楼而已，我知道死不了的。”

肖阳觉得眼前的思思很可怜，她的眼泪不肯掉下来。

“我后来离开那地方，到处漂呗……来到这里，大城市一个人也不认识。我什么都做，试过两天没饭吃，但我不求人的，我……”

思思感到腰部疼痛难支，面色也变了。肖阳也察觉到她有什么情况，不像装的。

“我的手袋呢？”

客厅里没有。

“会不会是刚才丢了？”肖阳帮忙找的时候，思思等不了了，径自进卧室去。

肖阳发现她的手袋在沙发旁给她的外套遮盖着，正想拿起来给她，东西从手袋掉下来！

一些杂物，其中有针筒和药物！

肖阳奇怪了，突然感到恐惧，他记得杜先生曾经说过：

“我们每一次都会做到意外的样子，而且没有痛苦。”

他发过来的监控镜头拍到电梯里一个年轻女子像看到鬼魂似的，神经兮兮进进出出电梯……最后她被发现卧尸天台……手袋里不也是有针筒药物吗？

她大可趁他喝得有点醉不注意的时候下手，当他产生迷幻感觉，然后，就会迷迷糊糊地走上天台，跳进水箱里，或者坠楼，或者走在马路上被车撞飞……那天啊对，俊宇不是按了顶层，要上天台吗？咦？不对，她在楼下还没上楼，不可能给我……不，给俊宇打针……唉，逻辑上不通……

“难道是我产生了幻觉？不过，她没机会给我打针啊！”

他吓得坐也不是，站也不是，看看卧室只亮了床头灯，思思在里面干什么呢？他意识到自己已陷入了陷阱，屋子里昏昏沉沉潜伏着各种的危险。

他发现手袋有点重得不正常，拉开里面暗格的拉链，里面有把手枪！

天！神经病啊！肖阳吓得接不稳手枪，手枪好像会跳舞似的他老握不住，快掉地上了，终被他抓住。

他的神经快要崩断了，双手握着枪一步一步走进房间，把半敞的门推开……

思思坐床上背对着门口在干什么？

肖阳恍然大悟，破了嗓子喊：

“别动！”

思思也吓得回身，她刚打完针……

“你吸毒？！”肖阳终于明白了，眼前这个女人是瘾君子，为了白粉可以做任何事！

思思冒汗，连头发、衣服也湿了，但仍感到腰部痛楚，正等着止痛药物生效。

“这是止痛——”

肖阳把她手里的针筒打掉在地。

“别再骗我了！你是谁？你是谁？”

思思突然脱去衬衣，侧身……

“你干吗？你你你……”

肖阳看到她的背、腰有疤痕。

“这是旧患，以前给打伤的。”思思愤愤地说，“下雨天就痛。你看到了？你看到了！”

肖阳哑了，愧疚地为她披上衬衣。

“这是气枪，近距离开枪顶多只能把人打晕，杀不了人的。它救过我两次了，你想不想试试？”

思思取过手枪贴着他的腹部，肖阳不敢动。

“你问过我：我老不放弃，老跟着你是为什么？为了签保单？”

拿开手枪。肖阳等着答案。

“不是。”

“那是因为？”

思思欲语还休，把手枪放床头桌上，肖阳看到了镜子上贴了他的照片，有他的保险资料，还有那箱防皱霜。

“这？……防皱霜……你捡回来了？”肖阳不太明白为什么防皱霜会在这里，还是不太明白思思为什么要把它捡回来？

思思心里到底在想什么？

一个为了思忆亡妻过于痴绝而至于雇凶手杀自己的男人，应该载入吉尼斯纪录大全或者藏于奇异的绝种人类博物馆。

“我在你公司见你之前已经知道你想死了。……我在天桥上见过你。”

那天肖阳企图从天桥跳下，但衣服被勾住，狼狈地不上不下，挣扎了一会，掉在地上，腿痛得倚着栏杆。

当时路人冷漠地经过……而不远处有一打伞的——红伞特别幽玄，伞下露出一双女人的脚。她站在那里，应该是好奇或关心地看着他的，不久转身走了。

那女人正是思思！

“后来在你公司见到你，才知道你是总经理，却因为老婆孩子车祸遇害，你也不想活了。……我特地去查你的资料，你给她们买了人寿还有教育保险，你是个很爱老婆的男人，也不打女人。”

她怎么知道肖阳不打女人？

哦！对，那晚……肖阳从棺材翻滚到地上。肖阳拼了最后一点力气发飙，嘶哑地喊：“别碰我！你是疯的！哎……”想起身，但手脚麻痹，动作滑稽。

“哈哈哈哈，恭喜你复活了，哈哈哈……”

“还笑！不许笑！不许笑啊！”眼见被讥笑、被愚弄，肖阳恼羞成怒握拳要揍她。

思思瞪着他，迎上：“打啊！你打啊！”

肖阳不打女人的，只有垂头丧气，哭笑不得。

“这些防皱霜应该是你给怀孕的老婆买的吧？”思思挤了一些涂抹在肚子上，“你好可怜，你这么爱她，她却欺骗了你！”

肖阳沉默了。

思思沉默了。

肖阳记起了刚才思思还没有回答的问题，这问题是所有问题的关键所在：“你老不放弃、老跟着我……”

“我老不放弃、老跟着你是因为………我喜欢你。”

思思的表白其实不算突兀，她的眼神透露着一种迫切的渴望、前生来世的真。

这一秒思思全然打开了自己，毫无神秘了、安全了。也许一生中就只有这一秒如是。

肖阳顿时被深深打动，犹如被催眠。

“如果我是她，”思思既羡慕又妒忌，“我会很满足，我就算永远住这出租屋也乐意。我从小就没有家了，一个人到处漂泊，活得很累、很痛……但我不肯死，我死不瞑目的！你听过吗‘择一城终老，遇一人白首’？”

肖阳来不及反应，虽然心底如波涛般汹涌。

“我一定会遇到一个真心爱我的人，我为他死也甘心情愿！”

肖阳想抱她，却又不敢，却又犹豫……

“你为什么要死？你在等死，我却等着你！我终于等到你了！我等到你了！这世界怎么可怕都不可怕了。……只要上天给我们……我们……爱下去，活下去，好吗？”

肖阳怔怔地，突然激烈拥抱她、吻她……

思思也激烈地回应……

仿佛灵魂在吻着，相濡以沫……

小巷地面湿亮。

电线纠缠。

猫的叫声像小孩的哭声。

半夜，窗外是雨还是风还是梦？

肖阳从久久未有的一夜的酣睡中痛醒，他猛然坐起，臂膀被什么咬了一口？！

思思？思思咬他的？

“干吗你？”

“不是说，咬一下，痛就不是做梦了？”

“是呀！但你应该咬自己呀！”

“一样嘛，哈哈哈哈……”

“怎么一样？你疯了吧你！”

“那你咬我。”思思把手递到他嘴边。

“我才不，我正常。你自己咬自己吧。”

“不了，我以后不会伤害自己了，我会好好活着，好好过日子的。”

在漆黑中，看到思思隐隐的泪光，肖阳也莫名地孕育了泪水，两颗孤独受伤的心灵再又深吻。

在人生漫汨的时间之流中，不早一点不晚一点，他们相遇了。假如他们一个想死在买凶杀自己的人手里，而一个是受雇来了结他生命的人，最终两人在这个陌生而热闹的城市里相爱了，那敢情是命运的恶作剧、浪漫的吊诡。

天亮了，思思仍在甜梦中，抱着肖阳的臂膀，裸着贴上了他的体温。而肖阳却瞪着眼看着天花板，嘴角泛着笑影，良久……

肖阳想跟杜先生说：“我不想死了。”

七　人头从镜子飘出

清晨的城市大楼矗立。

“我们之间的合约不用继续了，马上终止吧，那10万订金你不用退了。”

肖阳精神飒爽地走在马路上，他感觉自己是在活着，眼前的世界阳光明媚。昨日死，今日生。知道了真相而痛苦到绝境而一切皆空，生命不就是否定的否定吗？

“爱下去，活下去！”

他不想死，他不能死，更不要半死不活，或者整天被自己邀请的死亡害得提心吊胆惶恐终日。

红绿灯前，他再次接通电话：

“杜先生，你收到我信息吗？很重要的，请你尽快回复。”

在前往医院途中，肖阳好像患了强迫症一样设法联系那中介人。

“杜先生，还没收到你的回复。”

肖阳一边走着，一边按手机，还好他机警及时退回人行道，一辆汽车在面前疾驰而过！

他如梦初醒：合约是真的！杀手是存在的！覆水难收，追悔来不及了，他身边周遭都杀机四伏，不！不！

“杜先生，明天就是我生日了，”肖阳心焦如焚，“我们之前的协议作废吧。”

肖阳看手机，原来被对方屏蔽了！

糟了！他没法终止这荒诞的自杀行动，好像按了delete键恨错难返。

想起了思思，刚才出门前，思思恋恋不舍地从后面抱着肖阳，忧心忡忡的。

“你会回来吗？”

“你说什么？当然了。”肖阳失笑又感到甜蜜，转过身哄她，“我要去看俊宇了。公司现在有麻烦，我应该回去的，活着就有很多活要干。”

“你能回来吗？”

“我会很小心的。”

“你不是明天生日吗？不如别出门了，过了这两天不就没事了吗？”

肖阳微笑地捧着她的脸和她吻别……男人出门后，这小屋不再是一个家了。肖阳是她遇到过的最好的男人吗？难道是她设计好圈套引他陷进来的，好让他成为她生命的一部分？

他可能一去不返，她经历人生的太无常了，他可能会在一宗“意外”中遇害，被送到医院，或其他什么地方，永远回不来了。他可能继续厌世，可能已经把昨晚一切一切抛诸脑后了，可能迷路找不到她了，谁都知道男人是很容易迷失的。

思思心里忽然想到了什么，急匆匆地起床。

医院。

肖阳赶去医院看望陈俊宇，他心急告诉俊宇——他最好的唯一的亲人般的兄弟——他脱胎换骨了，他会回公司和他一起奋斗渡过难关。过去的一切，他不想回望也不想追究。有如新生，重回阳间的他要纠正、要弥补之前的错失或不幸。

然而当他踏进病房，他发现陈俊宇的病床是空的。他慌了，以为陈俊宇出了什么事。天啊！千万……千万不要，他刚从摔倒的地方站起来，还很脆弱，还接受不了这么大的打击。

护士经过门边，他连忙追问："护士！护士！……这床的病人呢？他怎么了？"

"他出院了。"

"真的？他没事了？"

"嗯，他一早就醒了。医生检查过，其实他的生命体征一直都很正常，他回去多点休息就行。"

"谢谢！谢谢！谢谢你啊！"

肖阳马上打电话给陈俊宇。响了好一会，陈俊宇终于接了，他没在家休息，在公司总经理室的大班椅上。

"喂？……俊宇！"

"我在公司。……是的，公司出了很多事情。"

陈俊宇面前的三面电脑屏幕全是图表、股市、外汇之类的，那些数据让他忐忑难安，如果可以的话他真的情愿继续躺在医院，这样他就不必面对迫在眉睫的重大难题，以前他不必决定公司的存亡，他一直把投资当作赌博，还对自己很有自信，可是，这一次他遭遇麻烦了。

他脖子疼痛，向外渗血……

"俊宇，你刚出院，你刚恢复过来，你要休息呀！"

"……你也知道新股东是什么背景，我必须尽快解决。"

与此同时，离公司附近不远的高级诊所内，思思正在前台等着。时间不多了，她不知道自己是否应该这样做，但直觉告诉她，如果能查出肖阳亡妻怀了谁的孩子，这个“谁”会是这一连串疑团的答案。同样是直觉，她冥冥中觉得这个“答案”对肖阳可能有极大的生命威胁。

“郭大夫现在有空了。”女护士放下电话跟她说，“那边，下去，左面第一个房间。”

“谢谢你。”

一个孕妇刚做完了产检吧，从第一个房间出来了，支着腰在丈夫的细心呵护下离开。

思思来到门牌写着“郭愿主任医生”的诊室，门是敞开的。

“郭大夫？”

她深呼吸，调整了一下情绪，这个“郭大夫”正是方兰微信对话框里没有头像的暧昧的“谁”。

郭大夫在屏风后脱了手套，扔进垃圾桶，在产检报告上补写点什么。

“郭大夫，”思思来到办公桌前，拿出文件，“我是嘉利保险的刘思思。是这样的，关于一宗车祸保险赔偿，不幸遇害的是一名孕妇方兰——”

“方兰？”郭大夫摘下口罩，转身出来，“你们不是已经派人来过了吗？这事情不是已经很久了……”

思思一看哑了，眼前的郭大夫是一个女的！

“你是方兰的医生？”思思震惊不已。

“是的。唉，预产期还不够一个月，想不到……”

“郭大夫，你不是男的吗？”

“啥意思？”

思思思潮澎湃，以为找到这个“谁”就找到一连串疑团的答案，没想到更大的疑团排闼而来。灵光一闪，她好像隐隐猜到了这个恐防暴露身份而借用“郭大夫”名义和方兰通微信的奸夫到底是谁……

陈俊宇在继续讲电话，这不是很奇怪吗？他怎么可能昏迷了好几天却突然清醒，好像什么事也没发生过？

“哥，我能应付得来的，我担心你呢，嫂子已经走了，你不要胡思乱想了。”

“俊宇，告诉你，我不想死了，我会从头再来，我会回公司和你一起拼的，那个合并的事先停了吧，等我回来。”

“嗯。”陈俊宇一直以为他不会回来了，那天肖阳突然回公司已经让他措手不及，现在他要回来主持大局，停止合并？重组债务？他不知道很多事是回不了头的。

“俊宇，你醒了就好了，今天开始我们都从头再来吧。本来你嫂子在外面有男人的事，你也算我没说过，以后都忘了吧。”

“方兰什么事，我不知道。”

“你昏迷的时候，我跟你说的，啊！对不起，哈哈，你是昏迷了当然听不到，哈哈，那就算没发生过吧。”

但，陈俊宇其实是听到的。

那天肖阳在床头跟他说的话，他字字入耳。

“俊宇，你快点醒来吧。你现在这样子……躺着的应该是我！这世界，你知道的越多，就越恐怖。你嫂子原来……她原来……跟别的男人有……有暧昧的！”

躺着装昏迷的陈俊宇听到这心里一跳，几乎弹跳起来。

“孩子不是我的……你知道是谁的吧？是她的产科医生……郭大夫的！”

陈俊宇想笑又不能笑，幸好肖阳低头懊恼没注意到。他躺进医院是体内的逃避本能驱使的，想不到这是个绝妙方法听取了肖阳许多心底秘密。但这个思思——卖保险的，经常来胡搅蛮缠，那次又来献殷勤，几乎给她搅局了。

“我煲了汤。”

“可他，不能喝啊。”肖阳还以为汤是给陈俊宇弄的，陈俊宇听到肖阳的回答，暗自偷笑，肖阳除了在金融股汇上有神一样的才智，其他方面，尤其对女人心，一窍不通。

“给你喝的。”思思倒汤，只有一碗，“我刚学的，只这么多。”

肖阳犹豫了一下，居然怀疑汤是否有毒，这不是不可能的，东欧领导人就是被下了毒，神不知鬼不觉。但肖阳在喝的一刻，不知被什么拍到后背，吓得把汤打洒了！

其实啊，在肖阳打洒了汤之前……

肖阳接过汤碗，因为不小心溅了一些热汤在陈俊宇的小腿上，陈俊宇灼痛但不能叫，他本能地一缩，膝盖顶到肖阳的背，肖阳吓得把汤碗掉地上了！陈俊宇躺着不能动弹，只能忍着痛又忍着笑。

此刻在办公室的陈俊宇想到肖阳其实很关心自己，对自己恩情很深，内心一阵惭疚涌上。

“肖阳啊，我还有点累。”

“哦！好的。你休息一下吧，等我。”

收线后的陈俊宇扭曲地苦笑，想了想，他把眼前的电脑屏幕切换到私人的自拍视频：

一个女人性感的背，双手勾搭着陈俊宇，他单手抱着，单手拍摄，热烈地亲着嘴，他们刚进门，背景是客厅，一盆兰草……这竟然是肖阳的家！

女的还看不清楚是谁，只见她放荡地搂着同样醉得脸红耳赤的陈俊宇。

他抱着她滚到卧室的床上，女的正是肖阳的妻子方兰！

陈俊宇看着视频苦着笑，他背叛了最好的朋友，是一时酒醉冲动吗？是出于妒忌？因为在在都输给了肖阳，所以在女人方面要赢他是吗？

薄薄的床单下面男女欢笑。微尘飞滚……

身材姣好的方兰喝醉酒，媚态放浪……在床单里，方兰被扯掉衣服，她咯咯笑……却突然发现被拍视频……

“不……不要！……”

但陈俊宇不理，拨开她的手，还打她巴掌，方兰屈服了……陈俊宇反过来自拍一下自己。

他胜利地征服了好朋友的老婆。

其实他对方兰只是占有，只是心理补偿而没有感情。那天从丧礼上送肖阳回家，看着肖阳的灵魂被掏空了，表情和内心的哀伤对不上号，想崩溃却崩溃不了，陈俊宇自己也凄楚难受，不知如何回应。

肖阳的手平抚着干净的床单……

“肖阳！”

那白色的床单——多少不可告人的轻狂情欲在这上面发生。肖阳如果知道他和方兰之间……不会的，他永远不会知道的，人已经死了，就让肖阳一辈子怀恋着亡妻是卑鄙，也是仁慈。

肖阳不正常地沉默着，陈俊宇却忍不住号啕大哭，哭得抽搐，反而是肖阳摸着他的头发安慰他。

方兰的肖像像活着似的在看着他们。

如果方兰没有死，孩子生下来呢？陈俊宇不敢想下去，他这个人不习惯计划长远的未来，如果不是肖阳他不会在这公司坐上这位置。其实是他命好啊，肖阳跟他搭档才发达的，他带旺了肖阳，他值得拥有这一切。方兰其实也应该属于他的，他了解女人，他有时间陪她们，知道她们什么时候有需要。

方兰死了，肖阳其实等于也死去了，如今已如行尸走肉般剩下空壳。好好在家待着，公司交给他就好了，为什么还回要公司，还阻止合并？肖阳早已不合事宜了，若非发生方兰的意外导致他提早“退休”，他早晚也会被淘汰的，肖阳操盘的“麦克塞”太保守了，Mind sit还是Mind set什么的，管它呢。

陈俊宇是干技术活出身，电梯的钢缆是他破坏的，他知道撞地那一刻跳起来能保命，没想到肖阳也懂，他不受伤昏迷的话，他嫌疑最大。

“你休息一下吧，等我。”

嘿！他知道肖阳一直有自寻短见的厌世倾向，甚至雇请凶手自杀，那肖阳怎么突然又不想死了呢？

男人一生干大事就要狠一次！

“唉，其实呀哥你别怪我，我也是迫不得已。”他心里反复对自己说。

不然他为什么出院？他赖在病床上继续装不就得了。

昨晚接近凌晨，他听到走廊传来的脚步声已经觉得不对劲，果然病房的门被推开。

吊着的点滴瓶被拿掉。

有人拿起枕头，好像行凶前要捂着谁的头似的。

陈俊宇手背上的针被拔掉了。他装不下去了，张开眼，发现被三四个黑社会成员包围着，其中带头的拿着针，他当然认得，是那边的保安头，常来公司的。

一腔湖南口音，却说着广东话：“你装死有卵用？躲得过初一，躲不过十五。”

陈俊宇恐惧地挣扎着想坐起来。可却被两个手下按着，不能移动。

针在他眼前晃着。

“给我时间，给我时间，我知道怎么做的——”陈俊宇被枕头捂住了头脸。针扎在他的脖子上！一阵呜呜惨叫，点滴瓶剧烈的晃动，差点倒下。停了一会儿，又剧烈地晃动……

在医院的肖阳和陈俊宇讲完电话后稍微放心了，他必须要终止和杜先生的合约，他不断要求重新加微信，并且下最后通牒了：

“如果你再不回复，那我只能报警了。”

还是没回应。

杜先生一个也没回，失联了。现在再去公共场合是不安全的，恐怕思思是对的，总之先躲起来，等生日过了，这荒唐的合约就自动停止。他心跳扑通扑通的，也许，躲进派出所吧，那里最安全……回公司，回公司，那里……

电话来电了！是思思。

“喂？”

思思在诊所某阴暗角落：“你在哪里？”

“我还在医院。嗳，原来俊宇出院了，他没事了，还回公司忙去了，我打算回公司看看。”

“你现在安全吗？你靠着墙跟我讲电话吧。”

肖阳也同意背靠着什么会安全些，他要珍惜自己。

“我没事……好，我现在靠着墙了。”

“我刚才去了诊所，找你老婆以前的主诊医生——郭大夫，签一些文件，你记得郭大夫吧？”

肖阳心头一紧：“记得。”

“她是个女的。”

“女的？”肖阳想一想才会意，“那……微信那个郭大夫是谁？”

“另有其人吧。我觉得事情很复杂，我有预感，但我不敢肯定！不如，你快点回来吧，我在家等你。”

肖阳眼尾瞥见一个民警。

“唉，其实我应不应该报警？那个杜先生一直失联。思思，我担心连累你，就好像我连累俊宇一样。”

咦？肖阳不经意看到身边有人陪同着一个戴帽子、口罩的中年男子经过。

“你报警？有人信你吗？”思思担心他了，“听我的，今天早点回来好不好？喂？喂？”

肖阳似乎发现了什么，收线，径直往前走去，寻找刚才那个戴帽子男人，那帽子是灰黑色的鸭嘴帽，他似曾相识。

他在一个医疗室外看到里面坐着的那个男人的背影，他衣袖被抓破了，肩膀有皮外伤流血，嘴里叼着一根烟，掏出打火机点烟！也是似曾相识是那喷火式打火机！

“杜先生？”肖阳失声叫了出来。

杜先生回身，看见了肖阳，心里暗吃一惊。肖阳本能地冲上去：

“你干吗不回复啊？我急死了你知道吗？我给你二三十个留言了！你还拉黑了我！”

杜先生只是瞪着他，假装不认识。

“对不起，对不起。”肖阳自觉太冲动，柔和地说，“我们的合同取消吧，呃，其实我们只是口头协议而已。订金你收下吧，这事就了了，好吧？”

杜先生抽口烟，神秘兮兮地保持着沉默。

肖阳更心寒，只好低声下气：“你们很专业我真的很欣赏，交通意外、电梯意外对吧？可现在我不想死了，我只是喝醉酒一时冲动，人生还有责任，还有很多值得我珍惜、值得我追求的……”

杜先生瞪着他不说话。

“我求你了，”肖阳快哭了，“你向组织发个信息说行动取消不就行了。这样吧，那尾数20万也给你，OK？今天只要你们不动手，明天支票一定兑现。要不，现在就去银行，给你现金！”

肖阳索性拉他走：“来！”却发现杜先生另一只手被手铐锁在椅子上。他愣了，什么回事儿？

民警进来，拔掉杜先生口里的烟。

“医院能抽烟的吗！”民警回望肖阳，“你是干吗的？”

“我……我和这位杜先生……有生意来往。”肖阳鉴貌辨色，没有说出真相。

“他不姓杜。你有打过款给他吗？”

肖阳觉得不对劲，点点头。

“多少？”

“十……一共10万零1000。”

“那你倒霉了，”民警说，“他涉嫌十几宗诈骗案。你这案的款项最多。”

肖阳看看民警，再看看垂头丧气的“杜先生”：“他是骗子？”

“还拒捕。”

肖阳目瞪口呆，忽然大笑：“哈哈哈哈，哈哈哈哈……”

之前那名便衣拿着文件闻声也进来了，一脸茫然，不知发生什么事。

“哈哈哈哈，他是骗子？他是骗子？哈哈哈……”肖阳笑得弯腰掉眼泪。

民警向便衣交代：“又一名善良市民受骗，10万。”

肖阳笑得更痛快，长久以来的抑郁恐惧都和着眼泪发泄出来了。

“你受刺激太大了，你冷静一下，法律会为你讨回公道的。待会跟我们回去录口供吧。”

“我干吗要录口供？”

“你不是也受骗了吗？你是苦主啊。”民警深表同情。

“不啊，我不苦啊，哈哈哈……”肖阳跟“杜先生”握手：“谢谢你……哈哈哈……谢谢你……”

两位公安目送肖阳退着出去，面面相觑。

办公室的窗帘全被拉上了！

陈俊宇神情不正常地站在窗前抽烟，只一线光透进来。

他坐立不安，一会儿在屋子里走来走去，一会儿蹲在黑暗墙角地上，像要匿躲起来。

“不要逼我……”

做大事始终要狠一次！但事实上他为人畏首畏尾性格矛盾又一直不肯成长，经常一时冲动去赌一把。

在肖阳家他有过幻觉，他情愿自己是鬼迷心窍，被幽灵附了身这样他就什么都不用负责了。

卫生间里，陈俊宇在洗手盘前浇水洗脸……

镜子里竟然出现那女鬼的人头，在黑暗的半空中悬浮！

陈俊宇转身，脸上不知是水珠还是汗珠？

人头好像在动，随即飘至他眼前。长发把他的视线遮盖……

八　爱下去，活下去！

傍晚的市区，太阳快下山了，天边火烧云。

出租屋小区金光洒地，屋外架在半空的电线杂乱。有工人在长提上修理电线，拉着钢丝。

行李箱的辘轳在地面上发出声响。

肖阳拐进小巷，辘轳声音太吵，他索性拎着行李箱走，走着，觉得后面有人跟踪，回头看身后：

巷子幽幽的，在斜阳里晾晒的衣服透亮。

墙的阴影里，猫儿一纵跑开了。死亡威胁已经解除，他想尽快见到思思。他觉得全世界哪儿都不安全，但很奇怪，那小屋，那张床，他失眠很久很久了，却在那里沉沉地安睡。是啊，让他满血复活、对世间重获激情和热望的是一个和自己迥然不同的女人，他们各来自不同的世界，但其实各自等待着对方，在时间刚好那一刻，两个孤独的心灵紧密拥抱在一起，足以承受生命中所有沉重的轻。

“你快点回来吧，我在家等你。”

简单一句话，温煦地暖了他的心。

然而，他真的有点不认路。这些巷子看来都差不多，有的墙面上圈了个“拆”字，砖块外露。他要找的女人在哪里？他们互相发了GPS位置，好像很近，却又不见彼此。

突然有人从后扑上，抱住他的脖子！

是思思！

“啊！被你吓死了！”

“这么晚还不回，不在这里守着你不放心。”

“嘻，别担心了。”肖阳憨憨地笑了，感到自己被人在乎，那才是实实在在的存在感。

肖阳走进屋子。有人说，如果你去了一个从没去过的地方而觉得熟悉的话，可能是前世去过。肖阳第一次来到这里时并未觉得熟悉，现在，这里象征性地成了他的庇护所、他的巢、他的归宿。

“告诉你。那个所谓中介人——杜先生原来是骗子，已经被抓了，也就是说，什么杀手都是假的。”

肖阳有很多很多话要和思思说，思思在沙发上耐心地听着，默默地沉思着。

他一边打开行李箱，拿出小银酒壶。

“值得庆祝了吧？”肖阳一边说，一边喝了一口，递给思思。思思不喝。

“我回去简简单单收拾了一下，钥匙交地产放盘了。那房子全都是回忆，我待不下去了。”又喝口酒，“你会收留我吗？”

思思感动了，可是她潜意识在浮动，肖阳无法确认她在想什么。

“你不同意？”肖阳的手悬在那里，生怕思思有变，他饱尝生死无常，难免特别敏感，他等着思思表态。

思思扑过去吻他，抱他。肖阳把她压倒在沙发上，思思也欢快地回吻……

两人在昏暗的屋子里，超应物外。

肖阳发现自己吻在思思后颈的文身上，他似乎又产生幻觉了！

思思也发觉了他的异常。

肖阳发现她身后的窗外有人影一晃飘过，是一头长发！

而眼前的思思变为重影了。

“你看到吗？你看到吗？窗外面……是方兰！”在窗前隐现一人披头散发……

思思回头看却什么也看不到：“没有啊！”

“天啊！她为什么还跟着我？”肖阳要开门出去看。

“不要出去！”思思以身挡在门口。

“我难道逃不了了？我答应过我很快下去陪她的，今晚……是今晚，她来带我走了。”

肖阳用喝酒麻醉自己。

“别喝了！”思思夺走他的小银酒壶，“你刚才好端端的，喝了它你就产生幻觉了！”

“是吗？”

“今晚我们好好过吧。”思思勉强一笑，伸手按灯的开关。

黑了！

“嗨？停电了？”

本来在跟前的思思不见了！

“又来了！又来了！”肖阳在黑暗中更加惊惧，脑际传来哭声。

“思思？”

思思捧着蛋糕出来，蛋糕上面一支蜡烛。光线从下照得思思的脸像鬼。

肖阳转身，吓得退跌在沙发上。

“原来是你！真的是你！”

“你说什么？12点了，为你庆祝生日啊。”

她越走近，肖阳越往后退。

“12点了，是的，过了12点，到明天银行9点开门前，我死了支票就能兑现了。”

“你是这样看我的吗？”思思把蛋糕放在茶几上，“你神志不清了？如果我要害你，还用等到现在？”

“因为……因为你喜欢我了，你……你矛盾。”

思思不知是苦笑还是不屑。

“我喜欢你了……那你呢？”思思步步逼近肖阳。

“我？怎么说呢？我本来觉得这世界活着没意思了，是因为你，你让我觉得这世界有快乐有追求，我们可以一起……一起爱下去、活下去！”

思思把刚升上来的眼泪压回去。

“那，我成功找机会接近你了，你猜，我会用什么方法杀你？”

“我怀疑我经常有幻觉，是因为被下毒了。这样做看起来像意外。”

“那，可能蛋糕有毒？”思思切了一片蛋糕。

肖阳不敢否定，蛋糕已送到他面前。他没有迟疑，伸手去接。

“有毒你也吃？”

肖阳凝望了思思，几秒钟之间，仍然伸手去取，但思思缩回去！

“你怀疑我，”思思苦笑着说，“你为什么不怀疑他呢？”拿起茶几上的小银酒壶。

“俊宇？我怀疑俊宇？”肖阳感到荒诞不经。

思思把小银酒壶翻过来给他看，上面刻有：

哥：生日快乐　　俊宇

“这是你的好朋友送的，你不怀疑他？”

肖阳愣了，生气了：“别胡说！我怎么会怀疑他呢？他也是受害者……他也有幻觉，他在我家看到‘她’，所以行为失常。而且他在那次电梯意外中昏迷了。”

“你确定他真的昏迷了？那次事件是冲着你的，你走运，如果他不装昏迷，警方就怀疑他了。”

肖阳站起来：“什么意思？！他是和我从小一起长大的发小……”

思思也站起来：“郭大夫是个女人，微信里那个郭大夫只是掩人耳目用的名字。你老婆怀的孩子是谁经手的呢？”

“我不想追究了，”肖阳躲着她，怕再勾起了伤痛，“人已经不在了！对不对？人已经不在了！”

思思也不逼迫他，好言相劝道：“我不是离间你们，可是你应该知道真相。”

“真相？拜托，我怕了我受够了。总之不是他，我太了解俊宇了，不会的，不可能的。”

“那是谁？”

“是……”肖阳不想说，更不想往那方面想。之前他不害怕，现在他害怕了。

之前他不相信鬼魂，但自从妻子出事后，他盼望鬼魂真的存在，他欢迎妻子可怜的亡灵长留身边，每天看着他睡觉，听他诉说琐事，陪他上街、回公司、在天桥上游荡……甚至，他愿意到冥府厮守相随。可自从在手机微信里发现了方兰可耻可恨的奸情，她已然变成了陌生狰狞的灵体，梦魇般缠身。肖阳迫切地想立刻把房子放盘，搬来思思这里，其实是心里害怕。电梯离奇坠落，俊宇昏迷不醒，肖阳三番两次差点被车撞，压根儿属灵异事件，刚才窗外漂移的披发人头并非幻觉。

“她来了。她……不会放过我……”

就算是真的，思思也不信，她不屈从于现实或宿命，既然同是沦落天涯，就没有可以再输的了，爱令她疯癫，好像受伤初愈的母狗，谁也别来惹她。

思思突然掩鼻，肖阳也闻到了：“什么味儿？”

“煤气！”

“怎么会？你没关——”

“外面灌进来的！”思思立刻吹灭了蜡烛，说，“出去！一爆炸就完了！”

本来肖阳已经不适，吸入了煤气更是头晕脚软。思思一把拿过手袋，急忙扶他出门。

外面街道阴森无人，只有三两盏寥落街灯。

思思扔了手袋，握着锷刀“嘎嘎嘎”亮出锋利刀刃。

“快！走出大路就安全了！”

怎料前面出现了什么，吓得肖阳僵直了。

黑暗中，披散长发的亡妻鬼魂闪现！

“报警吧！”思思想尽办法求援。

“报警？有用吗？这是……”肖阳掏出手机拨打“110”，在等接通的时候一枚披发的人头在半空中！

肖阳惊恐不已，思思也愣住了。

更恐怖的是，那头飞过来！在空中！

“啊——鬼啊！鬼啊——”肖阳把手机丢了，调头跑。

思思被迫跟着他跑。

怎料一拐弯，黑暗中又是一个披头散发的女鬼，只见头不见身！

肖阳吓得倒地，思思上来，他爬起身，继续跑，飞头跟着在半空中飘至。

另一条巷子，肖阳慌乱得不辨方向，突然惨叫：

“哎——”

肖阳的皮鞋鞋底嵌入了两枚三角钉，血渗出来了。

地上撒满了三角钉。

思思上来挽着他，一拐一拐地改走另一条路。

墙身上画了拆字样，废置工地更黑更暗……

女鬼快追上来了！

思思狠狠地反身扑上，锷刀划过。

女鬼身上的黑袍被划开，鲜血喷出！

那是陈俊宇！他戴着披散的假发。

“俊宇？！”

“看到了吧！装神弄鬼！”

“俊宇！是你？”肖阳如晴天霹雳，“杀手怎么会是你？”

陈俊宇没有回答。

“他不是杀手……”思思气了，肖阳如此聪明的人，现在却这么笨。解释道，“他知道你雇凶来杀自己，他借机把你做掉！亏你还那么相信他！”

“俊宇？为什么？为什么你要把我做掉？”

陈俊宇不回答。

“看，不是的，俊宇是来看我，担心我而已。”但肖阳想了一想，问陈俊宇，“你怎么知道我在这儿？”

陈俊宇还是不回答。

“手机有位置共享的！”思思掩着痛处。

“不不不……不会的！”肖阳仍不肯相信是俊宇，“你说啊！不是这样的！”

陈俊宇毫不废话，逼近时，思思向他挥锲刀，但他一闪避过，乘势用电枪连击思思肋下，痛得思思立马倒地，把手里的锲刀也弄丢了。

“天啊！为什么你这样对我！我对你有什么不好？你连技校也没毕业，我找你做合伙人，我连保险受益人都写了你啊！”

陈俊宇悲愤无地，到这地步了还有什么话可说，冲上来用电枪电击他。

“啊——啊！”

肖阳一拐一拐逃跑，陈俊宇故意让他跑，让他来到之前他摔倒的坑下被电线缠着那地方。

可现在，那捆杂乱电线浸在水洼里了，因漏电发出可怕的电光！显然，陈俊宇布置好了，要逼他掉进水洼里被电死，造成意外。

“俊宇，你和方兰……告诉我是不是……真的吗？他是你嫂子啊！你还是人吗？哎——”

陈俊宇再一次电击他，狂妄地叫喊着：“为什么最好的都是你的！”又电一下。“为什么最好的都是你的！”又电一下。“什么最好的都是你的！”

肖阳痛得抽搐后退，已经频临坑边，要掉下去了。陈俊宇正想再电一下，思思从后爬上来抱陈俊宇的后腿，她已经无力站起来攻击他。

陈俊宇回身踢她，她死不放手。

“肖阳，走哇！快……”

陈俊宇电她，她惨叫跌开，被陈俊宇压在下面。

“我是肖阳的女人，你也想要吗？”思思挑战他，“嘿，你配吗？”

陈俊宇掐她的脖子，用舌头舔她的脸怎料思思拔出插在后腰的气枪，贴着他肚子打了一枪！

陈俊宇弹开昏死过去，电枪也被丢到老远。

肖阳勉力跪爬过来，扶起思思……

思思还在呛咳……

两人刚起身……

陈俊宇突然扑过来，一推撞！

思思被推下了坑！滚在电线泡的水洼，被高伏特电压电得全身抽搐，接着弹开在一边，身上还冒烟。

“思思！思思！”肖阳惨绝地叫，但叫不出声音了。

思思已经一动不动，死了。

陈俊宇在后面要把他也推下去，肖阳愤怒地挥拳痛击，无奈陈俊宇力大，架着他，逼他落坑……

“你不是想死吗？我做兄弟的成全你……”陈俊宇终于说话了，“你们俩失足掉下去触电是的，意外死的，你的保险我还是受益人，哈哈……你娶的老婆、你开的公司，全部的受益人都是我！”

肖阳快撑不住了，情急智生，暗中脱掉鞋子，鞋底还嵌有两枚三角钉，猛力朝陈俊宇脑门一拍！

陈俊宇额、眼被钉子插中，一声惨号！

肖阳翻身一推！

陈俊宇掉下坑里的电线上，被高压电缠着。他不停凄厉呼喊，直至断气。

肖阳立刻过去看望思思，惊人相似的情景犹如他那次车祸上前看望妻子一样。思思已经是没有呼吸，没有脉搏了。

“没事的……没事的……”

肖阳欲哭无泪，跪在思思身边帮她做人工呼吸，双手压胸……

思思毫无反应……

他对嘴吹气……

双手按压胸口……

吹气……

他累了，思思毫无生命迹象，他抱着她的头哭了。噩运再次降临，他不忿！他不服气！

肖阳再按压胸口，吹气，悲愤地捶打胸口！

“醒啊！你不能死……”肖阳揪她的领襟，哀号，“是你教我的：爱下去！活下去啊！”

眼泪滴在思思的脸上……

再按压、锤击……

“爱下去！活下去啊！”

吹气，突然停了，在吹气时感觉到思思有微弱气息，真的！思思疲弱地微张双眼开始呛咳。

“思思！思思！”

思思好像不知道自己尚在人世似的。

“啊！谢谢……谢谢……”肖阳抱着思思，贴着她的脸，哭泣着感激上天。

思思战胜了死亡，在她的男人怀里醒来，犹如重生。

漂泊的城市，风轻云淡……

择一城终老，遇一人白首。

在思思家客厅的一个角落，窗外的微光照着地上一只死老鼠。时间能倒流的话，就能看到它倒抽一口气，抖震着起身，退步回去客厅，倒跳跳上茶几。茶几上还端放着那生日蛋糕。原来老鼠吃过那切下来的一片蛋糕，它是被毒死的！

那蛋糕真的被下了毒？

真相已不重要，思思是什么人不重要了，之前是思思把他从厌世轻生的绝境拉了回来，而这次肖阳成功从死神手里把她拉了回来。

那天肖阳不是躲在树后偷看吗？

露天咖啡座，思思和一个男人喝咖啡聊天，不知是不是客户？肖阳查过她的背景、跟踪过她。

肖阳对思思和男人接触特别敏感，但他站的角度无法看清楚那男人是谁，连穿什么衣服也看不见，只见他用手把烟灰弹在烟灰缸里，吐出烟……

思思没什么说话，她也在抽烟，两人仿佛是用烟来沟通的。

站久了，累了，肖阳从树后再伸头出来看时，思思不见了！

只留下那男人，肖阳走过去，到处张望，不见她影踪。他急于寻找思思，忘了看一眼那男人是谁。

那男人也没注意到肖阳，否则他们会立马缠上。肖阳一直在联系他，他不回应。他拿出打火机一按，竟然是喷火式的！

如果谎言没有被揭发，那么就是幸福一辈子。思思是一个有故事的女人，这些故事都可以写成悬疑罪案、离奇血腥黑暗的小说，连她自己也经常催眠自己忘记过去，要活成另一个人。她在地狱下面仰望上帝仰望了很久了，她会毫不犹疑地告诉你她没有真正开心过一天，甚至一刻，但这一天，这一刻她感觉自己恋爱了。

那天肖阳跟踪了她一天，最终决定在路边烤羊肉串的摊档附近守候。终于她回来了，肖阳悄悄跟在后面。

思思发觉了，收伞，疾步跑，拐弯……

肖阳听着高跟鞋的声音追去……

突然高跟鞋声音没了！

街巷不少平方的墙上刷了“拆”的字样。

思思躲在暗角，其实她在暗笑。

肖阳在小巷瞎跑，却又再难发现思思的踪迹。

思思躲起来，她看着肖阳傻傻地找不到后，很兴奋，故意现身，又跑到一个暗角。

肖阳追来了，又不见了她……

巷子像迷宫！

思思爱情的追逐游戏。那个可爱的肖阳竟因丢失了她而懊恼自责……哈！傻子。

所以她又故意弄出点声音，假装被他发现了。跑开那一刻，她要压抑着笑容免得被肖阳看见。

当她也丢失了肖阳的时候，她聪明，会用手机定位：

手机屏上：

两个目标在互相移动，接近又分开……

肖阳又失去思思影子了。

只剩高跟鞋的声音。

肖阳喘气，无奈准备放弃时，又见到思思在巷尾出现，等他发现自己……

肖阳再追！

思思永远永远铭记了这一天、这一刻，她和他定格为了电影里的慢动作：

伞飘离了手，思思急步走，又躲起来，痴笑地和肖阳捉迷藏，一生中从没有过一个好男人这样寻觅自己……

人间定格。

《黑色星期五》的调子轻快了，变成了浪漫柔和的钢琴曲。

香港屠夫为我俩做见证

人海的聚合真奇妙，

他们被推来攘去，

竟然又靠近了点，又靠近了点。

当然一半是人潮，

一半是选择。

一 世纪的审判

20世纪80年代，香港中环的一个早晨，典雅庄严的高等法院，一反平时的冷静肃穆，早已被一大批市民热热闹闹地围住，几队警察排在法院大门前严阵以待，记者们更是早早地抢占位置，生怕错过什么。

“现在是早上8点42分，”一名女记者匆匆地补了妆，正了一下衣襟，对摄影师点一下头，开口道，“中环高等法院，也就是俗称‘大court楼’的外面，大约有300多人在等着，有个别人士在清晨5点多已经来占位，警方出动了两队蓝帽子、架了铁马在现场维持秩序……哎！”

她身后骚动的群众已经发生拥挤，一点点靠近警方的警戒线，看架势随时有被突破的可能。警察立起盾牌，做起防御准备。

“大家合作点，不要拥挤，你记者是在做事，警察也是在做事，大家彼此配合点好吗？”队长高声维护着秩序，见一位大婶快摔倒，“大婶！大婶！唉，有什么好看呢？万一不小心摔伤了自己，何苦呢？”

那位差点摔倒的大婶被旁边的人扶住，她不甘心地嚷嚷着：“什么呀？摔死都要看！看下这大魔头是啥样的也好啊！”

周围的人纷纷发表起议论来：“报纸上见过啦，好眉好貌，看不出呀，杀人不眨眼。”

“是啊，人家搭个的士而已，怎么得罪他了，这么狠！我说呀都不用审了，浪费时间！”

刚才那位女记者被撞得东摇西晃，退到了个空位才稳住，继续报道：“市民这么好奇，无非是想一睹香港开埠以来最轰动、最凶残的凶嫌的庐山真面目，这宗被外国传媒称为‘香港屠夫’的连环碎尸案，今日在高院第二庭正式开审，而大约20分钟前，被告林过云已经被押离了北角拘留所……”

警车响号由远及近，围观的众人的热情再次被点燃了，人群如潮水般，高呼着“来啦！来啦”涌向警车。洋记者扯着嗓门叫：“There he is！Move！ Move！”警察维持秩序喊着：“让开让开，谢谢——”人声汹涌滂湃。

囚车终于来到法院门前，车后门打开的瞬间，有如一声令下，闪光灯群起，人声鼎沸，甚至有人被推搡倒地。可当记者和围观者看到车里情况时，不禁大呼：“上当了！”里面坐着的并不是林过云！即刻，抱怨声、嘘声四起，人们大失所望。可当有人说发现林过云在另一边出现时，那些抱怨的人们顿时如充血一般，又激动地叫喊着向另一个方向簇拥而去。

君娴被裹挟在人群中，完全没有了方向感，本来她今天是被传召来的，心中老大不愿意，又遭遇这么一大波疯狂的看客闲人给堵在这里了，更是心烦，不由抱怨起来：“喂！哎！你们……”有人粗鲁地撞了她一下。

“究竟是什么事啊！好像暴动了……”君娴气不打一处，“香港人都不正常的……Oh！Shit！Oh！Shit！”

终于，她从人潮中挤出来了，狼狈地瘸了似的向法院大门走去。

守门的法警看到她的样子，不由地也笑了：“小姐，你这么斯文，回家看电视吧，一拐一拐地都要来看热闹。”

“我不是来看热闹的！你以为我想来挤吗？我让人踩到鞋跟都掉了

呀！” 君娴被惹毛了，对法警斥责，“你是不是警察啊？That’s purely hooliganism ，but you just stand here，arms folded and watch and laugh！”

法警听到君娴满口流利英语，立马肃然起敬，连连道歉：“Solly……不过，小姐呀，你不能进去啊，旁听席没位了啦。”

“我收到信今日做陪审员，为什么不能进去呀？”

“哦，那能进，Solly……快点，10点钟开审，这边请——Solly……”

“就那边，直走？”君娴仍有火气，气呼呼地问。

“你进去，左转……右转，有个大房间，还有个陪审员房间，那里就是了。嗯，我守这区，是——”

君娴不想听，大步走去。法警在她身后急急地唤道：

“喂！小姐，小姐——”

“又怎么了，阿Sir？”

“你落下了一只鞋跟。”

君娴尴尬地回身，道了声谢，急忙拾起鞋跟，灰溜溜地向陪审员室逃去。外面的热闹跟法院大楼里的静谧形成鲜明的对比。长廊里，君娴左右脚一高一低地走着，高跟鞋与地面发生碰撞，踉跄有声。

指示不清楚，哪有陪审员的房间呢？君娴拖着没有后跟的鞋子，心烦得只想折回，离开这鬼地方。不远处的一个房间门口有一个小前台，一名女文员站在那里，君娴告诉自己：“如果那里不是，就走！”

“请问，这是不是陪审员房间？”

女文员微笑着点头，让君娴泄气了。

“是的，能把信给我让我登记一下吗？还有身份证，谢谢。”

君娴乖乖地递上信和身份证，对方核对了一下信息。

“游君娴是你本人？”

“是。”

“是第一次做陪审员？”

“是。对不起，我知道这是公民责任，不过我真的很忙，我可不可以申请不做了？”君娴一口气说出酝酿了几天的台词。在等女文员回答的时候，君娴又自知不在理，刚要说：“就当我没说过吧。”女文员礼貌地双手交还身份证，回答道：

“今天还有三十几个一起参选的陪审员，未必选中你；如果选中你，你有充分理由的话，可以和法官说。给，你的号码牌，这份是陪审员须知。你先在那边坐着等一下。”

君娴接过号码牌，回头看了一眼等候区，那里只有一排空座位。

“还有三十几个人？怎么只有我一个呢？”

“你比较准时。”女文员笑着说，“喏，这不，你有伴了。”

一老人与一个少妇快步走来。

“是了，是了！就是这里，”少妇一副迫不及待的样子，快步超过老人，“我记得啦，还是这位文员小姐，我当年做过，审一桩绑架案，那个贼蠢死了，案情简单得很。”

“两位，这边是陪审员登记处！”

“哎，奇怪！你做公务员都退休了，一次都没抽中你，没理由啊？”少妇偷看老人的登记填资料，好奇地问。老人显然被她烦了一路，不耐烦地敷衍了一句：“好运罢了。”

“嘻嘻，反正有空，好过看戏呢！政府还给车马费呢！”少妇只顾得兴奋，完全没有意识到老人厌烦，“嘻。喂，Madame，你说，这一桩‘雨夜杀手’案，我们会不会被选中呀？”

“一会11点钟开庭，你们第一轮先选，要选7位……”女文员正耐心解释，君娴一听这话，急忙上前打断了对方：

“Hey，wait a minute！ 不好意思，这案件今天开审，不是一早就全部选好陪审员的吗？”

“没有啊，如果等下开审，他突然肯认罪，那就不需要陪审员。”

“但是……我以为只是……审普通的案……”

“去！普通的案？” 少妇冲着她大为不满，“那我还不如回去听广播得了！”

“还没到时间，我想先去打个电话。”君娴跟女文员申请，也不等女文员回复，“电话间在哪儿？”

顺着女文员指的方向，君娴一瘸一拐地来到法院的电话间，打开皮包，翻出一枚硬币，也不管掉在地上的钱，急忙投币，拨通电话。

“Hello，宏思国际策划。”

“喂，嘉嘉呀，你怎么现在才上班啊？我打了两次电话来啦。”

“嘻，迟到一点点啦。咦？君娴，你今天不是要去法院的吗？”

“是，但现在有点问题。”

“什么问题？”

“我以为听审只要3天左右，现在可能要两三个星期。”君娴担忧道。

“哦？怎么这样呀？东辉集团那个项目怎么办？证监会过了！死啦，那客户只信任你，老板都搞不定他，我怎么帮你？你真要想清楚啊！”

嘉嘉为君娴着急起来。她们上初中的时候就是闺密，虽然后来分开过，但不曾断了联系。命运的安排，让她们能在同一个公司里重逢，为此她们深感幸运，倍加珍惜。

“是啊，不过现在还没结果，一会儿抽签……”

“去！一会儿抽签再说吧，给你吓死了。”

嘉嘉松了口气，但君娴却没有这么轻松：“不是呀，我有预感，昨晚下班不是很晚，我坐的士回家。不知怎么的我的心怦怦跳，你知不知道，今天

‘雨夜杀手’案开审，这么巧？”

嘉嘉在那边突然大笑，劝君娴说：“不会这么巧的，不要迷信。”不知为什么，嘉嘉越是这么说，君娴反而越觉得这事会跟自己扯上关系。

“那新闻稿张先生看了没？有传真来没？”

“哎呀，这么早什么都没有啊！真是的，工作狂小姐！不过还真有你的东西来了！”

“什么？”

“你猜？”

“行啦，我可没那心思。”

“你的Alan送花来了！”嘉嘉笑道，“开心吧？好幸福哦！”

君娴吐口气，不屑道：“肯定不是Alan，他知道我不喜欢送花这么老土的行为，给我扔了它。”

“扔了它？”嘉嘉惊诧道。

“是呀，都不知道谁这么无聊，我等下回来看一下是谁。”君娴果断地说道，这一刻她又找到了自信，能拥有Alan的爱，是她的骄傲。虽然不是Alan送的花，但提到他的名字，她的心里就会产生莫名的幸福感。挂上电话，君娴带着这份良好的感觉，拨通了另一组电话号码，对方很快就接通了。

“喂？”

“喂，早上好，Alan Fung 办公室。”传来一个女人的声音，君娴有点扫兴。

“喂，帮我接Alan，谢谢。”

“对不起呀，他在开会，我是他的秘书，你是黄小姐？”

“不是，我姓游。”

“什么？你什么理由啊？”

君娴的好心情一下被折腾没了，气得大声道：“我姓游呀！”

“喂，君娴？”电话那端传来Alan那充满磁性的声音，“不好意思，那秘书新来的，找我有事？”

君娴刚上来的火气瞬间消失无踪，而且变得出奇的温柔：“没，没事，你在干吗？”

“干吗？上班啰。”听了君娴的话，Alan笑出声来，“好忙吗？”

“昨晚拆息拉高有半厘，那些老板盯着呢，我现在没空的。”

“哦，对不起，那……那我不打扰你了……”虽然这都是情理之中的事，但君娴还是顿感失落。

两个人突然静了几秒，谁也不说什么，但也没人有要告别的意思。

“嗯——”Alan率先发声。

“什么呀？”君娴急忙应声。

“一会儿一起吃午饭吧？”

听到Alan的提议，君娴立刻展开了幸福的笑容，说：“好啊！”

君娴一扫早上来时的不快和紧张，镇定地步入法庭。此时，她的心里更多的是好奇。法庭里人声嚷嚷，大家都在讨论案情。书记、控辩双方的团队，每个人的神情都预示着这是一场不简单的审判。

“Court！”法警一声高呼，全场立刻安静下来，众人齐刷刷地起立，待法官入席后，再坐下。场面已经完全肃穆下来。

书记起身宣念：“本案编号HCC106/83，是由按察司费柏主审。”

“本席宣布本案正式开始聆讯。”随着法官庄严的宣告，全场屏息，拭目以待。

“被告请起立。”书记朗声说。

被告在犯人栏内站起身来。这就是被告了？君娴刚才没注意到。啊！林过云？原来是真名字吗？就是杀害了3个还是几个女生的计程车司机吗？他看起来个子不高，有点瘦，像个普通工人，稍微低头不看人，给君娴一种阴森森的压抑感。

“被告林过云，28岁，的士司机，家住土瓜湾贵州街，被控四项谋杀罪名，第一项控告你在1982年2月3日，在本港地区谋杀女子陈凤茹，你认不认罪？”

被告镇定地回答道：“不承认谋杀，只承认误杀。”

“第二项罪名控告你在1982年5月29日，在本港地区谋杀女子陈云好，你认不认罪？”

“不承认谋杀，只承认误杀。”

“第三项罪名控告你在1982年6月17日，在本港地区谋杀女子梁秀娟，你认不认罪？”

“不承认谋杀，只承认误杀。”

“第四项罪名控告你在1982年7月2日，在本港地区谋杀女子梁惠冰，你认不认罪？”

被告略微迟疑了一下，有些疲态地回答：

“不承认谋杀，只承认误杀。”

记者和旁听席上发出一阵骚动，旋即沉寂下来。

君娴这时候才记起报纸上有关这起连环碎尸案的轰动新闻，第一个受害者尸体被发现后，陆陆续续怀疑可能也遭到毒手的失踪女性有七八个，一直没破案线索，一直疑云阵阵。那次城门河发现了黑胶带裹封的残肢，弄得沙田区人心惶惶，年年举办的龙舟竞赛也被迫取消了，啊！还有器官什么的。后来，警方突然宣布抓到了嫌疑犯，全城大街小巷都炸开了锅。

“本席宣布暂时清堂，以便选出陪审团。”

法官的话音如木槌般敲击在君娴的心上，听了刚才对被告令人发指的罪行，君娴恨不得赶紧离开。

君娴随着三十多人的大队伍，在女文员的带领下，浩浩荡荡地来到陪审员房间。遇上这么一个大案子，人们都显得很激动很兴奋，已经开始议论被告是否有罪了，有人还就报纸上报道过的细节与周围人争执起来。君娴看着他们，忽然觉得厌恶，他们是打着公正的旗号，来窥伺别人隐私的吗？就是这样的一些人，决定着别人的生死呀！

“各位请静一下，我跟大家介绍，”女文员见惯了大案，不徐不疾地说，“这位是法庭书记张先生，你们以后所有事务都会由张生负责安排。”

“各位，”一派严肃的张先生轻咳两声，也不客套，即刻公事公办起来，“相信大家手上都有个号码牌，一会上法庭抽签，当喊到你的号码就表示抽到你了，请你走出去，其余抽不到的就会安排去其他的法庭抽号，直到抽完为止。如果有问题的话，请跟我说。”

“我有问题！”君娴赶紧举手。

“是。”

“如果有理由做不了陪审员，应该什么时候和法官说？”

“抽到你的时候，你可以提出，如果宣誓了就不可以了，OK？没有问题的话，那么请这边来。”

众人跟着张生鱼贯入庭。早上遇到的那位少妇来到君娴身边，扯了扯她的袖口，低声劝告道：“小姐，你怎么这么傻呢，这是世纪大案呀！抽中你，嘻嘻，就像中六合彩呀！你看，除了点内幕真相让你知道，还不知有多少呈堂证物呀，肯定有那些什么标本呀，从死者身上割出来那些呢……嘻，听说还有他杀人奸尸的录影带看呀，还有呀——”

“够了够了，”君娴越听越恶心，赶紧打住，“奖品这么丰富，你一定会抽到的。”

“嘻，借你吉言啦，只不过抽奖这种事很难说的。你年轻，那些受害的女人啊也不过二三十岁……”面对少妇这种简单的脑回路，君娴宣告败下阵来，只好加快了脚步，可少妇紧跟不休。

突然，从走廊里传来急促的脚步声，大家以为发生了什么事，纷纷看去。是一个满头大汗、气喘吁吁的男的。

“对不起，请问……哪位给我……给我登记？”

“先生，我们已经……”女文员开口婉拒。

“什么啊？”他快断气了吧，对女文员摆摆手，然后做了几下深呼吸，义正词严地说，“我要为香港市民服务，为正义挺身而出……”他一腔书生气吸引了所有人的注意，但说到激昂处，气接不上了，“……唉，从湾仔跑……跑呀……来的，见……见谅。”

“那你先来跟我登记吧。”女文员也被年轻人逗笑，为他破例。

他的出现缓解了紧张的气氛，大家都露出谅解的笑容。唯独君娴对他有不同的态度，在她看来，这个年轻人不过跟那个少妇一样，为了猎奇，为了增加吹嘘的资本而来，只不过是这个人更会说些冠冕堂皇的话罢了。

登记完，一行人浩浩荡荡地进入法庭，人数核实后，书记开始抽签。

“30号，何成邦先生。”

何成邦来到庭前。

“17号，郭思豪先生。”

刚才那个老人原来叫郭思豪，他不情愿却也理直气壮地走出队伍：“法官大人，我是教中七的，这个时候，要出模拟试卷……”

“怎么，学校没了你要关门了吗？”法官不满地打断他的话，“按你的记录，已经推辞两次了，这次你再拒绝的话，我就告你藐视法庭，你有什么意见？”

慑于法官的威严，郭老先生退到一边，嘟囔地说：“没意见。”

见到这一幕，君娴不禁握紧了拳头，那个理由更加强烈地在她心头翻滚，等轮到她时，她想，我这个理由足以让法官接受，甚至同情她——她小时候曾被人非礼过，所以对男人有阴影，这种案件，她一定是不能客观做出判断的。君娴深吸一口气，这个理由在她心里不断地重复。

“6号，Mr. John Clapton。” 书记继续叫号。

John来到庭前。

“28号，谢雪梅女士。”

“法官大人，反对！”辩方律师的反对让君娴看到了一丝希望，对方为了让审判对被告更有力，已经反对了4名女士了！这样的话，轮到她的时候……

“同意。但是辩方请注意，这已经是第五次了，以下不可以再反对了。”

“了解。”辩方律师的回复让君娴泄了气。

“31号，李大明先生。”无人应答。书记提高了声音：“李大明先生！”

“我！是我！请让让，谢谢。”刚才那个迟到的推开前面的人，急步上前。“实在抱歉，我现在都用笔名‘李进’，所以一时没反应过来。”

书记没耐心听这些，继续点名：“3号，陈黄小玉女士。”

陈黄小玉原来就是那个少妇，只见她果然像中了头彩般开心，笑得合不拢嘴，还不禁喃喃自语：“嘻……中了，中了！嘻嘻嘻嘻……”

“请3号准陪审员庄重点！”法官也看不下去了，几乎想破例给辩方反对机会。“现在抽最后一位。”

“1号，游君娴小姐。游君娴小姐——哪位是1号？请起身出来。”

那一刻的君娴仿佛触电一般怔住了，没想到事情真的发生了。她慢慢走出，那一秒，君娴觉得整个生命都发生了转变，虽然她说不出具体发生了什么改变，有什么不同。她大脑一片空白，呼吸里全是万金油驱风油的味道，脚如同踩在棉花上，整个人轻飘飘的，心里背了几遍的理由卡在喉咙。

“游小姐？你怎么了？”书记见君娴神态不太正常，关心地问，“听书记说，刚才进来时你说有理由不做陪审员，是吗？”

书记对法官使了个眼色，法官同意地点头，显然他希望陪审团里女性比例可以再缩小。

“说说看。”书记在引导她。

君娴看了看书记，又看了眼法官，当她看到低着头的被告时，被告居然也抬眼望了她一眼！

君娴不禁悸动，有点退缩，她不明白，她想问上帝，为什么要选她？她有太多的不明白，包括那一刻，之前背好的理由突然被一个摇头所代替。

“是没有问题吗？”

“没有。”

“对了，你为什么不提出说不做呢？”

中午吃饭的时候，就连Alan也都这么抱怨。

“这案子没必要劳师动众打官司，明明是他杀的嘛，可恨香港没有死刑，审了判了最后还不是让他蹲大牢，浪费我们纳税人的钱！君娴，我们已经很少有时间见面，你这次听审，又是一段长时间没空，再说，压力好大的，不止影响你一个人，你身边所有人都受影响。还有呢，客户现在搞上市，你第一次参加这么大的一个project。你听我说，虽然这么做是自私点，但是你要学学保护自己嘛……君娴？君娴？”

君娴沉浸在迷茫之中。这是中环的一家西餐厅，午膳时间食客颇多，闹哄哄的，却同样无法让君娴凝神。空洞渺远的人声人影在Alan不满的催问下才渐渐清晰。

“什么？”君娴回过神，问道。

“我都是为了你啊。”Alan握住君娴的手，心疼地说，“这样吧，我让医生给你写个病历说你病了，怎么样？”

“我不想说谎。”君娴想说，她有更好的理由，但她不想说，她不知道那种事如果被Alan知道了会有什么后果，不知道Alan还会不会珍惜她。大男子主义是很危险的东西。

“那算了，你听我的，当我没说过。”Alan不满地说道，用刀叉使劲切面前的牛排。

“你信我，我会处理的了……不如我们不要说这些了，说别的吧。”君娴温柔地劝解道。

“说什么别的？”

“说甜言蜜语呀，我现在好想听。”

“哈，现在？这里一点浪漫气氛都没有！”看样子Alan是没有那份心情了。

君娴抓住Alan的手，拿下他手中的餐具，双手摆正他的脸，与她直视，撒娇道：“你一说就有了啦。”

Alan被搞得无可奈何，叹了口气，像完成规定动作一般机械地背诵道：“君娴，我真的好爱你，第一次见到你，就被你的眼神迷住，你那时穿着校服，好像白雪公主一样，不过你那时候贪吃了点，拿着个甜筒，还滴得裙子都脏了。”

君娴露出花痴状的笑容，完全不介意Alan说这话的时候是否走心。

“我天，我重复说17次了，不厌啊？”

“不厌，肉麻点还好，嘻。”君娴知道自己这样不好，但“雨夜杀手”的案件如此醒目地刺痛着她不堪回首的过去，她更需要Alan的甜言蜜语来给她某种安全感，需要一再确定他不会离开她的那种感觉。

“要点什么呀小姐？”侍应生走过来问道，也为Alan解了围。

“我要甜品雪糕，有车厘子那个。”

Alan拿出香烟，侍应生赶紧为他点火。

“我要咖啡，走糖。还有，拿个烟灰缸给我。”

“好的，谢谢。”侍应生转身离开。

“嘻，无论多不开心，只要吃点甜的我就没事了，我是不是很简单呀？”

“嘿，蠢女人。”Alan无奈又疼惜地评价道。

“是啊，我承认呀，不过呢，其实我很聪明的，和你一起才变蠢的，哈哈……”

Alan拿君娴没有办法，跟着她一起笑了起来，又被烟呛着了。君娴在公司是部门主管，精明能干，态度专业，可是和Alan在一起，只要Alan稍微哄一哄她，她就没脑似的傻笑起来了，这种简单的幸福，是她想要的。

吃过午饭，Alan坚持要送君娴一程。两个人挽手走在人行道上，看着街上人车争路的快节奏场景，君娴突然有点享受他们目前的这种状态。浪漫是需要时间的，急不得。

“方向不对。法庭下午正式开审呀。”

“这里好像有间鞋店的，去前面看下。”

“不行啦，到时间回去啦，不买啦。”

“你这样一拐一拐的可不行，扭到就更惨了。”Alan认真的样子，让君娴的心中涌过一阵暖流。

“呀！不如这样，唏！”君娴抬脚踢飞另一鞋跟，“看，踢了这只，没鞋跟还舒服，我真的要走啦，亲我一下……今晚打电话给你，拜拜！”说完，她便转身走离开。

“嗨，你还回不回公司啊？”Alan问道，“用我接你吗？”

“今天的工作嘉嘉会处理了，我可能不回啦，什么事呀？”

“哦，没，本来看你今天要做陪审员，送了束花给你，想着……”

“什么？是你送的？”

君娴惊诧道。Alan像做错事的孩子一样，也没有接话，两个人彼此看着，默默无声。但君娴感到刚才那股暖流已经到了她的嘴边，到了她的眼眶。

“Sorry呀，你不喜欢人送花。”Alan等不及君娴的原谅，率先开口，承认了错误。这反而让君娴更加的感动，眼中泪光闪闪，一下扑进了Alan的怀里。

“我没说不喜欢啊！”君娴哽咽着柔声道。

“傻女人。你哭就哭啊，不要拿我的领带擦鼻涕呀。”

“讨厌！”君娴破涕为笑，打了Alan一下。

下午1点45分，离开庭还有10分钟，大家陆续来到陪审员休息室。书记推门而入，所有人都立正站好，像是等待接受任务的军人。张书记对大家点了点头，清点了一下人数：“谢谢各位这么准时，还有15分钟就开庭了，希望趁这点时间，大家可以选出一位团长。团长没什么权利义务的，最主要是代表你们提出疑问或者要求，最后说出你们的裁决，就这样。大家争取时间选一位吧，我退席一会儿。”

张书记离开房间，大家沉默着，彼此打量起来。

John操着他洋气的白话发表起意见：“我有个建议，你们中国人尊敬年龄，郭老师，请你考虑下接受。”

“我？”郭思豪顿感意外，他的确是年纪最长，也就是John说的“郭老师”。

“好啊，我赞成，郭老师做团长就好了。”陈黄小玉立刻为自己刚交的朋友撑场。

何成邦附和赞成。

“哼！我根本就没空，”郭思豪教书先生气十足地回应道，“何况这个案件，唉！‘国之将亡，必有妖孽’；孟子有言‘穷则独善其身’。”

郭老师的话让大家一头雾水，还是陈黄小玉比较直接干脆地问道：“请问你是啥意思呢？”

“就是不做呀！”郭老师斩钉截铁地总结道。大家因为没听懂郭老师的话，也就不明白他拒绝的理由到底是什么，便也没有劝他的理由，一下冷了场。

“郭老师，不是这样说的。孔子有言：‘见利思义，见危授命，久要不忘平生之言。’还有，‘当仁不让’！”

李进站出来，用郭老师的方式劝说他。君娴听得不明不白，遑论Clapton先生了。

郭老师根本没有意识到还会有人引经据典反诘他，一下哑了，支吾几句，竟然没了词。

“好啊，郭老师当选，大家不会反对吧？”李进带头鼓起掌来。陈黄小玉跟着鼓掌，立即附和：

“是啊，郭老师读的书多，我们女人都没读过什么的，你带领我们得了，嘻嘻……”

“陈太，我不同意你的说法，”本来就对陈黄小玉怀敬而远之之心的君娴，听了这话更是恼怒不已，冷面冷语地说，“做陪审员需要的是社会良心，学问并非最重要的，做女人要有主见才行。”

陈黄小玉从没想过这么深奥的东西，被君娴一说，完全摸不着头脑。

“你说的没错，错就错在那些律师，根本不应该选女人做陪审员，”李进借着刚才成功劝说郭老师的余威，继续发表高论，“这案件够残忍，证物又恐怖，女人唉……很难客观的。”

君娴听了这话，恼火万丈："你怎么知道女人不客观呀？我和你同样是纳税人，对社会有同样的贡献，你们做得到，我们也做得到！"

"对的对的，"李进观察了一下大家的反应说道："我等……嗯，开审之后你受不了了可以退出的。"

君娴"哼"一声，白了他一眼。明明就是故意挑衅！这种人最是卑劣的！

"喂喂，法官叫我们陪审员多交流，交流而已嘛，怎么称呼呀——"李进上前想与君娴套近乎，君娴不理他。

敲门声！张书记通知他们上庭了。

李进借机摆脱尴尬的境地："我……说真话罢了，要开庭了，我们走吧，我们……"

谁也没搭理他，君娴匆匆进法庭就座。不幸的是，在陪审团的座席上，她竟然是与李进并排而坐的！开始的时候君娴厌烦地把身体向一旁倾斜，躲着李进，却发现她的另一边是陈黄小玉，不禁郁闷万分。

主控官洋腔洋调，但语言过分客观，全无抑扬顿挫，听起来刻板难受，却也增加几分客观的庄严：

"本案4名受害女死者，都是在尖沙咀拦到被告所驾驶的的士后不幸遇害的，时间集中在傍晚和清晨，而且案发的时间大部分在下雨。警方在被告家里搜出一个月历，上面有被告犯案后记下'行动'等文字，这些杀人的时间日期和4名死者遇害的时间日期完全吻合。所有遇害者都是被电线勒死，然后被拖回被告的家里，脱掉衣服，拍裸体照片、幻灯片，有的还拍了录像带，现在给陪审团看的证物，是22张在被告家里搜到的照片和幻灯片，主要是女死者的性器官，其中一张因为拍到行凶者的手，将手指部分放大之后，证实和被告林过云的指纹相同。"

旁听席传来惊呼声。法警将照片交给陪审团左边第一个的陈黄小玉。她兴奋雀跃胆怯震惊犹如小孩，自己留下一张，其余的传了下去。

“去！拍的这么模糊——谁能看出这是什么？”她端详了一会儿照片，纳闷地递给君娴，低声说，“游小姐，你看看这是什么？”

君娴看了看照片，的确分辨不出是什么。李进凑过来看了一眼，哑然失笑：“你们看反了啦！”说着，为她们将照片摆正。“这样呀，看见没呀？是女性的——”

“性器官！”陈太太失声惊呼，“游小姐，快看！”

“好了，我看过啦，Mr. Clapton，给。” 君娴一阵恶心，转手给了John。John面色冷峻，说了声Thanks，但那神态更像是说：“谢谢，不要给我了！”

主控官继续陈述案情：“凶手拍完照片之后，将尸体用电锯或者手术刀肢解，切成多截，分别放入胶袋或者麻包袋，开车载去沙田城门河和港岛大坑道山边弃尸。据被告向警方所说的，他每逢下雨就会头痛不舒服，他被盘问时，曾用英文自称为‘Rainy Night Killer’，即‘雨夜杀手’，还说自己有‘恋尸狂’。而根据录影带证实，被告曾经对第四名女死者进行过奸尸。”

“呃，哎，”陈黄小玉忍不住低声作呕，“李先生呀，麻烦你帮我向郭老师借点油……我想擦下……我……呃……”

李进赶紧与郭老师耳语一番，郭老师也很爽快地递来了驱风油。

“你行不行呀？”李进关心地问。

陈黄小玉脸色苍白，但还坚持着：“我可以，我可以的……”

李进看到君娴似乎也吃不消，硬撑着的样子，便把油也递给君娴：“来，游小姐，你没事吧？”

“我有什么事啊？”君娴低声咬牙回应。

“没，你面青唇白，好像要休克一样，”其实李进也颇受冲击，身体发虚，声音也跟着渐渐空洞起来，“你要不要涂点油呀？”

在君娴看来，李进好像很欣赏看那些照片，更享受看她与陈太这样子出洋相，越看他越觉得他虚伪、猥琐、令人作呕。不禁心中大骂李进是个变态！进而她又想到被告林过云，这个变态屠夫，一下雨就……怎么还奸尸啊？为什么她之前没留意到新闻这样报道过？混杂着审判席中驱风油的味道，本就感觉压抑的君娴，倍感呼吸困难，想立马逃离这鬼地方。

就在思绪紊乱之际，她忽然感到下体不适：“不嘛！这个月……怎么来得这么快！哎呀！糟了，我什么都没准备！”内裤一点点洇湿，想到自己还穿着白色的裙子，君娴慌乱委屈地要哭，眼泪在眼眶中打转……

第一天庭审终于告一段落，这段漫长的时间对君娴来说简直是毕生灾难！法官刚宣布休庭，君娴就冲出审判席，向厕所冲去。简单的清理过后，君娴发现没带纸巾，可恶的是，打开一格厕门，厕纸盒是空的，再推开一格，还是空的。“这是什么政府，这么省啊！”君娴心中暗骂，推开下一格厕门，里面竟然有人，不禁吓了一跳。

“哇！”里面的陈黄小玉也吓了一跳。“游小姐。”

“陈太，你一直在厕所里呀？”

“是啊，一点点便秘，一点点便秘而已。”陈黄小玉尴尬地嬉笑着走出厕格，一股酸臭冲鼻，君娴看到马桶里全是呕吐物，看来陈太的心理承受能力远在她的好奇心之下。君娴对她突然同情起来，不说什么，为她冲了水。听到冲水声，陈太意识到自己没有善后，本想歉意道谢的，却看到君娴身后：

“哎呀！游小姐，怎么你，唉，这么不小心啊，碰到这样的日子还穿白裙，你后面呀，见红啦，看！”

“不是呀，我……”君娴有些窘迫，连忙解释道，“我这个月应该没这么早的，都不知道为什么，可能今天……”越解释越尴尬，君娴又想哭了。

“不好啦，”陈太洗着手，镇静下来后，又恢复了快人快语的本色：“我懂的，我也是过来人，长期吃了避孕药，突然停了不吃，会让周期不正常的。”

“不呀！我都没……”君娴气得无语。

“没事就最好啦，把裙子脱下来洗洗吧，我帮你……”

“不用不用……”君娴急忙推脱。

“那好啦，涂不涂油呀？我拿了郭老师的油没还，你也闻闻……”陈黄小玉打开盖子，直接将油递到她的鼻子下。君娴闻到这股味道就想吐，连忙遮住鼻子避开。

“嗯嗯！我最怕这股味道！别过来呀！”

“算啦算啦，心情烦躁是一定的啦。唉——这件案还审什么，肯定是那个王八蛋杀了人，香港杀人不用填命的。哼，阉了他就对了！”她越说越激动，竟又莫名其妙地笑了起来，语无伦次地说着“那……听得见啦”之类的让人摸不着头脑的话，便推门出去了。

君娴看她有点不正常，可能案件太刺激，她没料到自己承受不了吧。这样看来，女人还真是不怎么客观冷静，噫，这个观点怎么这么熟悉？君娴正在疑惑，突然脚背湿了起来。她本能地退了几步，这才回过神，原来是洗手盆已经满了，水漫了出来。不知是谁没关水龙头！

等君娴离开法院的时候，淅淅沥沥的雨已经下了有些时候了，车轮压过地面时溅起的水花声清晰可闻，她感到视觉和听觉不大同步。法院门口的人明显比之前少了。不知是不是天意，被告林过云，这个“雨夜杀手”，在这样一个下雨的天气里，开始了自己的审判。今天聆讯结束时，主控官杜辉表示，明天将会由警探罗大军出庭作证，讲述破案经过。在被告家中搜到的用防腐剂保存的人体器官，也将作为呈堂证供。明天对新闻界来说，想必又是轰动的一天，但对君娴来说，简直不亚于一场受刑。

“行啦，不用你扶！又不是老人！”一个老气横秋却似曾相识的声音传来，引起了君娴注意。原来在不远处，李进正和郭老师一同下楼梯。

“地上很滑，你又没有伞。这样吧郭老师，不如打电话叫你家里人来接你？”

“我看起来很不行吗？‘天将降大任于斯人也’……”

“是要降大任，只是您老人家已经‘发苍苍而视茫茫’了。”李进丢书包过了火也不自知。

“什么！你……”郭老师气得不知该说什么好了，李进却还浑然不觉，热心地拉着郭老师要去排队坐的士。

“我坐船，不坐的士，我可以照顾自己，不用你这么多事！”郭老师甩开李进的手，径直离开。

“什么？我多事？我敬老而已——嗨，郭老师！”李进茫然看着郭老师的背影，难道自己是八字不好，所以才这么不受欢迎？李进不信邪，他不信自己这么热心肠的人会被讨厌，尤其是在陪审团中当他好像被孤立似的。他回过身时，发现在排队等的士的君娴，他们之间似乎有点误会，李进凑了上去。

“游小姐，等的士吗？”

“你……你是……李大明？”

“嗯，叫我李进，李大明这个名字太俗了。你知道吗，电话簿里有26个李大明。有一天我看报纸，屯门车祸一死三伤，那个死者就叫李大明，哈哈……”

君娴不知道他为什么要说这个，觉得这个人既讨人厌又无趣，加之身体不舒服，避之不及，便没有搭理。

李进有点尴尬，继续没话找话：“游小姐，你男朋友没空来接你吗？”李进忽然想起今天的案件，想借此开个玩笑，压低声音提醒道：“小心点哦，现在很晚了，又下雨，你一个女人还坐的士？”

“这个人真是够无聊呀！”君娴在心中呐喊。想到今后来日方长，抬头不见低头见的，君娴忍住脾气，但还是语气不满地问道：“现在你很闲吗？”

李进本想回答他还有事要做的，但听语气似乎对方心情不太好，他也不想多招惹对方，便悻悻然地回答道：“嗯……这样啊……我……那再见啦。”边走，李进边喃喃道：“我就喜欢坐电车，现代社会最大的不好就是什么都要‘快’。Martin Scorsese说‘慢’一定是好的，所以才会有慢镜头，动作更美。”这么想着，李进也慢动作走起路来。看着李进怪异的举动，君娴大发感慨：

“神经病！”

看着李进上了电车，看着电车叮叮驶离，君娴暗自叹气：“唉——坐电车也不错呀。回想起来，我从英国回来后，还没有坐过一次电车。其实，小时候我很爱坐电车的，八姐接我放学，我闹别扭，她就会买甜筒给我吃，在电车上吃着，看街景缓缓地跌宕而去……”君娴想到这里不期然笑了起来。她记得陪八姐去买菜，猪肉档的老板很讨厌，她们一经过，他就调戏八姐，问她什么时候嫁人，八姐的口头禅就是：“撞鬼咯！”哈哈……一辆的士到站，君娴上的士的瞬间，突然记起了：“这个李进也挺厉害，居然知道我男朋友没空来接我。”

在北角，电车到站后开出。刚驶出不远，坐在后面的李进突然慌张起身，同时歉意地拨开面前乘客：“麻烦让一下，麻烦让一下！”边向司机大喊：“司机！司机！有下车的啊！不好意思，刚刚打了个瞌睡！”车停下来，司机为他打开车门。

李进经过一个报摊前停了下来，看到有兴趣的杂志，拿过来，翻看一下内容。

“先生，你每一本杂志都翻，让我怎么卖啊？”摊贩实在看不下去了，不满地抗议道。

“你不用急，我会买的。喏，这些晚报还剩这么多，买一送一，OK啦！”

说着，李进丢下了一份的钱却拿起两份，摊贩手疾眼快，立刻抓住报纸。双方来回拉锯，谁也没有放手的意思。

“喂！什么卖剩的？今天的世纪惊险奇案开审啊！喂！放手啊！怎么可以硬抢的！喂，我要报警啦！”

“行啦，给我吧！真是个奸商！”

“奸商”？摊贩没想到竟然还有这么厚颜无耻的人！趁摊贩恼怒愣神的工夫，李进用力一拽，将报纸夺了过来，随即转身夺路而逃，老板的咒骂声渐远。李进反思过自己，决定把自己归类为“雅贼”，这样心情就豁然开朗了。

商场的楼梯间，李进冒出来，夹着两份报纸，一手拎着杯面之类的东西，一手拿着钥匙，左顾右盼，确定没有人才赶紧闪进来，快步走向一家出版社，开门，闪进，关上门，整套动作一气呵成。靠在门板上，听了听外面的动静，似乎没人跟来，李进长舒一口气。

下一个问题，是不是要开灯呢？会不会太张扬了？李进琢磨着来到桌前，突然看到一个黑影伏在那，不禁吓了一跳，钥匙、报纸和杯面都掉在了地上。

“谁！谁啊？”

黑影缓缓起身：“你看你，回自己家都这么鬼鬼祟祟，是不是怕被高利贷追债啊？”

原来是垃圾婆！李进不由心寒，气恼地向门口一指，厉声道：“这些不用你担心，明天再说啦，不送！”

“还有明天？”没想到垃圾婆根本不吃这套，把钥匙拍在桌面上，不屑地说道，“钥匙还给你。以后你的垃圾自己管，我不干了！你这间烂出版社，乱葬岗一样，怎么会有好运势？看！女人的胸罩也到处丢，拉完屎不擦屁股，都懒得跟你说。3个月的卫生费！”

李进怎么会咽得下这口气？但他吞下了尊严：“通融一下吧，现在没有啊。你也看到啦，灯又坏了，电话也被停掉了，我现在只能吃杯面而已，你行行好啦。”

“同情你？不好意思，我是冷血动物。总之，今天不给钱我就不走。”垃圾婆如地主般，大模大样地坐下。

“你真的不走？”李进见她不理，想了一会，说道：“好吧，看你这么无聊，给你点好东西，让你开下眼界。”

李进来到桌子前，拉开抽屉，拿出一些金属制品放在桌子上。

垃圾婆以为是要当给她的什么宝贝，好奇地凑上前，目光贪婪地问道：“什么东西？古董吗？”

“手铐，俗称‘孖叶’。”

垃圾婆拿起另一样，“这把刀呢？”

“哦，这把是手术刀。”

垃圾婆感觉不对劲：“用来做什么的？”

李进诡异一笑，这只有夜光的房间让他的笑容愈加邪恶，垃圾婆吓得退了一步。

“你干吗？你想怎样？”

“你有没有看新闻？那个凶手林过云，杀了四个女人，有的就是用手铐扣住她们，把她们折磨死了，再用手术刀割掉了……”

垃圾婆越听越胆战，一下蒙了。

“你……你怎么会有这些东西？”

李进冷笑道：“你知不知道？警方可能抓错人了。”

“抓错了？”

“嘿嘿嘿……其实死者不止4个，你记不记得1980年9月30日四环一个垃圾房里发现了一具无头女尸；1981年3月2日大坑发现一双女人的脚，一些野狗在地下挖啊挖，挖出半只手，还有一只耳朵还连着头发……”

不等李进说完，垃圾婆已经吓得慌忙逃跑了。

“嗨嗨，我还有照片要给你看呢！珍藏啊！哈哈哈哈……”李进拍桌大笑。

君娴躺在床上，感觉今天一下经历人生从没遇到过的绝望困境，疲惫得动也不想动。房门被敲响，传来八姐那顺德口音：

“吃饭啦！娴娴？”门被推开，八姐径直进入，来到君娴的床边。“娴娴！”

“不吃了，八姐，让我休息一会儿吧。”君娴哀求。

“才6点多就休息，你从来都不会这样的，都说你啦，下雨又不带伞！不会发烧吧，让八姐看下？”八姐伸手摸君娴的额头，君娴转身躲开。

“没有发烧啦。”

“那饭就别吃了，我炖了当归。”

君娴虚弱地撒娇道：“不吃……当归好难闻。”

“吃，苦口良药。那，我去街上买点陈皮，你帮我看下火，行不行啊？别睡着啊行不行？你啊丢三落四的，别以为领了身份证就真成大人了。”

“行了行了，八姐，行了……”君娴赶紧打发走八姐，免得她烦。

在床上辗转反侧。在法庭上看到的那些照片，就那么堂而皇之地出现在她的眼前。那股驱风油的味道，怎么也跟着飘到了这里？君娴顿感恶心难受。这下可糟了，做了陪审员，竟然成了这个案件的受害者！越想，君娴的呼吸越是急促，心跳也在加快，真的发烧了？君娴摸摸额头，不像，难道是幻觉？为什么在这个关键的时刻，在最需要人的时候，Alan不回电话，嘉嘉也不在公司，他们去哪儿了呢？唉，君娴越想越烦，合上眼却见到更多，她拼命地想转移注意力，终于想起有个记者招待会。发邀请函了吗？

君娴翻身坐起，拨打长途电话。

“喂？”君娴有点紧张，她的普通话的确十分普通，是把白话的音变一下就可以吗？“你好，朱总，我是香港宏思国际的……”

“香港什么？”朱总干脆讲白话，“游君娴小姐对吧？你讲广东话可以了。”

君娴顿时松口气：“是呀！朱总。”

“游小姐，我们刚刚开完会了。”

“哦，那你们决定了Logo没有？公司的徽号，还有颜色，我们要赶时间交稿给美工。”

“嗯，红色是土了一点，那就按你的意思吧。但是我们之前说过，公司是做铝材起家的，重点还是应该放在铝材上面。”

“朱总，铝材只是建筑材料，不会受注意的。”一谈到专业性的东西，君娴立刻来了精神，“香港人一直比较看好房地产，要在香港上市的话，这个形象一定会很有吸引力。朱总，今天就要决定好哦。”

“好了好了，就按照你第二份建议书来做吧。不过还有一件事，你帮我弄的那篇《主席致辞》很有问题。”

“还有问题啊？”

“好像里面的中文不是很得体，有些地方……中国人讲的话都不像中国话。”

“对不起……”君娴是在西方读书的，没想到和大陆公司合作。

“你快点帮我搞定它，明天发传真给我。还有，这个星期天吧，董事会想让你来上海和我们探讨一下，落实好所有事情。”

“这个星期天？”

“是的，我第二天就飞纽约。美国PGS基金的亚太区经理都同意星期天碰面，非常重要的！嗯，我有电话进来，那就这样，到时见啦，拜拜。”

“朱总，我……”君娴还想推脱，可是那边已经挂了电话。“唉，我哪还有时间去上海啊？明天都不知道能不能起得来。这篇破东西我都已经写了三次啦，还是过不了……哎！完了！八姐的当归！”

君娴“噌”地起身跑进厨房。

“要是水还在烧就完了，要给八姐唠叨一整晚了……”君娴最怕八姐的唠叨了，当她打开煲盖的时候，忽然发现煲那么凉。君娴一怔，急忙低下头，果然是八姐走得太急都没点火！那还煲什么啊？这么没记性，害得她白白紧张一场！

这个时候，客厅中响起电话声。君娴烦躁地来到客厅，毫不客气地接起电话，生气地问道：“喂，哪位！”

“啊？对不起，我想我……”对方传来一个男人温厚的抱歉声，那个声音让君娴喜极欲泣。

“爹地！”

“嘘，我以为打错了，干吗这么凶啊？”

听到爸爸的声音，君娴立刻感到了久违的温暖，眼泪一下涌了上来：“你们什么时候回来啊？”

“有什么急事吗？怎么啦？”那边她爸爸也听出了异样。

“没事，想你们呗。”

“傻孩子，我们到东京才两天而已，你就开始想我们啦，哈哈。”

“公司的事情好烦啊，什么都好烦，我也想放长假！你们真坏！去日本玩都不带我去！”

“唉唉唉唉，真是冤枉也哉。我怎么请得到你这个大忙人呢！女儿乖，明天买套和服给你啊。你喜欢千羽鹤还是樱花？”

“不要！”

“啊？要啦，很漂亮的！留个纪念也好啊？当嫁妆咯，哈哈哈……哦哦……妈妈要跟你讲电话。”

那边传来话筒被抢过的声音，听觉上立刻切换成了妈妈不苟言笑的声音：

“喂，君娴吗？”

“妈。”君娴也立马严肃变脸。

“今天不是去当陪审员吗？怎样啊？”

“哦，还不错，学到了一些东西……”

“什么案件？”

“嗯……谋杀案。”

“Is that ‘Rainy Night Killer’？”

“Yep。”

“我在酒店也看到新闻了，不过算啦，你不能和其他人讨论案情的。Now you're all on your own，人命攸关，你身上扛着很重的责任，you know？”

“I know，mom。”

跟妈妈的聊天永远让君娴觉得像是领军令一样，不管内容是什么，都会觉得压力重重，这次更是不例外。

君娴的压力，在此时的李进看来，实在是无病呻吟，生活里总有更重要的烦恼，比如，挨饿。此时的李进就站在湾仔道一家报社大楼的门外，等着为他的吃饭问题进行新一轮的“融资”。

“大叔呀，麻烦你再帮我催催吧，我真的有重要事。”李进哀求道，门房已经不耐烦了。

“催了两次啦，现在8点多，正好是截稿时间，这个时候那些编辑是最忙的，催也没用啊。”

电梯门打开，一个四眼编辑大步走了出来。

“喂！想我了吧？来，这边！”说着这位四眼编辑便拉着李进来到了楼梯间。

“去哪里？要不要在楼梯间谈啊，现在我跟你又不是同志！”

“大哥，你什么身份啊？我什么身份啊？一个陪审员来报馆报料，传出去了，可以告我们妨碍司法公正，我被炒鱿鱼，你也会坐牢的！”

“那也是。”李进点头承认。沉默一会儿，鼓起勇气后，他才开口道：“我公司连水都被停了，想吃个杯面都没水泡，不怕告诉你，我只有8毛钱在口袋呢。”

闻听这话，四眼编辑没有同情，反而哈哈大笑：“服了你了，‘中大才子’沦落成这样……8毛钱哈哈哈哈……”

“有什么好笑的！说正经的，我做内线，你这老总buy不buy啊？”

“Buy了啦，陪审员先生！呐，以后不在报馆聊，总之你在法庭看到什么证据，发个消息给我，我叫记者做事，不过……啧……不知道行不行呢。”

“什么不行啊？模拟整件案件全部拍出来。从他怎样载女孩子上车、戴手铐，勒死他、解剖、弃尸……像真的一样啊！全世界新闻史上独家首创！嘿嘿嘿嘿……”见四眼编辑犹豫，李进急忙为自己吹牛皮上天。

“这么有信心？喂，不如这样吧，合作出本书。”

“出书？”

“呐，案子审完就马上出，你写审讯日记，我就提供报馆用过的相片，图文并茂，色情加暴力，变态兼迷信，很适合香港人！”

“刘士诚！真是想不到，这么狗血这么贱的事情你都想得出，书是精神食粮，不是毒药，滚啊你！”

“大哥啊大哥，你出的书有哪本是赚过钱的？以前全班同学你是最有才华的，现在就你最穷最倒霉，你身边还有朋友吗？只有我肯看你一下，唉，都懒得说你！先用着吧。”说着，这位叫刘士诚的四眼编辑掏出钱来给他。李进一把抓过来，捻开，只有3张，大失所望。

“只有300块？”

“怎么？喏，我现在代表这个社会侮辱你、奚落你、瞧不起你，希望你快点成长，别这么幼稚了！”刘士诚一副大义凛然，拯救失足少年的模样。

“行了吧！穷不等于幼稚！300块，还你！”李进一把将钱塞回刘士诚的手中，转身推门。

“切！还死撑？你要肯‘改正归邪’还有得救，我为你好而已。嗨，不要跟自己过不去啊！”

李进愤怒地大步离开。

二　让性器官说话

次日一早，陪审团就发生了一大变化。开庭前，张书记将大家聚集在走廊宣布："各位请过来一下，谢谢，今天聆讯开始之前呢，法官有些事情要跟大家宣布。"

众人不知何故，但感觉有大事发生，纷纷顺从地跟着书记，进入法官的办公室里。一向爱张扬、凑热闹的陈黄小玉今天偏偏没有到，君娴预感到什么了。进入法官办公室后，法官严肃地告知：

"各位陪审员，相信大家都发现了，你们之中有一位陈黄小玉女士今天缺席，本席和控辩双方已经同意她退出。"

大家讶异，怎么会出现这种变故。虽然陈黄小玉一直不太讨喜，但此刻就像突然失去一位战友，让人难以接受。扪心自问，谁也不知什么时候轮到自己承受不了也会退出。

"本来她缺席的理由是不便透露的，"法官解释，"但是本席担心其他陪审员以为陪审团是很随便的，说退出就退出，所以还是决定让你们知道真正的情况：陈黄小玉女士是因为看过那些呈堂照片而精神崩溃入院的。"

众人一阵哗然。

“Oh, mine! She must be terribly sick。”John夸张地抱住头。

君娴的心也是一沉，她昨天就意识到陈太出了状况，但没想到会这么严重。这么说，现在只有她一个女陪审员了，总归会补入一位的吧。

“本案相当受社会各界关注，”法官最后宣布，“为免再增添麻烦，法院决定维持现在五男一女的陪审团，希望各位尽力、坚持，完成你们的任务。如果再有人退出的话，本席就要宣布解散陪审团，择日重审，这样对死者家属、被告本身，和香港市民都不公平。”

少了一位战友，对陪审团来说，使得当天审判气氛更加沉重、压抑。主控官召证人上庭：

“罗大军警长，你是凶杀侦缉科帮办，请你向法庭讲述在1982年8月12日怎样揭发被告林过云跟案子有关的。”

“当天下午3点钟，”罗大军如同在表演舞台剧一般，说话抑扬顿挫，很富有戏剧性，“我们收到尖沙咀柯达冲印公司一名职员报案，说有一名姓林的男子来冲洗相片，一共22张！天啊！相片上是什么东西？他怀疑是女人的性器官！经过鉴证科的同事证实之后，我们决定采取行动！”

“你不用讲的那么戏剧性，实在一点行吗？”主控官不满地指出。

“对不起。”

“你所谓的‘行动’，过程是怎么样？”

“在8月17日夜晚7点，我和三个同事在冲印公司埋伏，当被告出现来取相片时，我们立刻拘捕他！并且在被告手中另外搜出9张女性阴部照片和9张底片。我们从被告身上还搜出两把的士车钥匙，当被告带我们去的士那里时，我们在车头处搜到一捆电线和一副手铐。”

旁听席传来杂音，证据很充分了，陪审员都保持“专业的冷静”，坐在被告席中的凶嫌林过云，他好像无动于衷，头略低，看着一片虚空似的。

“你接着怎么做？”

“我接着就通知上司白琪警司，当天晚上跟着被告去他在贵州街安乐大厦的住所搜查，发觉被告和他弟弟林过华住第一个房间，当时林过华正在睡觉，第二个房间是被告父亲的卧室，当时他父亲在屋里，第三个房间是被告妹妹、妹夫和外甥女住的。”

“你们有没有搜到可疑证据？”

“有！”说到关键处，罗大军忍不住又开始戏剧化起来，“我们从被告房间的一个铁箱里面搜出大量彩色相片、幻灯片和底片，并且搜出两个白色胶盒。我们把证据搬到大厅，当着被告和他的家人面前打开胶盒，每个胶盒的液体里面都浸有一对女性乳房和一副性器官。”

这次连陪审团也被震撼，坐不安席了。

主控官这次没有打断罗大军，罗大军却还是在这里顿了一下。法庭现场一下陷入了令人窒息的紧张之中。

主控官调整了一下呼吸，继续问道：“当时被告神情怎样？”

“很镇定。”

“其他人呢？”

“他妹妹和妹夫显得非常害怕，他父亲则表示很不舒服，因为那些人肉和防腐剂药味很臭，我也不舒服。”

“我问他们的反应，没有问你！”

罗大军平静地回答道：“对不起。”

在场的人精神太过紧绷，听到这里，大家都笑了，有些人笑得很具爆发性，大家暂时松弛了下来。

到了中午吃饭的时间，本来法庭是有安排免费让陪审员在饭堂吃饭的，但李进可真倒霉了，饭堂装修后天才复业，陪审员只能自行在外吃饭报销。李进饿着肚子踽踽漫步到法庭外的公园里，昨晚真是自作孽啊，300块都给还刘士诚。想到这，肚子“咕咕”响了起来，像是在夸他：“真有骨气啊！”难道真的是那么惨，在公园跟人乞讨？不凑巧的是，公园里竟然播放着雪糕车的音乐！这不是巴甫洛夫的条件反射实验吗？每次给狗吃肉时都亮红灯，久而久之条件化了，一亮红灯，狗就流口水。听着雪糕车的音乐，李进口腔里甜甜腻腻的，却意识到他口袋里的那8毛钱，连一杯雪糕都买不起！

“君娴，先吃饭吧。”

君娴？这不是他邻座的那个唯一的女陪审员吗？不知为何，是因为君娴的名字还是“吃饭”两个字，吸引李进不由自主地向那个声音寻去。

原来是嘉嘉在和君娴在公园的长椅上商量业务的事情。

“我哪里吃得下啊！”君娴经过这一番心理的折腾，疲惫得很，虽然在发脾气，但也很虚弱，声音也变得沙哑：“一切都指望你了，你什么都没干就去看望外公外婆了，第二天看也可以的吧。老板不给我请假，Janet和阿伟都要盯住的，你却失踪了。”

“对不起呀。”

君娴唠叨什么李进完全听不进去，眼睛发直地盯在她们的便当上，心中碎碎念：“有饭都不吃，她折腾呀。洋葱猪扒饭，真是‘朱门狗肉臭，路有冻死骨’！”

“唉，现在也没办法，哪边都不想得罪，真是好辛苦！嗯……还是老老实实干正事吧。有这几件事你必须办妥：第一，现在决定用第二个proposal，金橙色为主，叫阿伟尽快出layout；第二，给我订机票去上海，星期六晚上飞，星期日晚上返回；第三，记者招待会定下个星期二，印刷方面要下星期一全部ready，第四……”

“这个工作狂真是暴殄天物！”李进眼睛都饿绿了，这一刻的他完全不能理解不吃饭的人是怎么个生理结构！“不如，上去打个招呼，或者脸皮厚点和她讲，昨晚吃得不好……”

“第八，那些基金老板下个月初来，check定的酒店，book conference room，嗯……暂时就这些。”

“那份稿呢？又说今天传真过去？”嘉嘉问。

“啧——我都不知道该怎么写，以前都是写英文的，哪有大陆公司在香港上市的啊？我Daddy又不在这里，Alan又不知哪去了……”讲到这些，君娴一阵失落。

“还是上去说句好话，称赞一下她漂亮。她就什么都好说啦。”李进主意已定，走到君娴面前，招呼道：“游小姐。”

“哦？李先生，这么巧啊？”

“哎呀，你今天这个样，嗯……怎么这么落魄？”

“什么？”君娴真是怕了李进，虽然不能否认他看问题准确，但自己是有多落魄呀？

李进明明是要赞美她的，一开口却又损人了。他饿傻了？李进没有打退堂鼓，继续着他的恭维：

“游小姐，我意思是说你很坚强，有本事啊。那个陈黄小玉呢，我早就看穿了她，女人实在受不了这些的：女性的器官，割下来做标本。嘿，你算坚强的啦，好厉害啊！不过我看得出，你已经心力交瘁，挨不了多久。”

“你……”君娴气得颤抖了起来。

“君娴，他是什么人啊？”嘉嘉在一旁听了，也为君娴不值。

李进见势不好，加快了说话速度，希望总有一句对方中听的吧！

“游小姐，不用说，你从小娇生惯养，有饭不吃要吃雪糕，平时习惯受保护，突然间要接触邪恶的现实，天天跟杀人凶手见面，闭上眼都要做噩梦了，我怕你心灵脆弱，以后审完案子都会有后遗症……”

“嘉嘉，走吧！”君娴拉着嘉嘉走。

见大势已去，李进不禁心生懊恼，怪自己嘴巴太老实，说一下谎也不会死人的嘛！但不吃饭会死人的啊！咦……等等！她们忘记拿盒饭了，哈哈天无绝人之路……李进搓着手，如色狼扑向美女一般，正要去拿那盒饭时，嘉嘉突然出现在了他的面前。

“不好意思！”嘉嘉不等他反应，拿起了盒饭，歉意地说，“忘记扔垃圾。”

李进带着口水与绝望，目送嘉嘉将盒饭拿走扔掉。

“对的。”李进发挥阿Q精神，“对的，保持清洁，香港是我家嘛，嘻嘻嘻。”他还赔着笑脸，却有如八大山人落款：分不出笑之哭之。

案件的审讯在下午继续进行，这次请来的是警方收集证物的探员罗显堂和鉴证科的化验师巴灵顿。

“罗显堂先生，你在凶杀科是专门收集物证的探员，是吗？”主控官问。

“是。”

“你可不可以讲一下在本案被揭发之后，警方先后6次在被告家里收集了多少物证？”

“一共收集了1326件，这张是清单。”

与此同时，书记也拿着一摞清单来到陪审团前，低声告知：“各位陪审员，每人一份副本，请传下去。”

陪审员们接过名单，一一传下去。1326件！郭老师看着清单，皱了眉头，李进饿得神志不清，这清单是菜单就好了。

罗显堂向众人介绍冗长而琐碎的内容，而他提到的证物，也被展示，并交给陪审员看。

“在8月17日警方搜查被告位于贵州街的家里，检获的物证包括：两副手铐，一串钥匙共17把，其中一把可以打开一副手铐；一个红色女装手袋，里面有第四名女死者梁惠冰的身份证，4把手术刀，7张后备刀片；3个‘福雨马林’牌防腐剂胶盒；一个旅行袋，里面有色情杂志和幻灯片；一个日历，上面有4个日子用红笔圈住，分别写上第一、二、三、四次行动，最后一次还写上女死者梁惠冰的名字。”

罗显堂介绍完后，轮到洋人巴灵顿上庭作证。

“巴灵顿先生，你在鉴证科做化验师做了几年？”

“23年零8个月。” 巴灵顿带着明显的英伦口音回答，这意味着他年资长，经验足。

“请你说一下由你负责检验警方在被告家里搜到关于人体部分的情况。”

“在被告家里发现的人体部分是收藏在两个胶盒，和一个玻璃瓶里面的，分别是3对乳房和3副女性生殖器官，其中有一个是连着子宫和卵巢的，相信是来自3位女性的。”

听众席上一阵喧哗，郭老师驱风油的味道再次弥漫开来。

“法官大人，”主控官及时建议，“由于凶手太过残忍的缘故，控方建议不需要将肢解的人体呈堂，改用装过人体的胶盒和照片代替。”

“辩方如果不反对的话，本席接受。”

“辩方并不反对。”

书记传交物证给陪审员，一股强烈刺鼻的臭气扑面而来。

记者，以至连旁听席的人都纷纷掩鼻抱怨：

“哗，好臭啊！”

“药水味还是尸味啊！”

“咿……啧……”

君娴已是五内翻腾、面如死灰，加之驱风油的气味，感觉快要呕吐、抽搐、窒息而亡，真个生不如死。她几乎羡慕陈黄小玉第二天就做了逃兵。如果刚才不是主控官体谅，把真的人体器官呈堂的话，她肯定也会精神崩溃送院。如果这一刻就让她下判决，她会毫不犹豫定他的死罪，罪证如山了还用折腾什么？谋杀，就是谋杀！有预谋、有动机，一犯再犯，三犯四犯，压根儿是反人类罪！是人就该这样判，不存在偏见，和她是不是女性没半点关系。

郭老师气若游丝。

李进才真的是饿其体肤、空乏其心，这些杀人证据，尤其是这恶臭，还有距离他不到10米的连环凶手那冷漠的眼神，种种光影色味的感官把他的神经碾压殆尽，他感悟到这审讯将会是一场漫长的劫难之旅。卡夫卡的《审判》所描述的虚无与人生的荒诞，此时的他正处身其中。

“Oh！My God！”

“游小姐，游小姐？”

君娴突然被人唤，吓了一跳！

“这边，是我啊，传给我，谢谢。”

君娴扭头，看到在等待的李进，她想解释自己刚才走神了，可是声音已经不受她的控制：“我……我……我……”

“嗳？你的手在发抖……要不要……帮你叫救护车？”

“我没事，我没事啊！”要强的君娴咬紧牙关，故作镇定。

李进看出这事对君娴的冲击，不想勉强她：“行了行了，你慢慢欣赏，不着急……”

听到“欣赏”二字，君娴差点吐出来。

待证人证物宣示完毕，法官宣布下一环节：“辩方律师可以开始盘问。”

辩方律师扶正了一下假发，起身，提问：“巴灵顿先生，以你的专业意见，要将生殖器官连着子宫、卵巢完整地切出来，是否容易？”

“不容易，凶手可以说是达到一流的解剖水平。”

……

天星码头的钟楼声响了6下，噩梦般的一天终于结束了。君娴浑浑噩噩地走出法院，独自一人来到码头，想到陈黄小玉，她暗暗为自己打气，一定要坚持，不能放弃！还这世界一个公道，她有责任。在这个需要Alan的时刻，即使已经约好了时间，但他还是没有及时出现，君娴心里有些抱怨。嘉嘉说，美女有权迟到，但她从来没有行使过这个权力，为什么男人的时间观念总是这么差！以前等八姐来接放学，有一次她偷偷地走开了，八姐找不到她，就那一次！那个男人出现了，他说给我糖吃，他拉住我，他的手很大……君娴不自禁地想到那件事，胃里一阵痉挛。

这个时候有人唤她，声音隐隐约约，已听不真切。

“君娴，你没事吧？”原来一辆奔驰已经来到君娴的身边，车门打开，Alan走了下来。

见到Alan，君娴身体一软，倒在了他的怀里。

“小心啊，你不舒服早点说嘛！走，先上车！”Alan柔声责备，赶紧扶君娴上车。

一进到车里，君娴就闻到一股强烈刺鼻的味道，她赶紧捂住鼻子。

“哦，你没留意？新车sofa皮是这样的啦，一会就习惯的了，怎样，Benz 350，我买来奖励自己的！”Alan充满自信地提醒她，“你留意一下新闻，下个星期，市场会有大地震！”

君娴虚弱地点点头，对眼前这个男人，她是如此的顺从和敬佩。对她这么一个从小被娇生惯养的大小姐来说，她如此急躁的性格，在与Alan相处的这些年来，却一次都没有发过脾气！很多次想起这件事来，君娴都觉得是一个奇迹，可能，这就是爱的魔力吧？

Alan很自我，但也很聪明，君娴对他百依百顺，毫无办法。一见面，兴奋的Alan就给她分析了十几分钟的股票外区的形式，对自己迟到却没半句解释。君娴终于忍不住，说不上是发怒，但还是要提出抗议的。就在她要开口的时候，Alan话锋一转：

"啊，差点忘记了，"他打开抽屉，拿出一盒东西送给君娴，"我知道你肯定喜欢的。"

"什么东西？"君娴迫不及待地打开盒子。

"酒心巧克力。"Alan得意地说着，猛踩油门，汽车拉风而过。

"嗯，我都不会喝酒的。"君娴带着笑意，忘了刚才的不满了。

"乖啊，张大嘴巴——"Alan放缓速度，从盒子里拿出一粒巧克力喂给君娴，君娴没有拒绝，听话地张开嘴，"Good girl。"

君娴咬开巧克力的时候，轻微的酒香微醺在齿间。

一辆车超过他们，Alan如孩童般的好胜心被激起："嘿，坐好了君娴。"

Alan打开音响，选了一首歌，那熟悉的音乐响起时，他温柔地问："记得这首歌吗？"

这是萨克斯风吹奏的《Careless Whisper》，这是Alan与她恋爱一周年在酒吧点的，是属于他们两个的曲子，怎么会不记得？伴着这熟悉的旋律，看着窗外飞驰的风景，不知是不是酒心巧克力的原因，君娴微醉身轻了。她喜欢这种赛车的激情，喜欢一个女人完全被人掌握的感觉，认为这是一件很幸福的事！而新车的味道，即便刚才有些厌恶，果然现在已经习惯，甚至怕会对这种味道上瘾！

"君娴，君娴。"那个温柔的声音再次响起，打断了君娴的美梦。她迷迷糊糊地睁开眼，发现已经到了Alan家的楼下。

“嗯？嗯……到了，我睡着了吗？”

“你睡得好沉，还打呼噜了呢！”

“哈？怎么会？我有打呼噜吗？”君娴向来注意淑女形象，听到自己打鼾，很是失礼。当她看到Alan忍不住坏笑的时候，顿悟，生起气来，他在骗她：“哦，你耍我，坏蛋！坏蛋！”君娴挥拳就打，Alan哈哈大笑，两个人嬉笑成一团。

今天的Alan大变样，之前的他心情好就在家里煮东西吃，最拿手的是荷兰牛扒，三成熟。但是他今晚处处让着君娴，为她做了她喜欢的印度罗汉斋，还点上了烛光！幸福感荡漾在君娴的心中。

“来，这支红酒1952年的，价值5000块，试试，一点点。”Alan绅士地为君娴倒上酒，与她碰杯，红色的液体在玻璃杯中旋转。一点点，又一点点，君娴身体慢慢热起来，却又无比舒坦。这几天仿佛被推入了地狱一般的君娴仿佛被拯救出来，浑身畅快，有种想要释放的冲动。

Alan继续为她倒着酒，悠扬的音乐爱抚着她的听觉。

君娴在生活上、事业上都很勤奋，可是在感情上却很懒，惰性就是惯性，这么多年就交了Alan这么一个男朋友。在英国留学的那几年，也都是妈妈在陪着，她只要负责读书就好了。习惯了这不变的一切，所有这一切日日地重复，给了她一种安全感。为了保持这种稳定的安全感，君娴学会了不闻不问，脑袋里好像有个开关的按钮。在这一刻，那个开关“啪”打开了。

“Alan。”

“嗯？”

“以前你对烛光晚餐不感兴趣的啊？”

“你不觉得我们这么久太平淡了吗？女孩子很需要Surprise！过来。”

Alan也有点醉了。君娴与Alan虽然相恋了这么多年，但像这样只有他们两个人相处的时光，却是屈指可数。烛光下，君娴第一次仔细打量跟前的男人，他虽然不怎样帅，但她的闺密都说他有魅力，容易让人动情，尤其是他的眼神，好像是会催神命令你一样。Alan是很大男人主义的，要人迁就他，可能对有些人来说，与他相处会不太融洽。但是，君娴看着Alan的眼神，有种心甘情愿被他催眠，甚至渴望顺从他的一切命令。

“来，过来。”Alan伸过手来，再次对她催眠。

“不，你过来。”

“乖啦，Come on，I won't bite you。”

有时候，跟他斗嘴反而是一件更有趣的事，因为会逗出更多的她爱听的甜言蜜语。但最终，毫无例外的，都是他赢。君娴知道，他很喜欢她像小猫一样乖巧地枕在他膝盖上，然后轻轻地抚摸她的头发。其实她也想这样，那是一种被征服的享受。

“君娴？”

“嗯？”

“想不想听甜言蜜语？”Alan使出撒手锏来。君娴嘴里说着不想，但已经被Alan揽入了怀里。那一刻，君娴突然觉得有什么不太对劲。

“为什么你的味道那么陌生？古龙水夹杂着酒味，还有印度咖喱……”

Alan没有搭茬，继续吻着她：“你瘦了。”

“不是啊，喂，我问你……哇！”Alan一下子将她抱了起来。

“真的轻了啊，还说没瘦？”

“Alan，放下我，我很晕，please——”

君娴嘴上抗议，但身体已经背叛了她，双臂搂住了Alan的脖子，不知是因为晕眩，还是因为爱。Alan抱着她，两个人甜蜜地进入卧室中。客厅里的音乐缠绵悱恻……

可是，音乐终止的时候，卧室里的进展也戛然而止，Alan背对着君娴，两个人默默地躺着，过了一会儿，君娴从身后揽住了Alan。

“对不起，Sorry呀。”

Alan冷冷地推开君娴的手：“唉，怎么？”

“你去冲冷水澡啦……来，不要搅和啦，我也就迁就你啦。”

Alan起身来到床边，心情似乎平复了下来，但明显没有刚才那么热情了：“我没事了。”

他叹气，拿来烟，点上，抽了起来。

君娴来到Alan的身边，揽住他的胳膊，羞怯地说道：“嗯，下次来？”

“你每次也是怎么讲的。”Alan终于忍不住发作了。

“不是我……我……不行啊……其实。我真的是整天忍着的。”

“忍着什么？”Alan疑惑地问道。

君娴凑到Alan的耳边：“有人偷窥我！”

“咳！哈哈哈哈……咳咳咳咳……”

“是真的！我总是觉得，好像有人一直躲在暗处，看着我！”说着，君娴不禁四下打量。

“我都叫你退出啦。”Alan遗憾地摇摇头，“你愿意的话，我可以帮你编一千个理由，法官一定信。”

“不行的，已经有一个退出了，如果我也是这样，就要宣布mistrial，要重审……”

“那就重审咯，so what？你知不知道，现在你因为太投入到这件事上，已经影响了和大家的关系！”

“重审的话，案子就要拖，凶手很长时间都得不到裁决。”

“凶手裁不裁决，关你什么事啊？”

君娴突然提高了嗓门：“当然关我事！”

Alan被惊了一下，愕然地看着君娴，表情疑惑。

“这个世界是有公正的。”

Alan一下笑出声来。

“君娴啊……唉——We’re simply speaking different languages！”

“多给我一点时间，这方面我有错，以后会补偿你的好吗？我也好辛苦，但是我能handle的，我不想放弃，I really mean it！”

没想到事情会变成这样，君娴失落地从Alan的房间走出来，却也不想回家。没有安慰她的地方，更没有可以安慰她的人，一瞬间感觉整个城市都变大了，人渺小得无依无靠，没有着落。难道就没有比性更重要的事吗？男人就是被性欲控制才导致去犯罪！难道人们就不能谈点崇高的事吗？

君娴孤独地走着，不知怎么就来到了公司楼下，这个商务楼整夜都灯火通明，人们加班，忘了自己，也可能是为了寻找自己的存在感而加班。君娴走进商务楼，来到熟悉的电梯前，按下熟悉的按钮，进入熟悉的楼道，推开熟悉的办公室大门，熟悉的同事都还在繁忙地工作。

“当然有点急事了，”嘉嘉在谈讲着电话，“怎么?利益证券是我们的underwriter，你可以直接问他们的，好了，我帮你再call下游小姐吧。”

阿伟拿着设计稿走过来，询问嘉嘉的意见：“嘉姐，这封面layout，你看下，OK？”

嘉嘉又烦又累地接过去，顺嘴说道：“哦，挺好的。”翻看了一下，又疑惑道：“这个是什么东西？”

另一边，Janet的校对工作也出了问题，整个办公室虽然人人很忙很乱，嘉嘉抬头时，猛然见到君娴，整个人立刻有了光彩，脱口欢呼道：

“君娴！”

阿伟、Janet也意外而开心地叫了起来。

“Hi！今晚大家开通宵，不可能没我的份儿。来，Janet，叫外卖，慰劳一下。”

众人围上来的瞬间，君娴瞬间感觉到自己是被需要的。嘉嘉抱怨也是撒娇地跟君娴说最近公司发生的事，君娴感觉自己又活了。在办公桌上，君娴看到瓶子里的一束玫瑰，忍不住问：

“这花也是Alan送给我的？”

“送来的时候，你还在法庭，我就先放这儿了。”嘉嘉有点腼腆。

“谢谢！”

“哦，原来这么晚回来是为了这花。”嘉嘉一副嫉妒的样子，打趣道。

“Of course not！”嘴上这么说，但君娴的心里已经乐开了花，想想刚才的Alan，她又觉得十分可爱和歉疚，想立刻回到他的身边。

此时的李进正经历着他认为这一生最意义重大的事情——吃饭。

在大排档里，李进完全不顾及形象地狼吞虎咽，简直有种恨不得能生吞活剥的感觉。等他一口咽下一箸鹅肠后，举手唤道：“伙计！”

“来了！咦？卤水鸭不合口味吗？”

“太肥了，来，弄碟……嗯……冻蟹，还有还有，再来支啤酒！”

“好的，冻蟹、啤酒——”伙计唱着单转身离开。

李进喝尽杯中啤酒，满足地打了个饱嗝。四眼编辑刘士诚这才匆匆赶来，落座后看到桌子上杯盘狼藉的战场，怵惕不禁。

“哗，大哥，这么奢侈，发财了？”

“有人买单怕什么？”

“这么好？那我也不客气了，伙计，加个位，先来个啤酒，要多一个什么菜好呢？”

李进的酒一下全醒了，一把拉住刘士诚。

“不是你买单吗？”

“是啊。”刘士诚忍不住大笑起来，打趣道：“Call我来干什么，我早预料到了，难道你有钱买单啊？你出钱肯这样吃？”

李进悻悻然，小小的自尊心也稍稍受挫。

“刘士诚，你行！”李进拿出一个公文袋交给刘士诚，如特务接头一般神秘的道，“里面有呈堂物证的清单，500块。另外，合作出书这件事，要预支3000块。”

刘士诚哈哈大笑：“我替你父母感到放心了，臭小子懂事了，现在会知道拿钱，终于想通了，不过我还没把你折磨够呢，没想到这么快思想就进步了！喂，又说君子固穷、又说贫贱不能移，不是你说的吗？”

听了这些，李进仍感气愤，但有了上次的经历，他知道骨气这东西不能当饭吃，只好老实忍着。

“不出声啊，来啊，庆祝你改邪归正，以后社会有福咯！”刘士诚举杯，李进与他碰杯，二人一饮而尽。刘士诚大方地掏出钱来，拍在桌子上：“喏，给你先用着啦。”

“啊？又只有300块？”

“这顿饭我请客，但你出钱，当作是谢谢我开导了你，其他的我慢慢再跟你算。”

“我手机都停了，洗澡都没水啊，一身味道，我还要上庭的。嗨，我这辈子都没求过人。”

“错！你求过我很多次了。”刘士诚不屑地指正。

李进止于深深的反思之中。

“干吗？想哭啊？哭出来舒服些，”刘士诚一副志得意满的样子，伙计递上酒来，他为自己斟一杯，有滋有味地喝了一口，夹起菜说，“报纸今天印多了三成，林过云这案子举世瞩目！”

李进在听着，知道自己有价值了。

“这样吧，上庭的时候，给我搞张被告的素描，有没有办法？”

“1000块。”李进冷酷地回应。

“哗哗哗，突飞猛进啊！”刘士诚夸张得连筷子都掉在了地上，“贪心就对啦，这样才健康的！哈哈……”

这顿饭吃得李进五味杂陈，各种想法在脑子中纠结，直到与刘士诚分开，当他坐在电动车上路过夜市时，看到砍价的买家卖家，看到辛苦的平民百态，突然冷静了下来，也一下都想通了。刘士诚表面上好像很市侩，其实他是个老好人，和李进一样明知出路不多却也选择了中文系。他心底很爱国，大学毕业之后到左派报馆做编辑，工资不高，又要照顾家里，但是每次李进山穷水尽，都是他借钱给李进。他其实也恼恨自己，看不出来，他比李进更脆弱，喝醉酒就哭得像个猪头，尴尬的是，他倒喜欢靠在李进的肩头哭。

醉态十足的李进脚步踉跄地走上回家的楼梯，当他掏出钥匙时，发现公司里竟然亮着灯，上次垃圾婆明明把钥匙还给他了呀，不会她当真，带警察来了吧？如果真是如此，现在的钱足够付给她垃圾费，快把她打发走！唉，真是给自己找麻烦！这么想着，李进试着把钥匙插入门锁，却打不开门。李进顿时冒出一头冷汗，不是业主收回房子吧？不是吧？这不合法的！只是少交两个月的房租而已，还可以商量的吧！李进急忙敲门，按门铃，终于有人用不纯的广东话回应他。

“舍得回来了？”

“Jacqueline？喂，为什么你有钥匙的？”

门打开，一个打扮入时但有点土气的女人出现在他面前。

“没钥匙不会叫开锁师傅的开吗？”Jacqueline气愤地反问。

“这都可以？哪个开锁师傅会帮你开门？”李进赶紧闪进门，反手把门关上。

“有钱就可以叫他开，难道叫我等？Call你又停机，你死去哪儿了？”

“唉！你也不用连锁都换了啊！”

“开了锁，我出去吃东西，你又没回来，那怎么办？索性换了它。喏，给你配回一串新的。”Jacqueline拿出一串新钥匙给李进。

“但是……哎！”

“你还‘哎’什么啊？灯泡都给你买了，房子又帮你收拾干净，想怎样？”

“哎，这盘棋我还没下完，还没想好吃象还是吃后，你就给我收拾了？哎，这怎么办呀！”李进指着桌子上已经归位的国际象棋，因为酒醉不停口地抱怨，这让Jacqueline登时恼怒起来。

“你凶什么凶呀，回来就黑着脸，没句好话，只是‘哎哎哎’……早就叫你配钥匙给我的！”说着，Jacqueline忍不住委屈地哭了起来，“多少有钱人追我，我就是要挑你，我图你是个才子。但你呢？搞什么生意不好，非要搞出版社，出‘书’，‘输’死你呀！”

“嗨嗨嗨，又说这说那了？”

“说你又怎么了？穷到水费都没交，一条底裤正面穿完又反面穿，又黄又黑，又有尿渍……”Jacqueline开始只是想发泄，但越说越不解恨，觉得这种日子真是无望。

遇到这种时候，李进都不会跟Jacqueline争吵或是解释，只会独自一人来到阳台吹着他的口琴，静静心。他读书那年代流行台湾歌曲，什么青山、张帝、姚苏蓉的，他喜欢寂寞郁闷的晚上吹奏《夜茫茫》：

夜茫茫倚栏遥望，想起我的姑娘，
几时能回到旧家园？
夜茫茫没有星光，大地一片凄凉，
姑娘我为你发了狂。

其实李进明白Jacqueline的心思。他们两个人分隔两地，Jacqueline在深圳有间小服装店，前天她来香港进货的时候给李进打电话，却打不通，便怀疑李进故意停机，进而怀疑他在这里有了女人，所以今天搞个突袭检查，见到没有人开门，以为可以捉奸在床，便给了300块叫开锁师傅……想到这儿，李进也感慨女人的疯狂多疑，这种情况开始让他感动，但渐渐地，重复又重复，他也会感到疲惫。

“吹什么吹啊！这么晚了！吵死了！”Jacqueline恼火地走过来打断他。

李进继续吹，自我陶醉着，沉浸在自己的思绪里。

他小学就学吹口琴，可惜母亲总是说吵死了，叫他去街上吹。他没考大学之前，想去书店做售货员，可以整天看书，谁知道父亲反对，说他没出息。可能是叛逆，他现在搞出版社，和书结下不解之缘了，有空有自由就要吹得够、看到够为止。他出版自己编的散文和诗集，亏得几乎要跳楼，转出教科书才勉强维持到现在……

“你不要吹了好吗？我好不容易放假，你陪下我，聊个天会死啊？哪怕陪我吵架都好啊！”

“为什么要吵架啊？你不觉得很伤感情的吗？”

“男女之间不吵架，就像婚礼没有音乐。”

“哈！你又说得有点意思。”李进突然对她这句话很感兴趣，琢磨了起来。

“当然啦，我不是‘胸大无脑’的。”

李进一愣，看了看Jacqueline的胸，“嘿嘿”笑了起来：“好啦好啦，你两样都有啦……”说到有趣的地方，李进突然想起个曲子《苹果》，又拿起口琴来，每次那号称“苹果花皇后”的歌手唱这歌曲，都会夸张地哭得死去活来，扑倒在台上的。

“还吹，真拿你没办法！”Jacqueline崩溃地冲上前，抢走他的口琴。

“喂，还给我！”李进急忙去抢。

“还给你可以，你得回答我。”

“回答你什么啊？”

“你的抽屉里为什么有这手铐呀刀啊这些，你做什么的呀？”

“喂，私人东西你别乱去看，明白嘛！” 李进终于酒醒了，生气了。

“你有什么私人的东西我没见过呀？照我看，你和那个杀人狂‘雨夜杀手’很像。”

李进一惊：“什么呀？”

“报纸说的，他喜欢玩国际象棋，你也是啊，还有那些手铐、刀！”

李进哑了。

“你看，晚报刚登的，”Jacqueline说到兴头上，拿出报纸，找出一版来给李进看，“这里更离奇，他看的书和你看的也差不多，心理学、摄影等……这本《人性的弱点》，你书架上也有——”

Jacqueline发现李进正在对她沉目而视，盯得她从内而外的发寒，气氛顿时阴森可怕起来。

“你，你想干吗？”Jacqueline退了一步，用手在他的面前挥了挥。“你好凶啊，不要这样望着我，我说真的，我害怕喔，嗨！不要看啦，不要看还看！还看！”Jacqueline挥手就给了李进两个巴掌。

“哎！为什么打我！”李进捂住脸，回过神来。

“你鬼上身了呀！”见李进恢复了正常，Jacqueline这才松了口气，冷汗层层冒出。

“你疯了！打就打，但不要打脸嘛！”

“嘻，我喜欢！”说着Jacqueline又给了他一巴掌。

“哎！我告诉你，打哪里都行，不准打脸，打脸是侮辱……哎！”说着他又挨了一巴掌。

“我就喜欢打脸！”Jacqueline打上了瘾，李进躲也躲不开，恼怒之下，李进奋力回敬了一巴掌。Jacqueline被打蒙了，等她反应过来的时候，“哇”的一声哭了起来。

“你打我？你好呀，你打我！”

李进自知理亏，但也诧异，他曾经发过誓，有两件事不会对女人做，第一是花女人的钱，第二是打女人。如今，他竟然对Jacqueline把这两样都做齐了。为什么Jacqueline偏要激怒他呢？心理学大师弗洛伊德坦白承认，研究了女人的心理30年，最后结论是：不懂。

那天晚上，Jacqueline对李进格外的“暴力”，要求李进在床上做一些之前不会做或不愿意做的事，结果弄得她有一块紫色的瘀痕。李进看到都不忍心，但是她却说，被自己喜欢的男人弄痛了，身体还留下痕迹，她感到很幸福。

天啊！弗洛伊德再生也会被气死。

第二天早上醒来时，Jacqueline已经返回深圳去了。李进出门去法院的时候才发现钱包里多了3000元，还留了一张字条，提到昨晚的事，说了很多连他都难以启齿的肉麻话。

三　臭河

君娴一早出现在法院的走廊上，靠着墙，似有心事，见到李进来了，她正正衣服，向李进微笑。但此时的李进正春风得意，步调轻松地向大房间走去，完全没有注意到她。

“李，李进！”君娴喊他。

“哦？早上好！”李进对她礼貌问好，继续前行。

无奈，这种人似乎真是反应慢，君娴追上前去，叫了他一声，说道：“我等你很久了……我有事想请你帮忙。”

“我？我？你说我？”李进意外地停下步子。

“是呀……”想到之前对李进的态度，君娴有些不好意思，但还是要说，“这样的，从你之前的谈吐中，我发现，嗯，你的中文还是挺好的，嗯，我有一篇文章，想请你帮我改一下……”

“你在读书吗？”

“不是，我是做公关的。”

“啊？你做公关的！”可能语气太过夸张，见君娴不满地瞪了他一眼，李进赶紧改口，“我不是那个意思，误会误会。”

没办法，有事相求，君娴只好先低声下气："是这样，我要为这家快上市的集团主席写篇message。嗯，写了，不大理想，又赶时间。"

"'主席致辞'之类？"

"没错，没错！以前一向都是说英语的，这次搞上市的是一间大陆公司，我改了3次了，一个Client都不满意。"君娴边说边拿出自己写的那份稿子和公司资料。

"你昨天晚上没睡！"

指的是黑眼圈吧？对于李进的关心，君娴不觉得有回答的必要。

"我看一下你写的？"李进有些怕跟君娴说话了，君娴更是深感如此，赶紧把她写的文件递给李进。

"我想请郭老师帮忙的，但是他不舒服，我又没时间找其他人了。嗯，我之前不是很礼貌，我道歉。"

"嗯，你这个'每况愈下'呢，《庄子》里面是'每下愈况'。'况'字是寒冷的意思，水越深越寒冷，比喻情况越来越坏。但这里应该用'每下愈况'，比喻越向下、越深入推求，就越能了解到真实情况。而有人把'每下愈况'用来指事情越向前发展，就越能看出眉目来。所以，错了。"

"嗯，我知道没找错人！"君娴其实不太懂他说什么对什么错，"嗯，我会给你钱的……"

君娴觉得没什么好说的，虽然提钱比较俗气，对方也不会接受的，但毕竟没有什么交情，还是客气一番比较稳妥。

"5000元，谢谢。"

"啊！"

"啊？哦……对不起，我最近得了一种传染病，喜欢说笑。还有十几分钟就开庭了，我要去趟洗手间，可不可以给我点纸？"

"有的。"君娴从包里拿出厕纸给李进。

“厕纸？”

“是啊，你不是上厕所吗？”君娴简直被李进搞糊涂了，他们两个人的交谈似乎总是不在一个频道上。

“不是，是白纸，单面的白纸。唉，好吧，给我吧，快点，急啊！”

李进夺过厕纸匆匆走开，君娴看着他的背影，感到莫名其妙，觉得他简直是个怪物。君娴独自来到陪审员休息室，只见其他陪审员已经到齐了，她一一打过招呼后，刚落座，张书记就在女文员的陪伴下走了进来。

“各位早上好，快到开庭的时间了。由于今天会安排大家到两个与案件有关的现场巡视，所以要集体行动，午饭会由我们安排。我想问一下，有没有基于宗教信仰或是其他原因而不吃牛肉猪肉，或是有其他要求的？”

没有人回应。

“Mr. Clapton，需不需要指定吃什么西餐？”

“中国菜OK，咳……OK的！”John恐怕是病了，咳嗽了两声。

“谢谢各位的attention，请进入法庭吧。”

“张先生，等一下！”女文员焦急地提议，“还有个姓李的陪审员没有出现，不知道是不是也病了？”

“没有，”君娴急忙说，“他来了的，上厕所了。”

“我刚才在厕所碰到他，恍恍惚惚的，不是真有什么病吧？”郭老师的声线也虚弱了。

开审至今，陪审员似乎不少人都病了，或者在病的边缘了。

“来了，他来啦！”随着女文员的叫声，李进疾步走了进来，连连道歉。

“不好意思！我知道今天出公差，所以先把肠胃清一清，嘻嘻……”

法庭上，法官对今天的视察活动进行了一番解释：

“为了让各位陪审员更清楚，准确地了解实情，本席遵循控方要求做出了以下安排，上午会去两个弃尸现场巡视，下午就去被告所住的大厦单位，即是四项控罪中的第二现场。”

“各位，这几份地图是一会儿会去的地方。”张书记拿着几份地图分发给各位陪审员。

法官继续介绍：“本案控方证人何炳警长是负责带队去本案埋尸现场发掘死者尸体的，各位陪审员如果有疑问，可以随时提出来。至于控辩双方有什么注意事项要向陪审团提出来的，也可以当场提出来。最后，本席请各位注意，今天的活动和任何谈话将不被列进正式记录，陪审员只用做参考，所以被告没有需要和你们一起去，以免记者和市民围观，引起不必要的混乱情况。好，各位请准备一下，15分钟后出发。”

随着法官起来，众人也起身，就此解散。就在要离席的时候，李进低声叫住君娴，递上了3张厕纸。

“你要的。”

“这么快！”君娴怀疑地接过去，“你在厕所写的？”

“是呀，写得很畅顺！怎么样？”李进骄傲地回答。

“这篇东西很重要的，你要不要再改一下呢？”君娴心中打鼓。

“‘读书破万卷，下笔如有神’，还要怎么改？”李进对君娴的反应很不满，如果不信任他，何必要找他呢！

“嗯，那么……”君娴看着手中的纸，连看的心都没有，写在厕纸上，至少态度就不端正！她无法抑制心中的不快，语气不爽地说，“不适合用我也会给钱的，不如我当你工作了两小时……”说着，打开了钱包。

“哼！‘文章无价’，你请得起我吗？”李进觉得受到了侮辱，意难平而转身走开。

“嗨……嗨……我改天请你吃饭吧？”君娴见李进去意已决，实在是不识抬举，这么马虎地对待她这么重大的事情，也不值得请吃饭！真是茅坑稿子，呦，还有一股味道！

“各位，车在外面等了，谢谢。”书记在一旁催促。

“书记呀，我可不可以打个电话？”君娴赶紧申请。

“什么事？”

“是公司，我有一份很重要的文件赶着fax去上海，我想打个电话安排我助手看怎么取。”

“那，赶紧吧。”

“谢谢，谢谢呀！”

几十分钟后，陪审团成员、法官、控辩职员，随行记者一干人等，分批坐小巴穿越过两条隧道，绕经山上屹立的望夫石，来到狮子山下的沙田区，在警长何炳的带领下来到发掘尸体的城门河现场。那里早有闻讯的市民围在警戒线外，指手画脚，议论纷纷。

他们或许会失望，因为凶手林过云并不会出现。其实在法律上来讲，把他称作“凶手”已经触犯了妨碍司法公正罪，在法庭做出判决有罪前，他只是嫌疑犯，是没有罪的。社会舆论先把他定罪了，陪审员会不会受影响？

沙田城门河是一条人工河道，是用来把山上水库满溢的水引往吐露港出海的，宽约七八十米，两岸植树，铺设全天候缓跑径，以前晨运客以及下班的青年、休闲养生的市民，都爱来河边跑步运动；每逢端午节，河面上更举办龙舟竞赛，一片热闹欢乐的场景。然而不知何年何月开始，河道淤积，排放污染物造成水质变异，浑浊肮脏让城门河“臭”名远播。也许正是这个缘故，林过云选择来这里弃尸，每次七八个盛有人肉残肢的黑胶袋扔下河里，趁雨后潮涨，神不知鬼不觉地漂浮出海。

“第一名受害者陈凤茹就是被弃置在这条河上，”众人到齐，何炳便开始职业化地介绍，“她被谋杀之后被人用电锯锯成7段，不过警方目前只找到了3段，死者丈夫是凭她手臂上的文身认出她的……”

想象力好的人听了这些，脑海里自然会浮现当时的犯案过程，包括血淋淋的、残缺不全的躯体，包括那种尸臭。李进现在是个新闻“卧底”了，他积极于记录每个细节；郭老师明显抗拒这种现场勘探方式，认为呈堂证据已足够多了，何必瞎折腾！其他陪审员都独自默默去感受，有的要求抽烟。君娴有点心不在焉，她极力保持心理距离，试问一个女人踩在另一个肢体被大卸7块的女人的弃尸现场，内心是怎样的感受？草丛那位置，警方还留有标记，是凶嫌亲口承认的。草丛中的是血迹，还是浑浊的水流？

“是不是在地图上做了记号的那3个地方找到尸体的？”John提问道。

“是。”何炳回答他。

“难怪城门河这么臭！”君娴走神了，漫不经心地说了一句。

“你错了！”李进立刻反驳，“凶手就是图城门河臭，可以掩盖死尸气味，所以丢在这儿，本末倒置！”

君娴在理智上也认为李进说的有道理，但给他这样抢白，总难免不服气，李进太小气了，开始针对她了。

第一个地点很快就勘察完毕，陪审团一行坐上小巴，赶往下一个目的地，另一个埋尸地点。刚才虽然逗留时间不长，但每个人似乎都很累，小巴上，只有李进还在喋喋不休。

“郭老师，到目前你怎么看呢？现在这个案子的关键在于凶手是不是个疯子。我们试试代入凶手的角度去了解他，你不觉得他杀这4个女人是一个‘成长’过程吗？第一个女死者是用电锯来解肢的，为什么？而且还把性器官切下来，尸体最终在河面上浮了出来，被人发现，证明被告很仓促，没有经验。接下来的作案手法就不同，他开始使用手术刀了，把什么都切了下来，还收藏纪念，这是有他自己的价值观的思考在里面的；最后一次作案，不仅杀了人，还奸淫了尸体，我觉得这是凶手性心理的一种畸形发展啊？”

无人回应，鼾声此起彼伏。

“吐，不是吧，每个人都打通宵麻将呀？”李进为自己的精彩分析无人附和而倍感失望。

“我没睡呀。”John说。

“你还清醒，难得！你有什么想法？”李进想要起身找John讨论。

“是你吵得我睡不着！”

李进尴尬地定格了，又坐了回去。

经过一路颠簸，小巴来到通往大坑道现场附近的山路，这里十分偏僻，鸟鸣疏疏。

负责保安的警员向肩膊通信器说：“下面的伙计注意，封锁这条路，不要给人上来，收到没有，Roger？”

很快收到回复：“收到，Roger。”

警方指挥部吩咐各单位：“从大坑道毕架山道交界这段路改做单行线，call铁马来，在路口指挥交通……”

港岛半山区的僻静路段，树木荫翳。

“在8月20日至24日，我负责带疑凶，即是现在的被告，来这一带搜索，分别在玛利窦书院对面的山坡……”何炳向树丛指了一下，“呐！这里，发现一袋腐烂尸体，麻烦请来这边……”

何炳在前面带路，大家默默地跟随。

“下面正民村后山发现另一袋，都是麻包袋，可能被雨水冲开冲散了，骨头、身体啊，之类的都被解肢，分布范围很大，有的长了蛆，臭得真是完全受不了，嘿！幸亏有个警司每人发了支雪茄，不然真的会当场窒息！”

在何炳介绍时，张书记和女文员为陪审员们分发当时现场拍摄的照片。

“第四个死者，是一个女学生，叫梁惠冰，到现在还没找到尸体，据被告说，他也是用了塑料袋包的，不过外面再套上麻包，再用红绳子绑紧……”

“错了！”李进突然开口，把聚精会神听介绍的人都吓了一跳，大家纷纷表示不满。

“唉！人吓人没药治的。”郭老师也烦他了。

“李先生，你有想法可以心平气和提出来的。”法官在一旁提醒道。

“哦，我想说，”李进满怀歉意地微微欠身解释，“他对第四个死者的感觉很不同，他不想给人看到尸体，可能是亲手葬了她。”

“这位陪审员，我想提醒一下你，你的职责是‘判断’而不是去‘发明’。”辩方对李进的发言十分不满，提出抗议。

“唉，对不起，我可以上车坐一下吗？”看了那些照片，郭老师已是面色苍白，对究竟是怎么回事已然毫无兴趣。

“我也要，郭老师，你是不是有驱风油吗？”君娴随即应和。

“啊？你不是不喜欢那股味的吗？”郭老师问道。

“没办法了。”君娴觉得胃中翻江倒海，呼吸也困难起来。

颇有服务精神的张书记从山下跑上来，气喘吁吁地问道：“那么各位，饭到了，是不是在车上吃呀？啊？怎么了？”

几乎所有人都神色沮丧，没回应。

“我想现在没有人想吃。”法官自己也没胃口了。

一名警员一边对肩膊通信器说着什么，一边带着嘉嘉来到山坡上。

“对不起，这位小姐说约了个陪审员拿什么文件。”警员向张书记汇报。

“哦，你找游君娴小姐？”

“是的，谢谢。”嘉嘉平时很少运动，此时有点气喘，还捂着鼻子。

“她有点不舒服，在小巴上……这样吧，你上去吧。”张书记带嘉嘉来到小巴前叫唤，“游小姐，你助手来了，请尽快办好。对不起，我有责任在这里监督你们的。”

大家都是明白人，不需解释什么，君娴和嘉嘉道了声谢后，嘉嘉独自上了车。见到君娴虚弱的样子，嘉嘉一步凑到跟前。

“君娴，你怎么了？唉，今晚审讯结束，就别回公司了！”

“小声点，有人睡了。”君娴提醒。

“Hi，又是你？吃了饭没有？”李进，这个全车唯一精神的人，甚至还在吃着盒饭。君娴真是佩服他的不通人性，铁石心肠。没想到，他没有记仇，还与嘉嘉打招呼。嘉嘉礼貌地回他：“吃了，谢谢。”

“嘉嘉，这份稿子写好了，你找人打字fax过去，”君娴拿出李进写在厕纸上的主席致辞交给嘉嘉，“其他进展怎么样？Logo封面呢？”

“你不用管这么多了，交给我好了，休息一下吧。为什么审案会走到在荒山野岭的？”

“这里是几个女死者弃尸的地点。”

“难怪！这味儿闻到都头晕。这照片是……人骨吗？”嘉嘉看到君娴放在一旁的照片，好奇地看了一眼。

“你不能看的，confidential，回去吧。谢了。”

“那bye，再通电话。”嘉嘉看到那些照片也倍感不适，只想赶紧离开。当她下车时，被张书记拦住：“小姐，对不起，你拿走的这份东西，我有责任看一下是什么。”

嘉嘉点点头，却突然昏倒。

“嗨！小姐！小姐！” 张书记叫着，连忙扶她，君娴紧张地冲下来，看到嘉嘉昏迷过去，问张书记发生了什么。张书记也是一脸迷茫，只道不知，不关他的事。两个人想先把嘉嘉放在地上，让她顺顺气，却被李进厉声阻止。

“喂，不要让她睡在地上！”李进跳下车来，大喊，“有人晕倒了！有人晕倒了！”

车里的人纷纷惊醒，赶了过来。李进已经来到嘉嘉身边，发现她的下身在流血，不由惊呼：“她流血呀，怎么搞的？”

君娴这才发现，心慌意乱叫唤嘉嘉，这种地方真是太邪门了！

“快！送她去医院再说吧！”郭老师在一旁建议。

在周围等消息的记者获知情况，边交流是谁晕倒了，边拼命调整长焦短焦，想要抓拍一些突发镜头回去。

李进抱着嘉嘉，在警方的开路下，向外跑去，君娴跟在一旁，紧紧拉住嘉嘉的手。

记者看到君娴，远远追去打招呼，套近乎：“小姐我认得你，你是陪审员，她是谁？”

君娴呜咽着，摇头拒绝回答。

另一名记者转向李进：“先生，她跟这案有什么关系呀？”

“麻烦你让一下，我没力气啦！谢谢呀——”李进撞开记者，继续跑去。

“大家让开，没什么事，不用紧张。”警员边开路，边用肩膊传呼联系，“总台总台，这里是大坑道现场，白马王子到了吗？”

“湾仔这边塞车！我们现在……”总台那边及时回复，却因为信号问题，听不清楚。

“救护车没到，先放下她啦。”警员遗憾地拦下李进。

“啊，Alan！Alan！真巧啊！”

Alan的那辆新款亮溜的奔驰，君娴一眼就认得，就停在不远处。她挥手招呼着，引李进过去。

“君娴……”Alan显然不想招惹这种事，探出头来喊，“我只想见见你！”

“嘉嘉晕倒了！还流血了！”说着，君娴就哭了。

“啊？嘉嘉怎么了？怎么会这样？”Alan也是一愣，急忙下车。

“她突然晕了，也不知道为什么。”

“嗨！别废话了 她很重的，我吃不消了！快送她去医院吧！”李进抱着嘉嘉步履踉跄地赶来。Alan打开车后门，招呼他们快点上车。

众人合力把嘉嘉抬上Alan的新奔驰，警员阻止跟上来的录像机、照相机。

“她流血了？摔倒了？”

“不知道，快开车！”

“跟着我，我带路。一名警员骑上电动车，刚要发动，张书记冲了过来。

“嗨嗨嗨，游小姐，你不能走的，你还有‘第二现场’要去呀！”

“啊？我……”君娴迟疑了一下，“Alan，你照顾好嘉嘉啊！”得到Alan点头保证后，君娴心情沉重恍惚倥偬地下了车。警号声、人声、相机按钮的“咔嚓”声，混成一团，就像君娴此时的感觉，乱糟糟的。

当李进、君娴一众陪审员、警官何炳、法官、张书记等人来到被告林过云家楼下时，那里已经挤满了围观的市民，如大节看烟花般的热闹。当车门打开，市民纷纷围堵上前，想一睹凶手真容。

“哎，怎么不见了主角呢？”

“不嘛！没搞错吧？缺席审判啊？难道还是英国殖民时代？”

更有激进的人突然大喊：“恢复死刑啊！”有人哄笑附和，有人大声叫好。

CNN、BBC和电视台主播都来了，记者列阵以待：

“‘香港屠夫’林过云被控谋杀、肢解4名女子一案，现在由大法官费柏率领控辩双方律师和五男一女陪审团来到了怀疑是第二现场的、也就是被告所居住的贵州街安乐大厦进行视察，待会将由侦办此案的警员扮演疑凶和被害女子，将案情重演。估计是从大厦的底层开始，然后乘坐电梯到9楼、被告的家。”

“不好意思，请各位退后，不要妨碍工作人员，谢谢你们的合作。”警员率先下车，维护现场秩序。在大家进入前，辩方人员拦住各位陪审员，提出需要他们注意的事项：

“各位陪审员，我代表辩方要求各位在观看案情重演的过程中，请特别注意一个问题：就是被告有没有可能一个人避开保安、其他租客以及被告的家人，先后将4名死者的尸体运回房间进行肢解、拍摄、奸尸而完全不被发现。”

陪审员面面相觑，大家毕竟不是专业的，这种问题谁也没有思考过。

“如果各位都没有问题的话，那现在可以开始了。何炳警长，请你讲解一下。”法官示意何炳警长继续汇报。

“被告所搭载的4名受害女子都是在尖沙咀广东道一带上车的，据被告的口供，当时4个晚上都有下雨，而且被告承认是用计程车上的电线将女子勒死，再运到这里来的。现在我们的探员正将当时案件重现。”

“凶手”示范打开的士车门，将相当于女死者身形体重的模特儿拖出来，但一触地即发出巨大的声音。

“你不要装了，大厦保安和管理员都听到声音了！”

有个市民高声说了一句，现场人员都笑了。

君娴的心早已飞走，按规定，传呼机不能开，电话也不能打，不知道嘉嘉现在怎样了？被吓晕也是正常的，但是不可能流那么多的血？难道真的像李进后来说的那样：中邪了？

“凶手”搬弄尸体进大厦的模拟行动告一段落，张书记引导大家跟进到大厦里面了解清楚状况。

“这栋人厦有两个入口，但不管从哪个入口进来，都会经过这个转角位。被告当时就是趁着保安睡着了，先将死者拖进电梯，再拖回九楼的家。”

探员继续示范，吃力地将“女死者”拖进电梯。

“各位！”辩方立即提出尖锐问题，“根据大家看到的，被告很瘦，连警员拖着假死者也那么费劲，你们觉得被告有可能4次作案都没有被人发现吗？”

辩方的问题让何炳有些难堪，但这些疑问是必须面对的。

通往真相的路必须是公正的。

郭老师他们这一天舟车劳顿，此时已经昏头转向了，正沉思着这一个关键的节点，不料李进挺身站出来反驳：

“这当然有可能，第一次是有点幸运，被告可能等了好一会，等大厦管理员睡觉了，才将女死者的尸体从车里拖回家。碰巧深夜没有人进出大厦，所以没有被发现。不过之后他没有那么笨了。请看证物，红白蓝胶袋，完全可以容得下整个人。”

李进连续几次发言吸引了君娴的注意，他甚至自己拖着红白蓝蛇皮袋作势托运尸体。君娴认为，他事实上是最积极投入地履行着陪审员的义务，那是对工作认真的态度。他注意每一个细节，运用逻辑思考环境证据，甚至代入凶手的处境，好像他自己就是凶手一样，有时候他的思辨都能让法官、律师、在场的警长都惊讶得一时说不出话来。从这案件开审以来，所有的陪审员都越来越沉重，每个人都很累很迟钝了，反而那个李进越来越精神，仿佛他不是来听审，而是来重温杀人的经过一样……

然而，辩方对李进的解释只有撇嘴的份儿。

一行人来到林过云在9楼的家中，此时房间里空荡无人，因为其独特的背景，让人感觉周遭一片神秘阴冷。

“这间房子暂时没有人住，但是案发当时住了一家七口，大家可以通过平面图看到。”何炳为大家展开平面图，说明着情况：“凶手回到自己家时，入门必先经过他爸爸的房间，接着是被告的妹妹、妹夫以及外甥的房间，最后才回到自己的房间，将尸体拖回房间。”

所有人都跟着“凶手”——重演案件的探员和旁述的何炳警长来到被告的房间。

“当时是凌晨3点到6点之间，被告的弟弟还在上铺睡觉。据被告所供述，他先将死者藏在床底下，等到早上被告的家人全去上班后，再将尸体拖出来处理。案件重演到现在结束了。”何炳向大家点头，同时向帮忙示范的探员鞠躬表示感谢，“谢谢两位探员。”

两位探员点点头，站到一旁。

法官等陪审员发问或提意见，显然，案件重演停止在疑凶搬运尸体到家里藏在床底下，至于他如何处理尸体那部分就港台用语，用否换为缺少资料了。也许，这部分太残忍、太恐怖、太非人性了，所以……

“可不可以放下窗帘，房间暗一点，气氛比较像。”李进突然提议。

法官表示同意。

窗帘立刻被放下，整个房间变得更加阴森。

李进表情凝重地退到墙边，又摸又嗅。

君娴忽然感到他的样子冷酷得可怕，让她想起了审讯第一天被告在犯人栏冷冷地抬眼瞪视着她……毕竟这里只有她一个女人在现场，4宗涉及性与暴力的连环凶案曾经发生在这里。到了早上，凶手便把女尸从床底下拉出来，拍照、切割器官、肢解。最后是一个才不过18岁的女学生，在这屋子的中央，赤裸裸地躺在地上，被这禽兽……

“他是第一次杀人，第一次用电锯分尸，电锯分明是临时找来的，很难控制的，血和肉碎会弹得周围都是，看，这里有血迹。这里也有……”李进指着墙上已变成深红色的斑点说，“甚至老鼠都吃饱了。”

张书记和警长都笑了。

但大部分人都拉长着脸，这样说笑不尊敬死者。

“我一定要再三提醒这位陪审员——李进，”法官严厉地指出李进的问题，让他注意，“你刚刚所说的资料是报纸上看到的吧，本案的聆讯并没有提及到这方面的证供。”

人们不再说话，整个房间死气沉沉的，空气已经十分浑浊，毕竟这屋子已经废止很久了！

John在门口不停地抽烟。

郭老师感觉不适，找了个角落坐下，不时发出闷声的叹息。

林过云是自己冲洗照片的。

李进也是自己冲洗照片的，只限于黑白照，香港目前还没有卖冲洗彩色照片的药水。

林过云家里的卫生间被改装成“暗房”，李进进去看了看，药水盘都在，他幻想着研究怎样冲洗照片，如果他后来不是用了彩色菲林，那就不用拿到外面冲洗，那就可能永远找不到凶手了，这案件恐怕永远都破不了。

现场已经用洗洁精清理过了，墙角还有拜祭过的纸钱。

“我希望在结束今天的行程前再次提醒各位陪审员，”辩方不想这种气氛影响对被告的印象，“被告有没可能一个人瞒天过海杀了4个人，而且每次犯案把尸体带回家都神不知鬼不觉，没有被人发现，究竟有没有其他人在场？”

辩方律师这样说目的大概是在转移视线，不过大家已经昏头涨脑，他的话起不到作用，毕竟人们更相信自己眼睛和亲临现场的感受。

“被告已经承认了他是凶手，”李进陷入思考中，冷静的分析有如警探，“我觉得现在没有必要去了解 How，就是怎样处理尸体。而是应该重点去弄明白Why，也就是为什么被告会杀人，动机是什么？被告虽然是和家人住，但是他内心是很孤独的，所以一定要去分析被告为何杀人。我非常理解他，我杀人也一定是有动机的。”

众人都一片愕然。

“李先生，你刚刚说什么？”张书记目瞪口呆地问。

“我说了什么？”李进回过神来，不明白为何大家如此诧异。

“你说，你杀人？”主控官近乎警戒下提醒他。

“是吗？我刚刚说我杀了人吗？”

很多人共同搭腔：“是啊！”

一时所有人都沉默了……

突然响起机械的“嘟嘟嘟嘟”声，君娴吓得真的跳了起来，坐在她一旁的郭老师也差点从椅子上摔了下来，指责君娴，是她夸张的反应吓到了他。

“对不起，对不起啊。我的BB机之前被停机了，现在又重新开机了，对不起，对不起。”李进万分抱歉、近乎点头哈腰地赔礼。

终于又结束了这末日似的一天，每一天都觉得是到了地狱的最底层了，但是地狱的定义却是无尽的苦啊。

从林过云的家出来，大家被允许和外界接触了，传呼机立刻忙碌地响起。君娴看了一遍，有3个消息，不知有何事，她急匆匆来到隔壁的士多店打电话。

“喂，您好，星光838，有什么可以帮到您？”

“喂，5 号机回复，call机密码333。”

“今天上午9点36分，上海的朱总给您发传真。11点20分《经济日报》记者Lucy Wong想约您今晚吃饭，请您回复她。2点32分，Alan留言，已送嘉嘉去郑肇坚医院。”

挂上电话，君娴便招的士向医院赶去，可是当她赶到的时候，护士告诉她已经过了探病的时间了。

君娴着急得一下流出眼泪来：“她刚才流了很多血，现在不知道怎么样了！”

“没事，放心。”

“不是吧，她整条裙子都染满血，她平时很健康的，为什么会这样子？医生怎么说？”

“没大碍的，医生检查过，她刚做过手术，没有好好休息而已，现在情况稳定很多了。”

“她做过手术？什么手术？什么病，是大手术吗？”

“你不知道吗？唉，她男朋友也是的！堕一次胎很伤身体的，你们让她好好补补身体。就这样，我要去工作了。”

君娴震惊在原地，嘉嘉堕过胎了？她怎么什么都不知道？这么大的事嘉嘉竟然不告诉她！既然知道了，君娴更是要见嘉嘉，出了这么大的事，作为闺密她一定是要陪在她身边的。为此，君娴求遍了医院里有决定权的人，最终成功进入病房，看到面色灰白、神情黯淡的嘉嘉时，君娴对她原有的气愤已彻底被怜悯替代。

“你怎样了？”君娴坐在嘉嘉身边。

“我很好，你不是要上庭吗？”嘉嘉出奇的安静，一切听天由命吧。

“今天视察完现场就结束了，我们的陪审团团长病了，明天干脆放假。”

“不好意思，那份传真……”嘉嘉这个时候还想着工作，让君娴更是心疼她。

“我来负责就好了，你别想那么多。Alan走了吗？”

“呃，嗯……他有事……幸亏他那时候经过那里。”

君娴握着嘉嘉的手，看着她疲惫的样子，忘了自己的疲惫：“出了这么大的事为什么不跟我说，你做这种手术……唉！男人不负责任的！”

“你全知道了？”

这一刻，嘉嘉再也绷不住，凄然地落泪。

“最近我都没有看你拍拖，你跟那个台湾佬和好了？他肯定有家庭的，骗你的……你为什么要这么傻？”

君娴说得越关切，嘉嘉哭得越大声，也更悲凉，干脆倒在君娴的怀里。君娴抚摸着她的头，感受着她的颤抖，直到她哭累了睡在她的怀里。

虽然嘉嘉比君娴大一岁，但君娴更像是她的姐姐，事实上，君娴自己也想找一个可以让她倾诉，可以让她依靠的肩膀。每天发生这么多的事情，她自己都处理不了，对于这案件她也越陷越深。甚至越投入，她越有点迷信，背后有人在暗处偷看她的感觉越来越真实，越来越真实……君娴克制着自己的激动，慢慢放下嘉嘉。嘉嘉的头刚落到枕头上，君娴便忍不住回头，开口厉声问：“是谁？！”

落地布帘真的在动！接着有急促的脚步声跑去，是属于很沉的男人的步伐。君娴立刻起身掀开布帘——没人，她追出病房，与走廊的护士撞在了一起。

“什么事？”

“护士小姐，你刚刚有没有看到走廊有人走过？”

“没有留意。”

“有啊，那边是不是后楼梯？”

护士点点头，君娴不等她回话便直冲过去，当她推开门时，果然听到了快速移动的脚步声，但已经离她很远了，君娴自认为是追不上了。

“你是谁啊？有本事你就站在我面前，你怕什么？嗨！”

楼梯间寂静下来，只剩下她自己的回响语音。君娴怀疑自己是不是出现幻听或是幻觉了。谁会偷窥她呢？谁想谋害她呢？

李进像浮游似的在街上走着。

……夜茫茫……

他试图从凶手的角度来感觉这个世界，就像陀思妥耶夫斯基《罪与罚》里的主人公拉斯科尔尼科夫一样，徘徊在邪恶的边缘。其实，我们很多人都有犯罪倾向，有没有实施犯罪，不是因为有没有机会，而是能不能控制自己。

聪明是天生的，善良是选择的。

走过几条街之后，李进才缓过气来，call机响过十几次了竟都不觉。他找了个电话亭回复，原来是Jacqueline，她已经在家里等他。李进虽然感觉幸福，但也不明白自己有什么好，Jacqueline这么关心他，帮他收拾房子，买了啤酒放进冰箱里……还洗底裤。Jacqueline这种女人，十个男人会有七八个喜欢她的吧，李进也不明白，问自己为什么属于剩下那两三个里的，不是不喜欢，只是总感觉有点隔阂，总是差一点，却不知道差点什么。

当他赶回家的时候，Jacqueline已经睡着了。他先去了一下卫生间，看到浴池中有水，原来是换了新的花洒。他这一刻才明白，并不是因为没交水费而给他停水，是因为花洒坏了！唉，男人反而不如女人懂这些！李进不免汗颜，他打开花洒，要尽情地洗个澡！等着放完水管里凉水的过程中，李进看着花洒喷出的水，听着那沙沙水声，像是在下雨……对！下雨……他闭上眼听“雨声”，林过云为什么下雨就动杀机？他精神恍惚，突然，他心血来潮了……

李进带着内心的燥热走出浴室，看到床上熟睡的Jacqueline，竟然是毫不顾形象地摆成一个大字形。可能是她觉得这个屋子有安全感才会这样吧。李进联想到，第一个女人上了的士，喝醉了，倒头就睡，不就像Jacqueline一样吗？对周围的一切没有警觉，因为她没有防备，给了凶手那种可以任意摆布她的念头。凶手第一次显然是没预谋的，所以没准备电线，用双手掐死她。

“这个女人会赚钱，又漂亮，又性感……为什么不能任我摆布？”这种想法在凶手的脑海中冒现时，一切便都顺理成章了。

四　真相碎满一地

君娴的公司里仍在通宵赶工，印刷，收稿人在等，Janet在拼命校稿。

“怎样啊？”收稿人向阿伟问道，“不如我们先回去，文章晚点再发给我们。”

“你再等会儿，游小姐先打个电话。”

君娴示意他们再等等：“喂？是啊！朱总啊，我找了你一天了。”

“抱歉抱歉，我刚刚从西安回来。”

“怎样啊？设计稿你看过没？”

“哦，美术设计的东西，你拿主意就行了。”

君娴深吸一口气，问出她最担心的问题：“那篇‘主席致辞’呢？要你确认一下，星期二记者招待会就要用的。”

“哎，我还没看。”

“要定稿复印了，你现在看下可以吗？”

“我忙！西安那件事，我还要出去见些人。”

“西安的什么事？我怎么不知道？”

“嘉嘉没跟你说吗？”

“没啊，什么事啊？”君娴一愣。

“是关于跟银行借贷的事……嗯，你千万别跟记者说……你星期六来我这儿，再慢慢说。”

“不过记者招待会要急着印刷……”

“取消啦，取消啦。”

“取消？我们发了新闻稿了。”君娴想搞明白到底发生了什么，但朱总明显已经没了耐心：“推迟一个星期没问题的，就这样吧，周六见。”不等君娴回应，就挂了电话。

君娴守着电话发了一会儿呆，不明白她不在的日子里到底发生了什么。

Janet见君娴挂了电话，急忙问道：“怎样啊，君娴？取消记者招待会？”

“这样吧，稿子照打，其他的等下看看怎样。你们也不用这么赶了，今天收工吧。”

“用不用通知报社取消了？”Janet问。

君娴疲惫地摇摇头：“明天早说，你们先收拾东西吧。”

“好吧，我们先走了。你也早点休息吧。”Janet有些失落地伸个懒腰，对收稿人说道，“先去打这一稿吧。”

Janet刚要离开，君娴又叫住了她。

“明天我不上庭，抽时间一起去看看嘉嘉？”

天天赶工的，明天突然休息吗？

Janet不可思议地看着她，缓了一会儿说：“嗯，好啊，那就明天吧。拜拜。”

看到Janet那反应，君娴心里苦笑，她以前做事习惯了有计划有安排，但是最近发生的事实在太意外太复杂，不止生活没了秩序，连她的心理、生理都乱了套。做了陪审员，接触到很多骇人的内幕，你不在现场不在法庭上不知道。那天在公园里李进说得对，君娴真是心力交瘁了，当时厌烦他。如今想来，这个人倒是真挺神奇的。

门外传来电梯清脆的响声，君娴回过神来，发现人家都已经不在了，偌大的办公室里只有她一个人。君娴深吸一口气，问："谁啊？"

不会又是那个神秘人吧？

没有人回应，门铃响起。

"不用怕啦。楼下保安有出入登记的。"君娴安慰着自己。门铃再次响起。"这是哪门子玻璃门，上面磨砂，只能看到一双脚！"君娴想找个事让自己气愤起来，这样可以把恐惧压下去吧。但，那是一双男人的脚……这让君娴无论如何也勇敢不起来。门铃依然响着。

"君娴？Alan啊！"

是Alan！君娴快步冲到门前，拉开门，还没见到人，就开心地叫了起来："Alan！"同时双手也环住了Alan的脖子。

"我经过你楼下，见到你office还开着灯。怎么啦，你的手这么冷？"

"不好意思，我这阵子疑神疑鬼，嗯，快点亲我一下！"Alan痛快地吻了君娴的嘴。君娴移开嘴，撒娇道："喂喂，我说亲脸，这里是公司啊！"

Alan被君娴逗笑了："那可以走了吗？你一定还没吃饭。"

君娴心里喜滋滋的，不知道是因为Alan，还是因为提到了吃东西，反正此时的她心情好。

"是啊，你怎么知道的？5分钟，我签了工作记录表就行了。"君娴快速操作电脑，"谢谢你的花，嘉嘉帮我插上了，看，好几天了还开着。嘻，是呀，嘉嘉没事的了……哎呀！又搞错了。5.5个钟乘以1200元加上昨天的……"

君娴发现Alan魂不守舍。

“你很累吗？”

“……不是啊。”

“还说不是，来，我帮你按按，”君娴拉着Alan坐下，为他按肩背，想起妈妈的话，君娴一下害羞起来，“舒服吗？妈妈教我的。她说男人最喜欢按摩了，做人老婆一定要学会。喂，手怎么那么不规矩。”

“我好想你。”Alan一下抱住君娴，深情款款。

Alan从来都不主动说甜言蜜语的，这一下，君娴反而蒙了。

“君娴，我们拍拖有8年了，告诉我你爱我。”

“我爱你。”这3个字君娴不假思索地脱口而出。

“告诉我，你永远不会离开我。”

“你干吗啊？”从来没见过这样的Alan，君娴有些不习惯。

“说啊！”

“我永远都不会离开——”不等君娴说完，她的嘴就被Alan吻上了。君娴赶紧推开Alan。

“君娴，不要再拒绝我了。”Alan再次尝试抱紧君娴。君娴推开他，又被拉近。在这来回的纠缠中，一股悠悠的味道进入君娴的鼻中，给了她莫名的力气，她猛然推开Alan。

“你这支古龙水……”

“你不喜欢，我以后不用了。”

“这个味道刚刚嘉嘉身上也有。”君娴的厉色让Alan不敢再靠近她。

“当然啦，我送她去医院的时候，她都走不了，我抱她进急诊室的，君娴，你别多心了……干吗这样看着我，君娴？”

“是你！”

“不是……君娴，你说什么啊？”

“我去看嘉嘉的时候你还没走，你们没想到我这么早有空，你避开我。”

“我为什么要避开你？”Alan哑然失笑。

“今天你不是碰巧经过人坑道，是你陪嘉嘉来的，你没想到她会晕倒……是你！为什么会是你？”君娴说到激动处，身体也跟着颤抖了起来。

“是，是我送她去的，这是误会，君娴。”Alan上前一步，想再抱她。但君娴退步，撞到桌子，有东西从上面跌落，破碎了。

是Alan送的玫瑰花！瓶破了，水洒了……啊！其实花是送给嘉嘉的！

君娴脑袋里的那个开关不是一直关着的吗？只要她和Alan在一起她就会自动变蠢，不是吗？她的推理什么时候突然敏锐起来了？把好几个疑点一一串联，真相迫近眼前！

“是你。是你！你是嘉嘉孩子的爸爸！天啊！You’ re murderer！”君娴被自己嘶哑地叫喊震惊了，只是瞪着Alan，再也说不出什么来了。

Alan也不知该说什么，满面的懊恨。

君娴不知是怎么跟Alan分开的，他有没有追她？有没有再解释什么？君娴后悔了。“是不是应该听听他的解释？或许是自己误会了呢！”满脑子都是这些事，君娴都不知是怎么回家的。当她到家时，门里传来八姐正在听的粤曲，君娴拿出钥匙，却怎么也对不准锁孔，敲门，无人应，敲了半天，才想起按门铃。八姐听到后，关小了声音，前来开门。

“咦？娴娴？忘记带钥匙啦？”

“我开不了……”君娴把钥匙交给八姐，整个人像失了魂一般走进家里。看着手中的钥匙，八姐莫名其妙。

“钥匙给我干嘛？吃饭没有？娴娴啊，八姐在电视里见到你了！你都不知道有多上镜，比好多明星都漂亮。我等下录起来给小姐跟姑爷看。不过裙子那么短，给人看，一个女孩子很吃亏的。我听新闻说，这个凶手，那么狠，杀了七八个人？你跟那么多警察去抓凶手啊？呃？娴娴，撞鬼咯，怎么流眼泪了？”

君娴木木地走进自己的卧室，反手锁上门后，将自己放在床上，躺好，让眼泪舒服地、放肆地流。八姐在门外敲门，推不开，再敲门。君娴知道她是为自己好，想编个谎言应付过去，起身去开门。

“八姐，什么事啊？”

“干吗锁门这么神秘？放了水可以洗澡了。我放了点盐，嘻，去过那种地方，要辟辟邪的，你别老是说八姐老土啊！”

君娴笑着接受了这一提议，她正好也想泡泡澡，放空一下自己。将自己浸在浴盆中，整个身体都得到了按摩一般，但脑袋却歇不下来，将来的生活会变成什么样？她不敢想。君娴嘘了口气，为自己叹息，以为生活一切完美顺心，没想到只是假象。

君娴捧起水来洗脸，水流到唇边，似乎不太对劲。君娴特意舔了一下，哭笑不得地大喊：“八姐啊，你放的不是盐，是糖啊——”

“来了！来了！”八姐冲进来，手里拿着一个无线电话。“娴娴，电话啊，你的电话！”

“我不听。”君娴以为是Alan，直接拒绝。

“是你妈、你爹地——”

君娴一把夺过电话，叫道：“爹地！”

“你爸等了一个多钟，现在睡了，怎么这么早回家？八姐又说你今晚去公司加班？”

那边传来的是妈妈的声音，君娴一下泄了气，又严肃起来。

“昨晚通宵，所以今天早点休息。”

“你的声音怎么这样的？”

“不知道啊，有点鼻塞。”

“怎么了？听说这案子有个女陪审员退出了，你是不是压力很大？”

“Don’t worry, mom。I’m fine。”不知怎么，跟妈妈说话就是像汇报工作一般。

“其实是八姐打过来的，她说你今天有点不妥，到底有什么事啊？喂？你爹地寄给你的明信片收到没？他排队排了两个钟的。喏，我们明天去大阪，你小心照顾自己呀。”

“哦，bye。”挂上电话，君娴回身看了一眼在一旁假装收拾洗漱用品，其实是在偷听的八姐，“八姐……”

“不关我事啊……我风湿痛，那支跌打酒去哪儿了？”八姐急忙撒了个谎，匆匆离开房间。

这一刻，君娴觉得那么的孤独，这种孤独感却又那么的陌生。小学的时候八姐天天来接她；升了高中，Alan基本上每天都等她，跟她一起放学……唉，真是没出息，这么快就又想到Alan！去英国读书3年，妈妈宁愿辞了政府的工作，也一起去陪读。现在的君娴，好像生活一下变得空洞，心烦也喊不出，也没人能帮她，嘉嘉还在医院……唉，不想了！为什么她终于想要个依靠的时候，却发现身边最亲近的人都背叛了她！

君娴有些迷糊，觉得自己是感冒了，也可能是困了，反正意识开始模糊。她想睡在这甜水里。对外人说起来，这是多么甜蜜的一幕啊！但，她相信，过不多久，她的皮肤一定会又粘又紧，会非常的难受，必须要淋浴才行！唉，这个世界上，任何甜蜜的东西都是有害的！

终于可以休息一下，但李进却有更艰巨的工作要做——陪着Jacqueline逛百货公司！Jacqueline挽着李进手臂，一副幸福甜蜜的样子，而李进却觉得胳膊都要被拽下来了，而他的另一个肩膀还挂着不比Jacqueline轻的购物袋。

“怎样啊？买条裤子啦。穿了一年了，这个款式都不流行了。”

Jacqueline带着李进来到一个男装店，要为他买点什么。李进开始觉得没什么不妥，但一翻开价格牌，不由心惊：“1200块一条裤子？你们女人花钱比借个火还容易。”

“Versace，名牌来的！拜托你平时多看点杂志，关注一下、欣赏一下什么是名牌。什么都要比人快一步，比如，YESO出了什么新款墨镜，什么时候搞活动……”

“你关注它们，欣赏它们，它们会养你吗？”

“你顺着我会死啊？”

“我要走了，买完没？”李进跟她在这方面毫无共同话题，也不懂好像才逛了半小时，怎么就腰酸脚痛了。

“呃？你是不是男人啊，我都没说走你就说走。我自己就买完了，想把你包装一下而已。”

“谢谢，我有内在美，‘心有足乐，不知口体之奉不若人’。”李进丢下这句，就潇洒地走开，结果又被拽住。

“过来这边，试试这条领带，你这么不修边幅，跟我逛街丢我的脸！”

李进无言以对。逛一天下来，终于有了李进最爱的项目——吃火锅！只要遇到吃的，尤其还是别人请客的时候，李进立刻就敞开了，仿佛没有下一顿了一般，胡吃海塞。

“我都说了我请客了，你怎么这么固执呢？活该你穷，一人一锅套餐？是人吃的吗？坐也坐得不舒服。”

“吃吧！丢脸死了。”

“嗬！现在是你丢人呀！15元钱一盘的牛肉能拿出来给人吃的？我和客户吃日本菜，那和牛肉都400元一块啊！单牛肉都吃了3000多元啦……嗯？这么巧？”

Jacqueline看到了什么，起身离开座位。

"去哪？"李进抬起头，看着Jacqueline推门出去，向路边停着一辆名贵房车招手。车上坐的男人没反应，她走上去，敲玻璃窗。

"Henry！"

车门打开，一身时尚的中英混血儿Henry一脸兴奋地走下车来。

"嗨，Jacqueline，好久没见，人更漂亮了，亲一个。"

"嘻嘻，别这样，等老婆吗？"

"不呀，等你呀，有没有空？去兜风？"Henry笑得蛊惑，李进看了不由心紧。

"好的，嘻，你等我一下！"Jacqueline回身要招呼李进，却看到李进已经拎着她的包和大大小小的购物袋气呼呼地走了过来。

"这位是……"李进走上前来，面目严肃。

"他是我以前的男朋友Henry，我男朋友李进，不介意一起吧！"

这通介绍不仅让李进愕然，连Henry都倍感尴尬，但Henry故作潇洒地把球抛给李进：

"不介意。你介意吗？上车。"

李进没有客气，非常冷静地打开后车门，邀请Jacqueline上车。Henry当时就后悔了，他岂不当了他们俩的司机？

一路畅通，在车里，Jacqueline似乎并不介意这种尴尬的关系，跟Henry和李进都有话题聊。两个男人无形中攀比起来，暗自较劲，反正吹牛是不纳税的。

在驶入油站的时候，李进开口道：

"停，在这停可以了。"

"李先生，我的车刚加油，每天有人洗车……"

"Henry哥，帮个忙，你是良好市民嘛，我现在要征用你的车，研究一下案情。”李进开门下车。Henry摸不着头脑。

“Jacqueline，你男朋友干什么的呀？当警察的？征用我的车？”

“哦……嗯……你就借一下他啰，他有点暴力倾向的，不过我保证，相信我……”

Henry一下没话了，李进走回来，原来向油站职员借来了水管，打开车门：

“下来。”

Henry反而心慌，看看Jacqueline。Jacqueline点点头。Henry乖乖地下了车，一下车，便看到李进手里拿着正在喷水的水管，不知干吗，有点怯了。

“麻烦你捏住水管。像我这样。”李进把水洒在车顶，像下雨一样。

“我的车每天有人洗的……”Henry叫苦不迭。

“很快，5分钟，OK？”

“阿Sir呀，你究竟想怎样呀？”Henry看着爱车，不知道接下来会发生什么，心疼不已。

李进没搭理他，直接坐进司机位。

“你搞什么鬼呀？我看你搞这么多事，就想让他下车，你把人家当猴耍啊！”Jacqueline再也看不下去了，车门一关上，她就批评起李进来。

“不要吵了，听！”

“听什么？”Jacqueline也被李进搞得紧张起来。水冲在车顶上，发出哗哗的声音。

“像不像下雨？”

“没你这心情！”Jacqueline听到这个，顿时泄了气。

“你假装现在坐着的士，我是司机就行啦。”

“司你个死人头呀！人家可是大老板啊。”

“闭嘴！”

“你……”

“原来在倒后镜看你，很不真实。”李进语调也变冷酷了，阴森一笑，Jacqueline感到了寒意。

雨打在车顶上沙沙作响。

对Jacqueline来说，本来愉快的一天，被李进搞黄了。对李进来说，本来无趣的一天，却有了收获。

晚上，回到李进的出版社——也同时是家的旧唐楼，Jacqueline就大力地摔开门，生气地丢下包和新买的东西，大发雷霆。

“你做男人做得这么小气，人家是有头有面的！以前对我不知道有多好，我走累了想坐坐人家的车而已，你有本事就买一辆，玛莎拉蒂，两百万而已，用不着羡慕妒忌恨！”

“我从来不妒忌人，我也不觉得他比我富有。”

“哈哈哈，嘴硬！我以前的男朋友个个有钱又细心，越厉害的人就越谦虚，不像你这么差！”

“是吗？我不差也不会跟你一起！”李进终于被激怒了，反唇相讥。

“呃？你……”Jacqueline委屈地红了眼眶，“我以前的事是你说不介意的！我一个女人离乡别井，就让你们臭男人欺负！”Jacqueline趴倒在床，大哭起来。

见状，李进也心软下来，觉得自己太过了，赶忙道歉：“是啦，我是臭男人，我嘴臭……算啦，哄哄你，来……”

“你会哄我？你这么就久没有写过一首诗给我！”

“我不是听你的，没写诗了。Jacqueline小妹妹，别哭了好不好？乖啦，我讲故事给你听吧。”

“那也可以。”Jacqueline收住哭声，等着李进为她讲故事。

“嗯……讲呀……讲《小王子》来地球的故事吧。”

“又是《小王子》！我不想再听啦！”

“唉！我去做事了，陪了你一整天了，我要交稿给刘士诚呀，喏，赚多点钱，娶个名牌老婆嘛！”李进大声地吻了一下Jacqueline。Jacqueline自责这么容易就被哄了，结果什么都没得到！但又没办法，她又不想做个无赖的女人，于是打开电视看了起来。

“我看电视，不吵你啦。”

“你看啊。”李进打开抽屉取纸工作。

电视放着动画片，Jacqueline不断转台，却也没有可看的节目，很快就放弃了，看到李进工作的样子，很是欣赏和疼爱：“喂，吃不吃橙子呀？”

“好呀，谢谢。”

Jacqueline为李进剥橙子。

“唉，又买橙子给你，又剥给你吃，又要养着你……”

李进被“养”激怒，反应激烈地回头道：“你说什么你？再说一次！”

“干吗呀，我说养着你咯，我有说错吗？”Jacqueline也不示弱。李进想反击，却悲剧地发现他生气完全基于自己的尊严而不是现实。

“哦，说一下都不行？你想娶我就要忍我，我要结婚呢，一定要挑个赚钱比我多的男人，如果赚钱比我少，我会看不起他的。”

李进气得胸闷，起身要出去。

“嗨！你要死哪儿去？我生意都不做过来陪你了！”

李进感觉自己像是被包养的小白脸，他发誓不做的两件事：不花女人的钱和不打女人，他都做了！各种失落和对自己的愤怒，让他无法面对这可能是真的现实。李进冲出家，猛地带上门。

他的世界只有《夜茫茫》了，李进后悔没带口琴出来。

一辆双层电车停在李进面前，李进也不管是去哪里的车，抬脚便迈了上去。他一个人闷的时候，除了吹口琴，就是坐电车，坐在二层，来回地坐，吹着风，心情就会慢慢平复。但今天他在电车上了有了新的发现：游君娴竟然也在。她独自坐在窗边，一副有心事的样子。

“游小姐！”李进走上前问候。

“李进！”

“你怎么会坐电车的？”

面对李进的问题，君娴只是茫然，酸楚地吸了下鼻子。

“你没事吧”

“我，我跟男朋友吵了架。”

“这么巧？”李进苦笑道。

“他上家里来了，但是……我想冷静下。”

原来君娴已经在电车上来来回回一次了。小时候她曾经每天放学都坐电车，现在欠缺的是一支甜筒雪糕在手吧。

李进坐在她身边，隔一条走道，这两个天涯沦落人没有再讲什么，电车从北角开到西环，来回了两次，她眼眶是湿的，但是没有哭出来，只是不时拨了拨头发。各自的回忆在心里流动，在车窗外流动……经过中环的高等法院，射灯把殖民地风格的拱门——多利安柱、破风楣和至高无上的正义女神天秤映照得神圣庄严……最后她在湾仔下车。下了车，她突然站在街上，回头往上看，好像要跟李进说什么，但是又没说，车开动了，她还在那里站着。李进也一直看着她，直到颠簸的电车趺趺宕宕地将他们扯远……

等君娴回家时，八姐已经急疯了，她一进门，就连珠炮般地问：“你去了哪里呀？Call机不带，身份证、钥匙都不带，你爹地好担心你呀！”

“他们去大阪玩了，没空理我了，你编个谎骗骗他就好了。”君娴已经厌烦了八姐的大惊小怪，有气无力地说。

“谁不理你了？”说着，爸爸乐呵呵地出现在她的面前。

“爹地！”君娴一下来了精神，欢呼起来，“你们……你们怎么……

“不去大阪了，赶回来看你。”

“爹地！”

“君娴，就知道爹地，爹地！把我忘了？八姐说你整天都没吃饭。来，妈咪煮了粥。”

“妈咪！”见到妈妈端着粥从厨房出来，君娴一下崩溃似的哭了出来。

令人五脏煎熬的庭审又开始了，法庭上，主控官引导证人作证：

“何炳警长，你和被告录取口供总共有20次。你有没有留意到被告在精神上或者感情上的变化？”

“我们在当年8月18日至21日期间3次会面之中，被告有点惊慌不愿意合作。但是在他带警方去大坑道弃尸现场之后，就变得非常精神和开朗，并且承认所有的事情都是他一个人干的，没有其他人协助。”

“从始至终，被告有没有哭过？”

“有，有一两次，每次都是提到第四名死者梁惠冰的时候。”

“被告是怎样杀害第一名女受害人陈凤茹的？”

“被告承认在去年5月的一个晚上，在尖沙咀美丽华酒店附近接载了一名女子。他开车去到观塘一个油站的时候，该女子开车门呕吐，显然是喝醉酒。后来她睡着了，被告就用电线勒死了她，然后带到贵州街住所。”

“被告在屋里进行肢解尸体？”

“是，他将尸体收藏在床底下，等天亮一些，家人走后，再搬出尸体。被告从死者包里拿了500块钱去买了把电锯，将死者分作7块，并且拍了录影带。被告说，他不知道为什么要杀死死者，只是很恨她。”

“为什么恨她，一个陌生女子？”

“不知道。”

“和她做夜总会小姐有关吗？”

“不知道。”

“被告是怎样杀害第二名受害人的？”

“被告表示，自那以后他觉得上了瘾。在去年5月29日，当时正在下大雨，他突然心血来潮，在凌晨5点在吴淞街接到第二名死者陈云好，当时开到去漆咸道一条非常僻静的路上，停了车，坐到车尾，用刀指吓受害人，然后在车头柜拿出手铐和电线……”

经过数天的审讯，勘视了现场，君娴终于冷静专注下来。当然，Alan和嘉嘉的背叛让她启动了逃避机制，拯救自己唯一之法是投入另一耗费体魄心力的事情中，忘我地分裂成另一个君娴，进入陪审员的状态，去了解、推理、分析案情。

君娴妈妈虽然平时很严厉，从来不会讲什么婆婆妈妈的琐语，甚至不怎么出声，但是在最需要她的时候，她就在——如今她坐在旁听席，和心疼的女儿隔开一个距离，静静守护着，支援着，这样君娴就温馨地稳住了。

被告的口供总共有53页纸，证物之多、案情之复杂、影响之巨大，均打破香港开埠以来的刑事案纪录。台、韩、日、东南亚、欧美全世界尤其是华人社区都在追着每天的聆讯新闻、等着裁决，这是法律上第一个华人连环杀手被提控的大案，已知4个受害人的生命，被告是否要背负谋杀的罪名？这都是陪审团的重责所在。只要6个陪审员有一个反对，则必须判他误杀，这在量刑上、在意义上是截然不同的。

君娴已经习惯了郭老师的驱风油，现在她自己的包里都有一支。John Clapton忍瞌睡忍得非常辛苦。李进因为太投入，很久没有剃须了。经过几次交往下来，君娴觉得李进这个人虽然讲话比较轻佻，其实他最认真。

昨晚君娴太过沉迷于自己的事，而没有感谢他。朋友是可以沉默的。君娴感到世事的表象真不一定是眼见如一。嗯？李进遮遮掩掩在干什么？君娴意外发现他在偷偷给被告画素描！

林过云在犯人栏坐着，所谓犯人栏并没有围栅之类，他也没有戴上手铐，除了庭审开始时听过他亲口说了4次不认罪，只承认误杀外，迄今再没听过他说一个字。而且他一直稍微低头看着地板或茫然凝视着虚空，世界仿佛与他无关。

李进一笔笔勾勒他的轮廓时，很难捕捉他的眼神，杀过人的人灵魂经历过血的洗礼，定必异于常人。李进大学副修艺术，有点素描功底，此刻，一边聆听着杀人的证供，一边透过线条和光、影进入被告的灵魂……啊！当然有人不承认他有灵魂，尤其是死者家属。李进没有宗教信仰，那些20世纪60年代成长的大学生不少是存在主义者，林过云不也象征了一个“人类处境”吗？

“对于第四名受害者梁惠冰，被告作供的时候情绪是怎样的呢？”主控官重点提问。

“讲到第四个受害人时，被告才开始激动，”说到这，连向来沉着的何炳也激动了起来，“梁惠冰当时只有17岁，中学毕业刚刚在尖沙咀参加完谢师宴！她没有得罪什么人呀！只是坐的士车回家嘛！”

“何警长，不要激动，你不需要激动呀。”

何炳表示歉意，深吸一口气以稳定情绪。

“请继续。”

何炳点点头，若有所思，半天后终于开口：“我讲到哪里了？”

现场爆发出笑声。

“第四名受害人坐的士。”主控官无奈地提醒他。

“是，是。被告承认去年7月晚上11点左右一个雨夜在弥敦道接载梁惠冰，经过柯士甸道天桥之后，被告用刀指吓她，梁惠冰当时惊慌地哭了，要被告答应不要碰她，她才肯戴上手铐，被告并没有立即勒死梁惠冰，只是将车停在葵涌货柜站附近的路边跟她聊天。”

“讲些什么呢？”

“被告说，他们就聊前途呀，宗教呀，家庭、学校、人死了有没有灵魂、世界末日之类，直到凌晨3点钟两个人都睡着了。5点钟被告醒了，他说当时不想杀她，但是知道放了她之后一定不行，于是就勒死她！把她搬到家里，看报纸看到天亮。”

“他杀完人……看报纸看到天亮？”

“他是这样讲的，等屋里人都走光了，就准备摄影器材，并且向女死者进行……”

“进行什么？”

何炳叹口气，语气明显没有那么激动，神色沮丧说：“我问被告是不是跟4名女受害人都发生了性行为，他说只是跟梁惠冰一个人发生了。”

休庭时，人们来到法院饭堂就餐休息，在那里还有其他案件的陪审员，他们边吃东西，边讨论各自的案件，整个餐厅人声嘈杂。

“不成立吧，证据都不充分，她被老公搂着一起跳楼，他没死，现在说什么都可以啦。”

“案件是惨剧，都死了两个小孩了，何必还要判妈咪都有罪！”女陪审员的角度明显跟男性不同。

“喂喂，她有罪就有罪，不可以给同情分的。”另一名陪审员反对。

“什么同情分？那个被告讲的话我都不相信！”女陪审员坚持己见。

就在他们争论的时候，有人低声唤道：“嗨，来啦来啦……”虽然声音很轻，但整个餐厅都静了下来。君娴等陪审员和书记在万众瞩目中走了进来，其他人不期然地围了上来。

“各位，我们有20分钟tea break，想要什么尽快点。”书记提醒大家。

“要点什么呀各位？”餐厅的伙计热情招呼。

“Black coffee for me，please。”

“黑咖啡，OK！”

“我也要黑咖啡，大家叫点东西吃呀。”李进接过伙计递过来的菜单。

刚才在讨论的那几名陪审员就在他们身边，两名男陪审员一下围上去提出八卦问题：

“你们刚刚看了没？是不是很恐怖？是不是真的拍到杀人？”

看什么了？那些人体标本？

“那个凶手说要把那些录像当电影寄去外国卖的，是不是疯了他？”

“没看到呀，没看到呀，” 张书记见状及时上前来为君娴解围，“明天再看，你们不要围在这里了啦，你处理好自己的案子啦……”

好奇像苍蝇一样，怎样也挥不去。

那位女性陪审员则找到君娴：“你胆子够大呀，他跟死者做爱，这么变态的人也有的？”

君娴是本案唯一的女陪审员，这样被追问无异于性骚扰了。

“报纸说拍到鬼影哦，说叫他借魂……小姐你不怕呀？”

一个阴森森的声音从后传来：

“我怕……我一听到雨声就兴奋……”

大家转身看，坐在他们身后的李进双眼反白，全身打了个冷战！好像俗语所谓的“鬼上身”。

“我见到女人就……啊！”李进突然弹跳而起，逼迫在那个女陪审员鼻子前，“神要惩罚你！”

那女的被吓跑了。所有人都以为李进怎么了。

“你们身为陪审员知法犯法！”李进恢复正常，义正词严地说，“强迫其他陪审员透露案情，妨碍司法公正！”

这一说，其他八卦的陪审员也感到没趣怏怏而散。

君娴经此一闹，心神更难平复：

“张书记，对不起，这个餐厅外人是不是进不来的？”

“他们不是外人，是别的法庭的。”张书记误会了她的意思。

不解释了，君娴想出去透口气，平静一下心情。张书记同意给君娴15分钟时间。

她慌张地出了餐厅，慌张地四处寻看，走廊里满是她凌乱的步伐。

“我在你后面！”

妈妈的声音一响起，虽然还没有见面，君娴便顿时沉静了下来，脚步也放缓了下来。她回过身，叫了一声“妈”，向妈妈迎去。

“怎么了？有什么事吗？”妈妈虽然是关心，语气还是严谨的。

“没什么。”

“我只听了半天都知道这个案子不简单，唉，陪审团不该收个女的，4个死者都是女孩……不晓得何年何月才结案。”

“对不起，妈，你们计划了这么久去旅行，现在又取消了。”

君娴越是被父母感动，越是觉亏欠他们。可是妈妈听到了这些，反而笑了，把君娴笑得莫名其妙。

“笑什么？”

妈妈没有回答，还是笑着。

“妈，你笑什么啊！”

“笑你爹地，他开始总是说日本人好有礼貌，好有民族精神，自我要求又好严格，前晚想找借口回香港，就即刻改口说日本人侵略中国，又野蛮又好色……哈哈，不好笑吗？”

君娴也暖暖地笑在心里。

茶歇时间过后，有新的人证出现，审讯进入更加紧张的阶段。

“霍德礼高级警司，你在鉴证科任什么职位？”主控官盘问。

“是主管。”

“嗯，这次的案件中，你主要负责处理被告家里搜到有关摄影方面的证物，是吗？”

“是。我看了193张彩色相、696张底片，和1520张幻灯片，主要是有关4名已经死了的女性裸照。死者的亲属全凭相片认出死者。”

“你认为被告冲洗这么多照片是为什么？”

“从照片上的日期显示，被告在1972年开始已经有摄影的爱好，多数是翻拍点色情杂志，后来可能是满足不到，就请真人模特儿拍，最后就拍死尸……”

“他保留这么多残忍的照片，有什么目的？”

“他跟我讲，希望这些照片可以做历史图片，给全世界人看。”

对这个回答，旁听席有轻微反应，这被告也太狂妄了吧。

大家的焦点不期然地落在庭上犯人栏的被告林过云身上了，全城都在议论他、审判他、仇恨他、惧怕他……可是其实他好像不存在一样坐在那里，一声不响而面无表情，就如同一个假人、一个象征物、一个“缺失的中心”，围绕他而沸腾的世界正努力去发现他……正如李进在给他进行素描一样。

“请问警方是怎样利用照片，证明被告是杀人凶手的？”

“我发现其中一张编号为120的底片里面，有一只手在摸一个女性的下体，我将这张照片放大，提取那只手的指纹做鉴证，发觉同被告林过云右手第四只手的指模吻合，所以断定林过云是凶手。警方用这个方法破案是香港有史以来第一次。”

“好。那关于录影带呢？”

“警方另外搜到44盒录影带，其中41盒是普通电视节目。好像是《蝙蝠侠》卡通片。”

“其余3盒呢？”

霍德礼长长地出了口气。

“其余3盒内容是‘处理’3名女死者，全部看完要5个钟头。”

听众席传来强烈反应。君娴妈妈这下子也坐不住了，这些血腥恐怖淫秽下流的录像女儿怎么能看？这是陪审员的义务，也是最无辜的惩罚！

君娴也无助地看看旁听席的妈妈，深知这十字架只能自己背，谁也帮不了自己。

郭老师心里惨然慨叹：吾不欲观之矣！

陪审团里恐怕只有李进对跟着来必须看的录像还有“兴致”，他准备出书，这些庭审内容够刺激了吧？而且是一手材料，肯定风靡读者。

“你可不可以简单介绍下其中的内容。”

“我……我想喝水。”

虽然执法经验丰富，但霍德礼回想起录像内容，还是无法平静。法庭职员递给他一杯水，他一饮而尽，缓和了一下心情。

“3盒录影带都有被告贴的报纸，写上英文名：第一盒叫‘East of Eden，Day for Night，Serious Secrets’，大意就是那部西片《荡母痴儿、日当夜、严重的秘密》，内容是同死者陈凤茹、陈云好有关。”

“中间是不是那个关于女尸的新闻报道？”

“是，第一个女死者陈凤茹被沉尸城门河，有关警方打捞的片段都有。”

“第二盒呢？”

“第二盒片名叫：‘Technology of Aircon Refrig’即是……嗯……《冷气、雪柜的技术》，内容是第三名女死者梁秀娟的……那些事……”

“哪些事呀，霍警司？”

霍德礼又喝了几口水，那些内容让他难以启齿：“她的身体……两只脚，总之……一会儿会看到！”

主控点点头，也不想勉强了：“那第三盒呢？”

“第三盒片名叫‘Fourth Action’《第四次行动》，是第四个……女学生……”想起那个女生，霍德礼自己也激愤得眼眶红了起来：“有大概26分钟是怎样……嗯……奸尸、解肢……吃内脏……Oh，shit！”

“Shit？你是指清理‘粪便’什么的吗？”

众人发出一阵爆笑。

“No，no，no。是我自己……太激动了。”

“控方引导完毕。”

“辩方可以开始盘问证人。”法官转向辩方。

“霍警司，关于3盒录影带，有一段画面只见被告同死者梁惠冰，被告是不是说了一些什么？”

“是。”

“讲了些什么？”

“他说……”回忆起这一段，霍德礼不由一震，“‘谢谢，借过一下’。”

众听席传来惊讶之声。

“当时没其他人，他是不是同死尸讲？”辩方紧逼一步。

“我不知道。”

法庭上气氛变得愈加鬼气森森。

霍德礼的供词结束后，接下来的程序就是当庭播放录像。想到要看5个小时，那将会怎么样的5个小时！君娴简直不敢想象，那可不是看戏，而是真实的犯罪录像，作为陪审员，她不能叫，不能去上厕所，不能借口回避……

“本席鉴于录影带过于残酷，内容或者会引起不适，所以特别安排了医务人员在内庭戒备。本席现在宣布清堂，除了本席控辩双方代表、法庭书记，和6位陪审之外，其余人等都要离开。”法官郑重宣布。

众人离场，君娴妈妈攥起拳头，为女儿加油，虽然君娴点了点头，但心仍惶惶悚悚。

五 《第四次行动》

书记指挥法警将电视放在一个大家都可以看到的位置。

这一刻，李进反而亢奋了起来。最震撼的时刻到了，他看电影看过不少杀人镜头，但那都是假的。纪录片倒有一两个所谓杀人镜头，不过剥尸、奸尸真是没见过。他并不觉得林过云做这一切只是为了毁尸灭迹那么简单，他好像把这些当作一种……嗯，“性与死亡”的艺术。凶手在第一次随机杀人后，开始确立了自己手法，开始研究解剖学。用专业的手术刀，好像想剥开个死人，看他的灵魂；切出来的器官，力求完美， 然后又制成标本，成为永恒的“作品”，还准备要公之于众，寄到美国去发行公映。他将杀人的过程详细地拍摄下来，写上标题，还称自己是“雨夜杀手”！是的！他想出名！像李进这些搞文学搞艺术之类的人，呕心沥血地写，力求完美，也想一夜成名，与他又有什么区别？

“各位预备好了吗？如果没有问题，我就熄灯了。”

张书记的提问没人回应，就当是默认了。他按了墙上几个键，灯熄了，电视机画面随即播出录像带，伴随着现场收音时的沙沙声，陪审团渐渐可以听到脱衣服轻微的窸窣声……沉寂……试电锯的声音，又是沉寂，突然不知什么金属掉落在地，发出很尖锐、很短促的声音，最后，电锯碰到了肉体……

那一刻，君娴，郭老师都不约而同地发出惊恐之声，John连呼：“Oh！Jesus！”

电锯声起初很规整，但一碰上骨头便暴烈的巨响，“咯咯咯吱——”卡住了！接着一片死寂，厕所传来水声……

“法官大人！”John最终忍不住还是出了声。

“什么事？”

John带着点哭腔道：“我觉得……过程太长……可不可以，I mean，快点……fast forward for example。”

“控辩双方有什么意见？”法官征求大家的意见。

“我不反对。”主控方。

“不反对。”辩方。

无论出于什么目的，谁都不想慢慢观赏了。可能除了李进，他一直瞪着眼，嘴巴微张，不知道他想什么或没有想什么。

“书记，麻烦你，有不同的画面就正常播放，相同的就请快进吧。”

张书记照办，君娴几乎不是在看，虚虚浮浮地只是在听：录像机发出快速进带的吱吱声，间杂着电锯声、用布擦地板液体流泻的声音、快进的吱吱声。

“停一停！倒回去看一下！”主控突然发现了什么。

张书记立刻停止，倒带，回放，一阵沉默后，凶手往胶袋里塞入东西，天啊，是血淋淋的……突然拍门声响起！

君娴被这意外吓得叫了起来，旁边的郭老师再次被她吓得跳了起来，君娴对他连连道歉。

李进还是那样瞪眼张嘴。

大家都凝神等着……会否有人开门撞破？

画面是对着地板、对着血和肢体、焦点不太对……

“谁呀？”录像带里，林过云警惕地问，嗓音低沉。

法庭上的每个人都寒毛直立，浑身发冷。

“法……法官大人，能不能先，先停一下？”君娴颤抖的话都说不利索了。

“好，停一下。”法官同意，张书记赶紧按下了暂停。

“法官大人，可……可不可以，开了灯看？”君娴吞吞吐吐地提出。

这正和法官心意，这次他没有征求别人意见，脱口道：“我们没人反对呀！”

张书记赶紧走去开灯，灯光带来些许的安全感。大家都稍微松了口气。

“倒回去一点点。”法官命令道。一阵倒带的吱吱响后，录像又回到往胶袋里塞入血淋淋东西那段落，画外响起敲门声。

“谁呀？”被告问。

“舅父，我们可以进来吗？”门外应该是被告的外甥。

一时没有回应，外甥又敲起门。

“不可以！”林过云严厉地拒绝。

再次沉寂下来，林过云没有动，也没人再拍门。过了一会儿，他继续把“东西”塞入胶袋，紧跟着是快速进带……咔嚓一声，到了结尾。

“嗯……第一盒播完了。”张书记取出录像带，却不小心掉在了地上。

“Sorry，sorry。”书记连忙道歉，俯身去拾。

法官也像解放了一般，做了一次深呼吸，道：“好了！大家都……嗯，辛苦了！休息5分钟。”

主控官还没出门，就掏出了烟。

“我也要！”一名陪审员猛然起身，向主控官要烟，可他起身太猛，连椅子都差点被他推倒。

两个人脚步沉重，出去和关门，“嘭嘭”的响声。

法庭陷入沉默。

“大家不用太紧张的。”法官安慰大家和自己。

有人不安地起身，走来走去。

“我第三次看了，哈哈。”辩方想打破沉寂，干笑了两声，反而更糟，大家又安静了十几秒，气氛愈加凝重，有几个人不安地调弄椅子。

“郭老师，教书几年了？”法官再次开口，试图调解气氛。

“哦？谢谢，谢谢。我没事，我坚持得了。”郭老师完全不在状态，答非所问，“游小姐呢？要不要涂点油？”

君娴鼻塞，声音很小，还是谢绝了。

“这里特别备了救护人员，你们有没有需要的？”张书记提议道。

“其实，是不是一定都要看完呢？”John，“内容都是……You know，all so repetitive and excessively bloody。”

“是啦！整整5个小时！我们真是……”何成邦这个一直仿佛是局外人的陪审员，也终于忍不住抱怨，但找不到合适的词来表达。

主控官和另一名陪审员吸完烟，走了回来。法官直接将问题抛给了主控官：“这个问题要问主控官的意见，杜辉先生，这里有个建议，认为可以不用把录像全部看完……”

“哦，或者看第三盒，关于那个女学生的，控辩双方认为怎样？”

“OK，第三盒有个point，就是凶手讲了句‘谢谢，借过一下’，我希望陪审团特别留意！”辩方再次提醒这个让人发毛的细节。

“陪审团没其他问题的话，我们就这样继续。”法官确认意见后，在接下来的庭审中，直接进行到第三盒录影带，即“Fourth Action”——《第四次行动》。

虽然这次没有关灯，但阴森可怖的气氛依然笼罩了法庭。录影带播放着，凶手房间的环境嘈杂，摄影机的不时咔嚓的闪光，凶手为第四个死者脱衣服，镜头对着她纯真无辜可怜的脸很久，很多角度……

君娴忍不住默默地咽泪了，郭老师其实已经闭着眼，放弃自己的义务了，可又被责任唤回，极力睁开眼睛。

在被告遭受惩罚前，他们已经遭受惩罚。

是上天选了他们做陪审员的。

挠人心的沉寂，快速进带的吱吱声……尸体被移动，摆姿势。

“谢谢，借过一下。”被告客气地说。

“这段再看一次，谢谢。”辩方提出要求，没人反对。

录像带倒回的吱吱声，尸体被移动，摆姿势，“谢谢，借过一下”。再次倒带，脱去女死者的衣服，录像正常播放……

“请注意！这个，这段，是被告对女死者，嗯……侵犯的部分。”主控官提醒大家。

录像中，被告自己也脱去衣服。赤裸的死者看起来只是昏睡过去了……接着是有节奏的……啊天！对尸体进行了……

“Oh，no！Oh，no！”John抱住头大喊。

有人站起身，坐立不安。

这侮辱这无助君娴感同身受，她想起童年被非礼的经历，她的内心无声地塌陷了，连擦鼻拭泪也无法提手，手在紧捏着纸巾。

“Come on，fast forward，please！”John带着哭腔恳求。

“够了！够了！”郭老师也大声抗议。

不等法官发话，书记就暂停了录像。

法庭里，每个人都惨绝悲沉。

“It’s not meant to be like that……”John还是流出了眼泪。

“我知道……各位都……都很难受，但这是我们的职责，不过法律不外人情，嗯，杜辉先生，控辩双方，如果到此为止，你们觉得，well？”

被法官提到的人没有回答，只是点头表示同意。

“嗱，各位陪审员想必会同意，Mr. Clapton，are you alright？游小姐呢？”法官询问道。

“I’m OK。”君娴挺直了腰回答。

陪审员都一一表态了，李进呢？他好像被遗忘了？他一向都是最冷静，甚至可以说是最冷血的，对于残忍血腥的案情、恐怖的器官证据、阴森诡异的现场……他都能客观分析，理智面对。

“李先生，你呢？”

李进面色惨白，突然作呕，要吐出来。

“李先生！法官大人，他要吐啊！怎么办？”张书记着急道。还不等大家反应，李进便跪倒在地。

众人惊叫，或坐或退，椅子都移散了。

“年轻人，你……哗，嗨……”郭老师赶紧上前搀扶李进。

“叫救护人员！快！大家保持冷静！”法官现场指挥道。

张书记跑到门边招手，没想到真的还会出事，救护人员迈着凌乱的步伐冲了过来。

“李进，李进！”君娴大叫着。

何成邦上前帮忙给李进掐人中。

李进喘息着想说点什么，但只说了：“我……我……呃——”便即吐了出来。

在医院，李进输液到后半夜才得以在Jacqueline的搀扶下回到家中。

“唉，人家听审，你也是听审，却听到要急救！”Jacqueline温柔了许多，扶着李进坐好，还给他端茶来。“喝杯茶啦……太烫了？哼！现在知道女人好了，没我，你就知道什么是‘凄凉’了！”

李进还要吐，推开Jacqueline，杯子掉在地上，碎了一地。

“哎！有没有搞错呀！又说检查过没事，怎么还不行？要不要再去看看？留院观察吧？”

“不，刚吃点东西下去，反胃了……”李进虚弱地摆摆手。

Jacqueline拿来扫帚清理地上的玻璃碴。

“我都没试过这样侍候人的，你记住呀，以后对我好一点呀。哈哈……又说什么要把凶手绳之于法，像个专家一样，‘好’厉害啊！没想到，才几天的工夫，你就完蛋了！哈！哈哈哈哈！自以为是！”

“你让我静一下好吗？”李进被Jacqueline吵得头疼，拜托了。

“哦，我说的对不对呀？你这个人一辈子都这样，太高估自己，这次教训记住就行了，有才华没才华，拿不到钱就跟白痴没分别！做人实际点，去教书不是很好嘛，稳稳当当！搞艺术？回报率又低，你也不是那么有本事，随便来点挫折，考验，就跟条死狗一样了……怎么不出声呀？嘿，不服？为啥不说你那句：麻雀不懂你鸿鹄之志？”

电话响！

就像救命稻草一样，暂停了Jacqueline的唠叨。李进刚要去接，Jacqueline却抢了先：“我倒要看看，是不是哪个相好？一天不见打来相思的电话！”

“Hello，等会儿。”Jacqueline把电话交给李进，“你的。”

李进刚“喂”了一声，那边就传来刘士诚催命的声音：

“大哥呀！是谁的call机一直在响，有很多信息的，麻烦你check一下呀！”

“对不起，我——”

“不用对不起，头条就要截稿了，今天是不是很爽？奉旨看毛片，给点猛料，猛料！”

“嗯，我不是很舒服……”

“不舒服？不舒服你就是天王老子啊？来，你口述我笔记。你今天亲眼目睹，是不是很精彩呀？我知道他杀第一个女人是用电锯，啊！用电锯一定血肉横飞了……不行，这还是不够吸引，先说‘奸尸’吧！标题肯定让读者大开眼界！来来来，趁你的印象还新鲜，赶紧跟我讲讲你到底看到了什么，仔细点形容，来……”

经过刘士诚这一番提醒，李进再也控制不住，全吐了出来！

午夜时分，伴着床头闹钟隐隐的嘀嗒声。

李进和Jacqueline躺在床上。

也真的难得Jacqueline抛下深圳的店不理了赶回来照顾他，这不就证明很爱他吗？连Jacqueline也被自己这无私无利的行为所感动。以前男朋友都是比自己有钱的，现在竟然倒贴也不心痛，她肯定是很爱这男人了。比钱更有吸引力的是更多的钱，但比钱更值得珍惜的肯定只有感情。她甘心，甚至愿意为他生孩子，论年龄也是时候了。

李进干吗人也僵硬了呢？即便是这样，Jacqueline仍然想要。Jacqueline伏在李进的身上，尝试着设法勾起他的性趣。

“不好呀！不好呀！”李进突然推开她大叫。

“唉！算了算了，睡啦！”Jacqueline郁闷地放弃了，“登”地侧倒在一旁，赌气地背对着李进。

李进也不怎么抱歉，他今天已经够折腾了，仿佛去过地狱，在无间深渊死过复活的，“呕吐”——让他甩开了录像里的那些飞溅的血肉……还有放进塑料袋的一块块肢体……内脏原来是那么一大堆……还有那个可怜无助的女学生被……

谁敲门?

"谢谢，借过一下。"

"谢谢，借过一下。"

"谢谢，借过一下。"

先睡个安稳觉对他来说是最重要的。所以，现在这样可能是最好的情况。

"嗨，真是不行呀？"没想到，Jacqueline不知想到了什么，一下翻过身来，热情满满地撒娇，道，"这样，男人有个穴道的，我给你按一按，试试？"

李进给惹烦躁了，下床径直进了厕所，愤恨地把门反锁，听到Jacqueline在卧室喊："你要干吗？"他也不想搭理，坐在马桶上出神……

天快亮的时候，Jacqueline终于敲开了门，当她见到李进的时候，简直惊呆了，问他这一夜做了什么，为什么会拿着剃刀，李进也莫名其妙，为什么拿着剃刀？他完全不记得自己这一夜都做了什么。

"各位乘客，由于飞机遇上了气流，为了您的安全，请留在座位上，并请系上安全带，谢谢！Attention please。This plane is now under the influence of air turbulence。For your safety, please remain in your seats and fasten your seat belts。"

君娴机械地扣上安全带，此时的她正在飞往上海的航班上。虽然已经离开了香港，但还是会感觉有人在悄悄地窥看着她。Alan在医院的布帘后悄悄望着她，但是他是没有恶意的。后来君娴才发觉，那个眼神是李进的！他说要代入凶手的角色，揣摩凶手心态，他给凶手画的素描就只缺眼神，但他还没能掌握，这眼神已经传染给李进了吗？可能他已经走火入魔了！他的眼神时常呆滞，好像都失去了自制，但无意中却闪露出残酷的冷漠。在看录像带的时候，所有人好像一起同游地狱一样，那两个多小时里，在君娴看来，甚至比她活过的这些年还要长；John不时地在喊，声音比她的还大，他是加拿大人，太太在多伦多，刚好有4个女儿；郭老师应该还要更惨！什么仁义道德，全被眼前的影像彻底强奸了、肢解了。君娴当时已经全身紧绷，浑然不知其他人的反应，连驱风油的气息都闻不到了……当她走出法庭，见到妈妈时，大脑一片空白，什么也说不出来，妈妈紧抱住她，凄怆地说："Thank God，you’re in one piece。"

"小姐，飞机快着陆了，请填入境表。"空中小姐打断了君娴的回忆，她表示感谢，接过了表格。

其实，君娴一直以为李进有点变态，案件刚开始审讯的时候，他兴奋得好像去看电影首映礼，一直以来他都是陪审团里最客观最大胆的一个，但没想到，看录像的时候他会有那么大的反应，呕吐到胃抽筋！更讽刺的是，那天还在下大雨，他是坐的士出院的。

飞机降落到上海的时候，已经是晚上。君娴恍惚而又空洞地随着其他乘客出闸，原本妈妈是要陪她一起到上海的，但君娴觉得太没出息了，哪有带妈妈去工作的？妈妈也不勉强，女儿总要长大独立，总要面对世界上各种各样没法估量的难题，没法一辈子每一刻百分百保护她的，只是妈妈提醒她："不要以为刚刚过了一关就太大意，更难过的一关在前面等着你呢！"

"游小姐！游君娴小姐！这边呀！"

在接机的人群中，有人向游君娴招手，游君娴好奇地走过去："你怎么知道我是游君娴的？"

"陈老板告诉我的。"司机示意了旁边的一个人一下。

游君娴这才发现大老板在，诧异道："老板！你怎么来上海了呀？"

“嗯，有点情况你应付不来的。”陈老板一贯的严肃，吩咐司机，“小颜，拿行李。”

“什么情况呀？很难应付吗？”游君娴不由得担心起来。

“大陆人事比较复杂，跟香港不同，你一个女孩应付不来。”

陈老板的回答，和他的出现，让君娴放宽了心，感激道：“谢谢。”

“怎么样！这个案子还有多久审完？”上了车，没开多远，陈老板便关心地问。

“本来说审10天，现在怕不行了。幸好朱总说事情可以押后。”

“嘉嘉给我打了电话。”

君娴的心立即绷紧起来了。

“她想调去帮佳齐那个组。”

“是吗？我不知道。”君娴松口气，也有些遗憾，本来好好的闺密，却因为一个男人闹成这样。

“你身为主管，我就想知道下，”陈老板突然严厉起来，“她似乎埋怨你给她太多事做，她太辛苦，搞得要进医院！”

“这是什么话？”君娴气得有口难言，“她！她……”

“放心，我信任你，星期一开始，我多给你两个人。”

那一刻，君娴为陈老板的信任而深受感动。

汽车驶入一家高级高尔夫球会场，司机下车给君娴开门。

“到了，下车吧。”陈老板说道。

“怎么，我们不是去上海饭店吗？”

“朱总给你在这里订了房间。”陈老板下车，君娴无奈，只好跟了下去。

“不是说要开会吗？”看看这里的环境，君娴有种不太好的预感。

“唉，大陆管暴发户叫‘大款’，最近又流行打高尔夫，谈生意呢，又喜欢鸡尾酒会的形式，适应一下吧。”

陈老板说起这事也是满心的怨气，说话间，他与君娴走向灯火辉煌的大堂。没想到会是这样，君娴突然有些尴尬。

“酒会呀！我穿得这么随便怎么办！”

“怕什么，最重要的是要有自己的风格，我们是不需要拍马屁的！”

“是！”君娴为这话深受鼓舞。

二人来到酒店门口，服务员为他们打开门，从大堂传来低婉而优雅的钢琴声，一班礼仪小姐排队迎候。

“欢迎——欢迎——”

已有些醉意的朱老板见他们进来，高兴地迎了上去。

“欢迎，游小姐，辛苦啦！来，先给你介绍一下”朱老板的口音很重，“这是香港宏思国际顾问公司的游君娴小姐，坐夜班飞机刚到！游小姐，这位是LATM的东南亚行政总裁，Mr. Jeffrey Howard。”

“Nice to meet you。”Howard伸出手来。

“Nice to meet you。”君娴与他握手。

“这位你认识的，利宝证券的Mr. Hawk。”

“How’re you doing？”Hawk热情问候。

“Fine，how’re you doing？”君娴报以同样的热情。

“Fine。”

“这位是我们集团的副董事长，廖铁军先生，这位是游小姐。”

“你好，你好！”廖铁军用普通话与君娴打招呼，并主动握手。

“你好。”君娴不得不用上她最胆怯的普通话。

“这位钱方，也是我们集团的副董事长。游小姐。”

“你好。”

“游小姐，幸会幸会。”

“苏卫东先生，也是我们集团的副董事长。游小姐。”

“啊！很荣幸，游小姐很漂亮！”苏卫东热情地握手，仿佛要把君娴的手攥在手中一样。

“哦，谢谢。”君娴边尴尬地笑着，边想尽快抽出手。

“于非庸先生和夫人，她们两位都是集团的副董事长。游小姐。”

于氏夫妇客气地问候：“你好，你好。”

君娴累了，只笑不答地握手。

“于龙先生，于先生的大公子！集团的执行董事！游小姐。”

“游小姐很能干，朱总一直夸奖你！”于龙客套地说道。

“谢谢。”君娴生生挤出客套的笑容。

“这位于风先生，是于先生的二公子，集团董事。”朱老板还在介绍。

“游小姐，Call mi Jack卡 prease。Do you have Engulishu name姆？”于风一看就是个不学无术的富二代，普通话、英语都别扭得不行，还硬要显摆，君娴根本听不懂。

“啊？”

“Engulishu name姆？”于风的脸上泛出不屑的神情。

君娴越紧张越是听不懂。

“他讲的是英文，问你有没有英文名啊。”陈老板忍不下去了，在君娴耳边小声提醒道。

“哦，我没有，I’m sorry。”

君娴却开始精神恍惚了，看看满满一堂的客人，她宁愿飞回去当陪审员！

一圈下来，朱老板已经为君娴介绍了二三十个重要人物，人数之多，别说君娴了，就连朱老板自己都记不得了，其中有几个人其实是重复介绍的，尤其是董事局的那两位公子。其实，这两位，尤其是二公子已经给君娴留下了深刻难忘的印象，他们身上的酒气和雪茄的味道之浓，甚至让君娴一度以为鼻塞的症状已经好了。君娴厌倦交际应酬，这里的一切只让她觉得闷，觉得烦，那么多双眼睛看着她，让她全身不自在。

“游小姐，你为我们集团立了大功，我代表我们集团敬你一杯！”于龙拿着一杯红酒走上来。

“我不会喝酒，对不起。”君娴赶紧推却。

“那怎么行？赏个脸吧！”于龙不依不饶，让君娴有些尴尬，甚至害怕会发生更糟的事。

“我来，我代游小姐喝。”陈老板上前挡驾。

“谢谢你呀老板！”君娴感激地低声道。

陈老板的举动引起众人起哄的笑声和掌声。

看着陈老板的举动，君娴却忽然挂念起Alan，她平时只是与他喝一点点，在公共场合，都是他为她挡酒。

陈老板一饮而尽，于风为他叫好。

“好！游小姐，一不离二，这一杯是预祝我们东辉集团上市成功的！”于风也来给君娴敬酒。

“嗯，我……”君娴这下难堪了。

“游小姐，来来来，我先敬为快！”于风一仰头，饮尽杯中酒。围观的众人更加热烈地鼓掌。

“好！我来，我来代她喝！”陈老板再次为君娴挺身而出，举杯痛饮。

毕竟是董事会的人，碍于身份都不强求，但架不住人多一个挨一个来敬酒，不一会儿，陈老板就为君娴挡了十几杯酒，已经有些醉了。但是其他人却越饮越高兴，怎么都喝不醉，非要君娴喝，为了不让场面不愉快，君娴最后也不得不勉强喝了一点点。

“各位各位，我和游小姐还有点公事要谈，暂停一会好不好，对不起呀。”陈老板出了绝招，将君娴接到一边，“来，去那边坐，先避下风头。”

可能是醉了，这个时候君娴对Alan的思念越来越强烈。如果他能飞来上海找她，君娴决定过去的事就算了，什么都可以原谅他，甚至可以当他和嘉嘉的事没发生过！只要他道歉，她就一定接受！但是他连个电话都没有打过！这些年下来，Alan是摸透了君娴的脾气，知道她没有耐性，每次都会忍不住先给他打电话的。

这一次，他们轮流十几二十个人的劝君娴喝酒，每人要她喝一点，如果是和Alan在一起，就什么都不用担心，他什么都会搞定！酒醉难受的君娴懊恼地想着，为什么她不能一直笨下去，为什么要突然聪明起来！那个开关为什么会自动打开了？

“君娴，这录像是东辉集团总公司大楼，同附属机构的介绍。”在避风处，陈老板给她一盒录像带。

君娴不敢接，她对录像带患了精神上的过敏症。

“……我上次不是，带阿伟……来拍了喽？”

“用这个，这个比较update。”

“唉，又要核对那些新资料！”想到这些，君娴就觉得好累。

“不用，总之，形象做大就好，朱老板很有实力的。”

“老板啊……”君娴又醉又累，思考也吃力起来，“我听说，朱老板的公司好像出了点什么问题？”

“没有，他们没有，没问题。”陈老板斩钉截铁地说。

“嗨！你们两个躲在这干什么？来喝酒啊！多认识几个朋友嘛！”朱老板不知怎么找到了他们，满面红光走过来。

“朱老板，我们先处理公事！”陈老板回他。

“啊是的，没错，公事要紧！游小姐，现在可以付印了，那篇主席致辞我看了，好！好！好！非常得体，非常有文学性！这样是好样的嘛！哈哈！”朱老板褒奖得有点过了吧。

“是吗？我找朋友写的！”这是君娴几天来第一次由衷地开心释怀。

“不管怎么样，都是你的功劳啦！我很欣赏你的！我不会看错人的！哈哈哈……”

后来陈老板和君娴勉为其难地又应付了一会儿，君娴难逃被灌酒的命运，当他们回到会所房间的时候，君娴已经醉得七荤八素了。陈老板和服务员吃力地扶君娴上床。

“老板，不妨碍你们休息啦。”服务员的话既礼貌又富有暗示。

“给你的。”陈老板给服务员小费打发了他。

“Alan……”君娴迷迷糊糊地唤着。

“君娴？怎么样呀？帮你把鞋脱了好不好？”陈老板一改严肃，变得温存。

“好……”君娴娇弱无力了。

陈老板为君娴脱掉鞋子。

“好了，你休息，我给你关灯。”陈老板伸手熄了灯，房间一下黑了下来，一切如此安静，安静得有些暧昧，陈老板还在床边，并没有出去。

“……”君娴在呢喃。

“你怎么样了？”陈老板柔声问。

“我想……”君娴含糊说了些什么。

“你想什么？我听不到啊。”陈老板凑近君娴。

“我想打电话……给Alan。”

“傻丫头，太晚了。”陈老板柔声道。

“呃……”君娴起身想吐。

“怎么了？”老板上前扶住君娴。

“Alan最喜欢摸我头发了……”说着，君娴哽咽了起来。

“哦，是呀？”陈老板轻轻地、慢慢地抚摸君娴的头发。

“其实我……哄哄我……甜言蜜语……就好了……”

“是的，是的，嗯……嗯……”

“呃，好大雪茄味！”君娴厌恶地侧过头。

“哦，这，嗯……你等等，你等一下！”陈老板放平君娴，起身冲入厕所。

陈老板在厕所里又是刷牙，又是喷古龙水，把那只有烟味的手打了肥皂，一搓再搓，一顿忙活，当他出来时，从气味上说简直是脱胎换骨了！

但他失望地发现，君娴已经坐在床边，精神也稍微清醒了。

“君娴？怎么你还没睡啊，睡不着吗？”陈老板尴尴尬尬地说。

“是呀，不好意思，让你担心了，我可以照顾自己了。”

“哦，当然，当然……”

“那……你可以回去了。”

陈老板面露难色，支吾了一会儿才说：“其实，这……是我的房间。”

“哦？”

“你不要误会，我还有点事跟你谈的，关于东辉集团的……”陈老板一本正经地清清喉咙，加之刚才的一番梳洗，仿佛真的要开会一般。

这一刻，君娴清醒地意识到，有时做人最辛苦的就是不好意思，拖拖拉拉！这一下，她不再需要借口，任何心理负担都没有。

辞了职，就可以全心全意地应付这个案件了！

高等法院。

一个晴朗的早上。

陪审团经历过那惨绝人寰的录像虐待后，虽不至于禅宗所谓“大死一番，再活现成”，但休庭两天调息修整，个个起码都平静了，脸色好多了。

轻装上阵的君娴以从未有过的渴望参与新一轮的庭审，而且这一次是从全新的角度，从被告人的家庭背景来认识他。

“林先生，你总共有几任太太？”辩方率先向辩方的证人——林过云的父亲展开盘问。

“三个！”林父语气很倔，这问题分明是揭发私隐。

“被告林过云是哪个太太生的？”

“第一个。”

“被告出生时，你是在做什么工作？”

“1952年，我在婆罗乃一家石油公司打工，时不时回一次香港。大老婆生了，我就接他们过去，有宿舍住，我供他读书。”

“当时其实你已经有了另一个女人，是吗？”

“中国人有三妻四妾很正常的嘛！”林父回答理所当然。

“1962年，你离职回香港，带着2个老婆3个儿子，住在哪里？”

“在哪里就不说了，我还在做生意。”

“什么生意？”

“电单车，到香港没多久就做这个生意，后来在土瓜湾买了房子，就同他两个兄弟住。”

“你是不是还有第三个太太？”

“是，她几年前病死了啦！”

“林过云小时候是什么样的？”

“功课普通，有时听话，有时不听话，很反叛。”

“他不听话的时候，你就打他？”

“用手打而已，小孩子最重要的就是要学习好，他妈妈就惯着他，真是‘慈母多败儿’！”现在提起这事，林父仍愤慨不已。

"林过云十五六岁的时候，就没有读书了？"

"是，来店铺帮手。"

"1973年，他因为什么事离家出走？"

"因为一件汗衫嘛！几个月之后我看见他，他给别人抓了，在小榄精神病院等着上庭审判。他动手伤人的罪就认了，但非礼罪没有承认，也没有成立。他被判了入劳役中心四五个月，出来的时候我接他去土瓜湾住，直到他考到驾照去开的士。"

"他一直住在土瓜湾吗？"

"是，他每天都去观塘见他妈，不过我要他回来睡觉，不让他跟其他女孩子在外面过夜。"

"为什么？"

"因为……这些事我不想说，他心理的确有问题……是我第二个太太发现的，他对女人很好奇。"

"对什么好奇？"

"对女人那个地方。"

"嗯……他开的士那段时间，为人怎么样？"

"他开夜班的士的，我一早就要出门，所以我们很少见面。他的生活很正常，有时候拍一下电影……"

"电影？什么电影？"

"不是那些录像吗？有时候给侄子看，我没看过。"

"据你所知，他有没有女朋友？"

"没有。别说女朋友，他根本就没有什么朋友！"

"他还有什么爱好？"

"嗯，下棋，外国的那种。以前跟小孩子下，自从买了电子棋就一个人玩了。"

“法官大人，辩方盘问完毕。”

“谢谢，控方可以开始了。”法官将盘问权交给控方。控方停下一直做笔记的手，起身来到林父面前。

“林先生，你承不承认自己是一个专横霸道的父亲？”

“不承认！”林父霸道地回答。

“被告之所以心理不正常，皆因你在他小的时候管教得太严，是不是？”

“怎么严？他做错事我才打他的，哪个父亲不打儿子？”林父简直是义愤填膺。

“有人说，这次发生的悲剧，你应该负很大的责任，你是否同意？”

“为什么你不说社会要负责任？”

六 “世人全部是垃圾”

午休时，君娴和妈妈在一家餐厅用午膳，妈妈今天的精神状况并不太好。

“妈咪，你不舒服的话，明天就不用来了。”君娴心疼了。

“我不是不舒服，昨晚睡不着而已。”

“你不要担心了。I'm on my feet now，see?”

君娴振作抖擞让妈妈放心。

“昨晚Alan打电话给我。”妈妈小心翼翼地提起这件事。

君娴不语，低头吃菜。

“怎么了？”

“他怎么没打给我？”

“他知道你很生气，这次他错得太离谱，他也很后悔，怕失去你，怕到不知道该怎么做才好。”

“你这样说，好像很同情他似的。”

“哼，我昨天训了他两个小时啊！你爸爸直冲他发火，我几十年了还从没听到过他讲脏话呢！”

想想温和憨厚的爸爸讲脏话的样子，君娴一下子笑了。

“君娴，我跟你爸爸结婚晚，30岁才有你，就你一个女儿，你爸爸又血压高……我们当你是心肝宝贝，你如果嫁得不幸福，妈咪……”说着，妈妈就想哭了，她从来没有在女儿面前如此软弱过。

君娴的妈妈一向严厉，对女儿要求非常高，望女成凤的那种，绝不让爸爸惯她。小时候，她教君娴游泳，多深的水她都要推她下去，然后在附近看着她。君娴也是明白，这是妈妈爱她的一种方式。像今天这样，竟然跟她说到想哭，君娴是从来没有见过的。而且，Alan竟然怕到不知道该怎么做才好，也是君娴从来不会想到的。今天对君娴来说，像是发现了新世界一般，需要她重新思考和面对。

自从开审以来，真相随着案情惨痛地一层层剥开，君娴身边的世界也无情地一天天破裂，假象崩落，现实迫近，她无处逃藏：相识相爱近10年的男朋友和死党闺密通奸成孕，一直成功帮集团企业上市却可能是协助融资行骗，连高高在上严肃的老板对自己也乘人之危……大脑清醒了，君娴发现了真正的自我，重新认识自己，不再需要甜言蜜语，被骗一辈子不再是她的幸福意愿了，扔掉那保护伞吧，面对真实人生，她必须勇敢地、孤独地超越痛苦的极限。

“妈妈，我跟Alan的事，我该怎么做？”

“It’s all up to you。你怎么都是我女儿，我支持你。”她拉过君娴的手，坚定地说，通过那只手，君娴也感受到了妈妈传递给她的力量。

妈妈给君娴内心的冲击之大，让君娴更好地审视了下午对林母的盘问。

“林太太，你跟你老公的感情如何？”

“唉，好难说，他怎么样都是我老公。”林母神色黯然。

“你什么时候去的婆罗乃？”

“过云两岁的时候。”

陪审员第一次听到这样亲昵的叫法——“过云”，仿佛这样一来，凶手就变回了一个人、一个儿子。

“那个时候你知不知道你丈夫已经有另一个女人？”

“知道。但是他信里没说她有了。到了婆罗乃见到一个女人大着肚子……”林母说到这里控制不住地哭了起来，“唉，有什么办法呢？只能这样了。”

“你丈夫跟第二个老婆睡一个房间，你跟你儿子在另一个房间，你这样开不开心？”

“当然不开心啦！”从开庭，林母的眼泪就没断过，擦眼泪的纸巾湿了一张又一张，“他又不让我回香港，我只有逆来顺受、顺其自然了。”

“林太太，你觉得你丈夫与被告，也就是你大儿子的感情怎么样？”

“他爸很严厉，动不动就打他骂他！”

“那你觉得，他该不该打呢？”

“他那个时候才两岁呀！而他呢，他至少是个大人呀！有一次吃饭，他爸不准他一起坐，要他在桌子旁边吃。当时他只想着吃饭，不记得叫人吃饭，他老爸就大声吼他：‘为什么不叫人吃饭？！’他叫得声音小了一点，他老爸就打了他一个耳光，把他的头撞到墙上，半边脸都青了，整整一个礼拜才消肿。”

不止陪审团，旁听席以至法庭上所有人都忽然对被告加了点同情分，甚至给了他的罪行找到一点可理解的缘由。

而被告林过云也开始不像之前只是一个象征的存在了。

“你老公说你很纵容你儿子，是这样吗？”

“我纵容儿子？我自身都难保了！还能纵容他什么呀？”林母苦笑着摇头。“有一次，过云可能做了噩梦，半夜起来哭喊，他爸也不问青红皂白，直接就动手打他。我用手挡开他，手都被打开了花！还有一次过云丢了一串钥匙，他爸打完他还罚他抓着耳朵跪了一个小时，那个时候他才3岁呀！那之后，他都好怕他爸，都不敢正眼看他！”林母把话说完，终于放声哭出来了。

她的遭遇让在场的人无不为之动容。

“林太太，你站了很久了，累不累？想不想坐下？”法官关心地问。

林母哭得伤心，根本顾不上开口，只是点头。

法官示意法警给林母端来椅子。

“谢谢，谢谢呀，法官大人！”林母向法官鞠躬道谢，又鞠躬感激法警，这才坐下。

“你儿子当初为什么为了一件汗衫离家出走？”

“当时他就十六七岁的样子吧，他爸已经叫他去电单车店里帮忙了。有一天他爸说他没穿去上班的衣服，就要他穿自己那件又红又旧的汗衫，过云不肯，他爸就把衣服丢在地上，把过云推出门，把门关起来大声说：‘叫你穿件衣服都不肯，这么不听话，你以后都不要回来了，滚，滚，滚呀！’所以过云就离家出走了，后来他来工厂找我，死都不肯回家，我就叫他去亲戚家里住。他没读书，就去冷气公司当学徒……有一天精神病院打电话来，我才知道他犯了错事。”

“林太太，你儿子的性格是怎么样的？”

林母稍微平静了一下，回答道：“他不爱说话，中学成绩都很好的。唉，他好孤独，有时候晚上一个人起来到街上走。”

“你有没有发觉他开了的士以后有没有什么不一样？”

“他应该是很喜欢的。开的士比较自由，不用被人管着，不过……唉……”林母说着又落下泪来。

“不过什么林太太？”

“他开了一年多的的士，脸色变得青青的，又瘦又憔悴，他从小怕水，不喜欢洗澡的，衣服脏了还是那样穿，走路很小声，低着头，眯着眼睛斜斜地看别人。我劝过他‘男子汉要抬起头’，但他也没改，我担心他有病，叫过他去看医生，他说：‘我没事，不用理我。’”

“林过云那个时候跟现在在法庭上有什么区别呢？”

“跟现在吗？”林母问。

“是。”

大家一直没大注意林过云，都专注听他妈做证供，这时候才转过去看被告栏处坐着的雕像，而发现雕像好像在微微地颤动，眉宇间有了点表情。

“我可不可以走近点看看他？”

辩方看向法官，法官想了想，说：“可以。”

林母走近她儿子，林过云把头埋得更低了，她含着泪，俯下身，从下向上看儿子——自从出事被捕后，被控杀了4个女人的儿子也就没再见过母亲。林过云的身体微微颤抖，似乎想避开目光相触。林母叹息一声，直起身，回说：“差不多，现在脸色白了点，但是那双眼就大了点。”

“都是一样瘦吗？”辩方问。

林母又伤感起来：“他一直都好瘦，十五六岁开始，他就不吃鸡肉跟猪肉。”

“法官大人，我问完了。”辩方退下。

“控方可以开始了。”

主控官起身，来到林母跟前：“林太太，当你知道被告，即你的儿子林过云做了这件肢解女尸案之后，你有什么反应？”

“我好难过！心跳得很厉害，不过他现在这样是罪有应得！”林母爱恨交加，心情复杂。

“你可不可以说一下他偷看那两个妹妹的事？”

林母看看林过云，点点头，说：“有一天，他爸突然过来观塘，将他抓进房间打了一顿，又将他的头撞到房间那门上面，撞了十几下。打完之后，他眼睛红红地出来，回自己房间。于是我就跟他爸吵起来，他爸才把事情说出来，是阿二说给他听才知道的，过云偷看两个妹妹沉澡。他这样就是该打，但是也不应该出手这么重，他那时不过才十三四岁。”

“林过云看色情书刊你知不知道？”

“不知道，他小时候喜欢买《圣经》，有中文、有英文，不知道他有没有看过，他爸在婆罗乃的时候是信教的，请了当地一个‘鬼婆’教过云读《圣经》的。”

“宗教对林过云有没有影响？”

“不知道呀，他从来不跟我说这些事情。”

离开法院时，虽然每个人还是心情沉重，但与以往有所不同。对林过云这个人，大家有了更立体、更深入的认识，这反而更难做决定了。李进和郭老师结伴来到天星码头。正好是下班时间，人头攒动，渡轮汽笛声声响彻云霄。

郭老师坚持要扶李进一起走，虽然李进的确是有些不舒服，但还不至于要让人扶。对此，李进略显尴尬。

“不用扶，走吧！”

“你扶过我，我‘投桃报李’而已，涂点油试一试，很提神的。”郭老师坚持，李进不知该怎么拒绝。

“年轻人，我开始以为你很轻佻、毫无同情心的，原来你这个人也挺有意思，振作点啦。”见他仍无反应，郭老师还是知趣的人，“那好吧，你自己小心，‘碧海青天岂无情’？唉！”

郭老师上了船，李进一个人在岸边，听着海水拍岸的单调的节奏，陷入良久的沉默。

“李进！”

有人叫他，但李进因太专注了而没有在意。

“李进！是我，君娴，我看你站在这里好久了，你没什么吧？”见李进呆呆的、没回答，君娴过去拉扯李进的袖子：“你不是想……啊？你真是想？喂，你讲话啊，你不是真是想不开吧？”

李进仍无反应。

“OK，那我不骚扰你了。我想谢谢你那晚陪我搭电车，就——”

“萨特有篇小说叫《呕吐》。”李进突然开口打断，君娴完全没准备，摸不着头脑。

“《呕吐》？”

“将人存在的焦虑、疏离、异化、社会……嗯……价值……统统吐出来。”李进一打开话匣子，就没完没了……

君娴这次也没有嫌他，虽然开始和他聊天的时候觉得他还是挺讨厌的，又喜欢呛人，还喜欢卖弄学问，说的东西也不管你懂不懂。但事后想来，其实他说的都是挺真的，只是真话不是很多人喜欢听。联想到自己，君娴承认，她过去就是太喜欢听“甜言蜜语”。

两个人一路聊到电车上，在“丁零丁零”的电车铃声中，穿过繁闹的大街。李进一开始表达就完全停不下来，不理会全车人都在听他讲这一尴尬的现实：

“我和那个凶手很相似，童年很像，我小时候也是被老爸打，把我的头往墙上撞，我外婆经常说我一定是这样被撞到傻了。我十几岁的时候也是喜欢夜晚才出门，去球场向周围的大厦大声喊。还有，我也喜欢下棋、看书、摄影，嗯，我小时候也看过色情杂志……”

说这话的时候，李进完全没有意识到要小声，吸引了全车人的注意，有人已经在偷笑，坏笑！

站在李进的旁边，君娴十分尴尬：

“李进呀，好多人看着我们……”

没想到，李进非但不理，反而更大声：

“是啊！我也看《圣经》，尤其是《旧约》，好多关于神的问题，我也想过世界末日！人类都有病，都朝着失控、荒谬的方向走，好在还有最后审判……我也很喜欢下雨，雨令我想到……死。试过有一次八号台风过境，下好大的雨，我特意走去公园，站在一棵树下面，试试会不会被雷劈中？”

这话再次引发了笑声，有人已经开始对李进指指点点，窃窃私语。

“是真的。我一样有暴力倾向，有时对女人好憎恨！”李进似乎完全没在意，继续着他的自我解剖。

君娴被他气坏了，干脆来个将计就计，一起疯就是了！

“你还有一样东西像凶手的。”

“是吗？你也觉得？是什么？”李进两眼发光。

“你和他都一样……”君娴还真没想好，所以说得很含糊，“穿的衣服……”

“啊？听不见，大声点。”李进的话把君娴逼到一个骑虎难下的境地。

“你和他都不爱干净，”君娴大声喊道，“穿衣服脏了也不换！”

那些围观的乘客得到这么一个答案，纷纷感到满足了，哈哈大笑起来。

终于到站了，李进大大方方地投入硬币，抬头挺胸地下车。

“喂，李进！你不要走。喂，我差点忘了和你说，你帮我写的主席致辞那篇稿子，你记得吗？”

李进停下脚步，回头看到君娴从车上追下。

“哪篇？”

“你在厕所写那篇啊。”

“哦——举手之劳。”

“我上海那个Client看了很欣赏！我怎么写都不行，你10分钟就搞定了！真厉害！”

“嗯，也算他识货。”

李进的自负真是让君娴受不了。

“我答应过请你吃饭，就今晚吧？”

“这样啊……我女朋友呢？”

“不要紧啊，请她一起来！”君娴热情地说。

结果这一餐却是在李进家吃的。

“出去吃干什么呢？我买了海鲜，试试我拿手的‘美极虾’吧。”Jacqueline给君娴的碗里夹了一只“美极虾”。

“不好意思……我本来想……”本来是要请Jacqueline在外面吃的，结果call她不回，李进可不想再让她有什么怀疑，又搞出什么乱子来，既然都到家门口了，就干脆进家看看。原来是Jacqueline的call机没电了。在家里已经准备好了菜，知道来意后，就热情地把君娴留在了家里。

虽然，Jacqueline看到他们一起回来那一刻，不一定相信他们是回来找她的，也许，嘿嘿……

“李进没什么朋友的，你是他带回家的第一个朋友，不要客气啦。游小姐呀，你这么年轻，做什么工作呀？”

君娴浅笑一下，不好意思道：“我刚刚失业。”

“这样啊，不要紧啦，你穿的这个款式的鞋子这个月新出的，8000多块啊。”

李进怕君娴难堪，插嘴对君娴解释道：“她做时装的，所以这么留意潮流。”

“是我男朋友送的。”

“这么好的男朋友介绍给我认识啊，哈！”

“唉！你……”李进对Jacqueline的话有些不快。君娴也还以微笑，那笑，就像是心头的伤口。为什么不经意间又提起了Alan？如果放在之前，这的确是可以让她幸福满满地骄傲的。

Jacqueline意识到李进又不快了，赶紧改口：“不过……我的李进也很好，怎么说都是老板、文化界……啊，游小姐，你英文名叫什么？”

“我没有，人人都叫我君娴的。”

“没理由，你出国这么多年，多不方便啊，听我讲，取个英文名啦，我现在这个名字Jacqueline是美国第一夫人，后来嫁给一个船王，人人皆知的。在香港，没英文名会被人笑的，还以为你是大陆妹呀，哈哈哈。”

“嗯，Jacqueline的意思其实是……”李进怕君娴尴尬，想要解释一下这个意为“追随者”的希伯来文。君娴明白其意，连忙制止：

“我知道，我知道。”

酒足饭饱，君娴去了一趟洗手间，等她回来的时候，见到李进在阳台用口琴吹奏《绿岛小夜曲》。见君娴回来，Jacqueline急忙打断李进，指责道：

“刚吃饱饭，吹什么鬼！游小姐呀，不用理他，他经常做些无聊事的。来，喝茶。”Jacqueline端来沏好的茶。

“哦，谢谢。”

“这种茶叫灵雾茶，是庐山名产，习不习惯喝茶？”

“OK，我爸爸有心肝病，医生叫他喝绿茶的，”君娴礼貌回应后，转向李进，说“刚才你吹的，是不是《绿岛小夜曲》？”

李进眼前一亮，惊喜道：“你也知道？”

“你吹得好重Jazz味，学过的？”

“哈，我小时候自己吹的， 60年代流行台湾歌，青山呀、姚苏蓉呀。”没想到遇到个知己，李进激动地唱了起来：“‘今天——不——回家——’听过吗？”

李进这么一唱倒是把君娴逗乐了。

“你行行好吧，五音不全！”Jacqueline在一旁挖苦。

李进毫不在乎，又吹了一段，然后问道：“这首知不知道？《雷萝娜》。”等不及君娴回答，他便忍不住唱起普通话：“‘我求你醒来吧雷萝娜，雷萝娜，我求你醒来吧雷萝娜——’哈哈，那个时候的歌星唱歌很疯狂，好夸张的！”接着他又吹了一段。

君娴被李进疯狂的表演逗笑了。

“够了！够了！唉！喝茶吧！”Jacqueline看不下去了，真无聊。

“唱到最后最精彩！”没想到李进今天完全兴奋起来，不仅吹，还唱，现在还要起身示范！“那个女孩雷萝娜死了，简直是晴天霹雳、惨绝人寰，直唱到眼泪鼻涕……满脸都是，还把舞台都弄湿了。‘噢！萝娜——萝娜！’”唱着，李进学雷萝娜的样子倒在了地上。

君娴见状已笑出泪来。

这一场表演完毕，君娴已不再拘谨，对李进这出版社的家也欣赏起来了。摆设倒是很简单，满屋满房的书橱，里面也摆满了书。

“喂，你真是有好多书，好像图书馆似的，你看不看得完啊？”

“我搬了好多次家，已经丢掉了好多。”

“读这么多书又怎么样？有什么鬼用？”Jacqueline指着架上的书数落一番，“这里这些呀，是他以前出那些诗集呀、教科书呀，卖不出去的。嘿嘿！不说这个了！扫兴！咦？游小姐在哪里读书？”

“我在伦敦读的工商管理，副修话剧。”

“你副修话剧？”李进这才知道君娴也有艺术的兴趣，“同工商管理不是很沾边的啊，你有双重性格吗？学校允许的吗？”

“外国都可以的，我还和妈妈一起上课。”

“伯母也会这么勤奋的？不用讲，是不放心你，要贴身保护。”

“你怎么知道的？我爸爸妈妈都是公务员，就我一个女儿，妈妈突然辞了职，说要陪我，自己也再读个学位。”

“那我懂了，‘十指纤纤，没见过世面’，要妈咪来陪你听课。唉，你都不肯长大的，不要喝茶了，来，冲四安士奶给‘囡囡’。”

“嗨！”君娴被李进调侃得不好意思，抗议却没有生气。

Jacqueline见他们投缘，忍不住插嘴：“我也是大学毕业的，我读南昌大学。”

“什么系呀？”君娴搭话道。

“什么系，不说了。反正香港不承认的，我那天郁闷起来，把证书撕掉了。”Jacqueline的话让君娴不知该怎么接，房间里有了片刻的冷场。

君娴看到书桌上有一张素描画像，于是问：“这张是你的自画像呀？”

“像我吗？”

“像啊，怎么像‘困’住似的……哎！这不是你在法庭给雨夜杀手画的吗？对不起，哈，对不起，真是好像呀！”当君娴意识到真相的时候，着实难堪，只有Jacqueline一个人在干巴巴地哈哈大笑。

李进露出那种终于有人懂他的笑。

他明明是给凶手画的素描怎么会变成了自己的呢？说真的又有几分像……不过他们俩都自然而然地回避了有关那案件的话题。

“其实呢，我的理想是出一本书，给小孩看又给大人看。你有没有看过《小王子》？”

“那本童话？那个法国飞行员写的？”

“是呀。”

“怎么你喜欢《小王子》的？嘻，我看了12次。”君娴兴奋地说道。

“噢！噢！你喜欢《小王子》！”李进激动地不知要说什么好，颇有相见恨晚之慨。

Jacqueline端橙来：“来呀，来呀，吃橙呀。”但这一次，她再也没法打断李进和君娴的交流了。

因为两个人完全忽略了她。

“你想出《小王子》海盗版呀。”君娴打趣说。

“不是，是《小王子》续集之类。你记不记得小王子前来地球，最后被毒蛇咬伤，之后他就在沙漠中消失，不知道去了哪里。”

“是呀！我每次看到这里都不忍心看下去，太sad啦。大人的世界不可以容纳他。”

“小王子会再出现，他只是回他的星球去了，照顾他的玫瑰花，同时也让玫瑰花照顾他的伤势。他会再来。我们会听到星星在天空笑……”

“唉，又是《小王子》。”Jacqueline对这个话题都听厌了，吃着橙含糊说着，“哪有人看啊！游小姐不要理他，吃橙呀，很甜的。”

君娴被李进的想法所吸引，没有顾上礼貌，而是继续回应刚才李进所说：“香港太亮了，星星都看不见，怎么会听到星星笑？”

“会！是续集里面，他会遇上杀人凶手……”李进解释道。

“杀人凶手？NO！”

“YES！但是这次他很勇敢——”李进还要再讲，却被电话打断，他示意Jacqueline去接，但她假装没有看到，也没有听到。

李进只好悻悻地接起电话。

“喂，大哥呀？现在几点钟了？你做人有没有责任感的？我——”又是刘士诚急切又责备的声音。

李进恼了，一把拽掉电话线。

“刘士诚呀？嗨，你用得着连电话线都……唉！”Jacqueline觉得李进这个人真是越来越难以理喻，干脆不说他，继续吃着橙子，态度冷漠地对君娴问道："对了，游小姐，你住在哪里呀？"

"湾仔。"君娴还沉浸在刚才那个故事里，心不在焉地回答。

"这么近，那就不怕晚了，和爸爸妈妈一起住？"

"是。"

"我父母都移民了，在美国，嘿！他们答应每个月给我一万块钱交租的，最近都没了影，我正在找律师，你认不认识律师？介绍一下。"Jacqueline竟然要告自己父母？！真的假的？李进也从没听过。

君娴礼貌地听了一会儿Jacqueline的烦恼，却又追问李进："你那个故事后来怎么样了？"

等李进讲完故事已经有点晚了，怕君娴一个人回去有危险，李进决定送她。回去的路上，在摇摇晃晃的电车上，两个人并排坐着，谁都没有说话，但也不觉得尴尬。

朋友是可以沉默的。

下了电车，二人漫步来到君娴住的大厦。

"不好意思，本来是我请吃饭的，变成你们请了，谢谢你们收留我。"君娴再次道谢。

"收留你？"

"其实，我今天是不想这么早回家，我男朋友call了我好几次，他肯定会再打来。"

"哦。"

"我还不想见他。在街上又孤单，又不想妈妈担心我。妈妈有个陪嫁的用人，你知道自梳女吗？"

李进学顺德话说："梳起不嫁嘛。"

君娴被李进的顺德话逗笑了：“是呀，她叫八姐，她又老，记性又不好，但是就是好疼我，总之很烦的……啊，到了，谢谢了，我自己进去了。”

“好呀。Bye……小心！有人出来。”

大厦门被推开，李进赶紧拉开君娴。

“Alan？”

“君娴！”Alan见到君娴先是一喜，见到李进拉着君娴，以为是君娴的新男朋友，顿感愤怒，挥拳要打：“你干吗？”

李进莫名其妙，Alan已经挥拳打来！

“去死吧你！”

君娴被吓坏了，不知道发生什么事。

“有话好好说啊！唉……”李进挨了打，很是无辜。

“Alan你做什么呀？”

“色狼！非礼呀！”Alan大喊着，他还想追打李进。

“不要打呀！他是我朋友……”君娴拉扯着Alan的胳膊。

争吵声引来了大厦管理员罗伯。

“什么事呀？游小姐，哎呀！要不要报警呀？”

“罗伯，你帮帮忙！”

罗伯上前，帮君娴一起拉开Alan，没想到，Alan也给了他一拳。

“嗨！嗨！你疯了吗？”君娴冲Alan大喊，咬住Alan抓李进的手，Alan松开手，却又要打。

君娴这才闻到Alan一身酒气，气极了，谁也不顾地进了大厦。Alan见势也顾不上李进，喊着朝君娴追过去，却因为罗伯的阻拦，还是慢了一步。

君娴面红气促地开门进屋，又立即摔上门，扣上门栓。

“君娴？”母亲见状，知道出了事，迎上来。

“君娴，发生了什么事呀？”在沙发上打瞌睡的父亲也醒了过来。

“是不是那个Alan？他来过，他在楼下等你了？”

门外响起剧烈的敲门声，急促的按门铃声，Alan发疯般地叫着君娴，不用君娴说已经知道发生了什么。

“他想怎么样？”爸爸大怒，不顾自己血压高了，“君娴，他想搞什么鬼？都和他说了这段时间不要烦你啦！”

“爹地没事！”

“没事？他这是发疯呀？”爸爸气冲冲地去开门，Alan站在门口看到君娴，喊得更大声了。

“君娴，君娴！你听我说呀！”

“干什么呀你，都和你说不要来啦！你敢乱来我砍死你！”爸爸气势汹汹，一副要拼命的样子。

“你不要这么激动啦，爹地！”君娴上前拉住爸爸。“Alan你走吧！别来烦我的家人和朋友！”

八姐抡起扫帚跑了过来，大嚷：“走开！等我来扫走他！见鬼呀，疯狗一样！”

君娴赶紧拉住八姐：“八姐呀，你先放下！”

“别拦着我，这个发瘟的花心萝卜，拍死得了！”

家里顿时乱成了一锅粥。

“好啦！不要吵！”妈妈大吼一声，所有人都安静了下来。

“Alan，我出来和你谈。”妈妈宛如外交官一般，严肃地走出门。

Alan哭丧着脸哀求道：“对不起君娴，我刚才是冲动，我好想见你，我……我没了你不行的！我……”

“你闭嘴！”他的话被妈妈喝止住，转身带上了门。

妈妈和Alan在外面谈了很久，屋里爸爸等得不耐烦，几次想冲出去，还说要报警。而八姐则抱住扫帚，在沙发那里打盹了。君娴已没有心思关心这里的事了，她只想打电话给李进，问一下他的伤怎么样了。可笑的是，直到她拿起座机才发现，她不知道他的电话，心跳突然跳空了一拍。

妈妈回来的时候已经12点多，她第一时间并非汇报进展，而是问爸爸怎么样，怕他心脏有事。君娴在一旁看着这老两口，这一晚他们变得如此憔悴，猛然意识到，他们已经60多岁了！李进的话在君娴的耳边回响，他说得对，她不肯长大，她没用，让父母为自己这么操心。

躺在床上，君娴辗转反侧。一切都这么的不如意，这十几天好像20年那样长，发生了那么多的事，君娴似乎在这十几天里见证了妈妈生出了白发，爸爸讲脏话，而她的鼻子也已经不敏感了。

思绪开始混乱，驱风油、古龙水、防腐剂的药味，和当归的气味混到一起，人生如五味杂陈……君娴昏昏入睡。

“还我的命……”突然，一个女死者的声音在耳边幽幽响起，君娴猛地惊醒，坐了起来。

“谁？谁？”

一股灵异的阴寒笼罩着整个房间，她再也睡不着了。这个时候她突然想起李进的那个《小王子》的故事，如果她也能成为那个勇敢面对一切的小王子那该多好！

早上，君娴开门要去上法庭的时候，见到Alan瘫坐在门口，靠在墙上睡着了，那一刻她觉得有些心酸，感到遗憾。君娴原本想跨过他，没想到他睡得很警觉，一下就醒了过来。

“君娴！我在这等了你一夜。”Alan直接跪在了君娴跟前，“是我错了，我是人渣，求求你原谅我吧！我从那之后再也没见过嘉嘉！”

君娴一时很矛盾，虽然Alan这样做是应该的，但她又觉得就这么抛弃了嘉嘉，对嘉嘉是多么大的不公平和伤害！怕吵醒爸妈，君娴不想在这里跟

Alan讨论这个问题，只好答应让他送她一程去法院，并要他对李进道歉。Alan仿佛见到了曙光，立马同意，哈巴狗一般地陪着君娴下楼。那一刻，君娴忽然觉得他没有了之前的光环，变得好可怜。

“你可以载我去，但路上我不会跟你说话的。”

其实这话一出口，君娴就后悔了，嘴长在Alan身上，她怎么能控制得了呢？

Alan顿了一下，说：

“好，只要能和你在一起就行！”

果然，在去法庭的路上，Alan还是忍不住不断地忏悔，承认自己有错，但也不是全责，是“性”的问题，这是两个人的问题！

“是我的错，是我的错，你给我次机会，我们在一起8年啦，难道你完全不珍惜？”

“你答应过我只是开车送我，不说话的。”

“君娴啊！”

Alan气急，干脆把车在路边刹停。

车一停，君娴就要求下车，Alan一把将她拉住。

“君娴，这么多年来，我都很尊重你，但我是男人，我和嘉嘉只是一时冲动。我控制不了……我知道我是不完美的，我有缺点，我软弱……你是世界上最好的！我这样做好傻，我真是好蠢……”

“你是真的好傻，好蠢，但有比你还傻，还蠢的！”君娴冷颜抢白，“我见过嘉嘉了，她调去了别的组。工作上我已经不关心了，我只想和她谈那件事。可我一开口，她就很激动，我不知道她原来一直这么上心，我当时真是惊傻了！她是很认真的，你知道吗？”

君娴还记得嘉嘉当时语带讽刺，用妒恨又自伤的语气跟她说的话：“嘿，你当我是你的好朋友？你知不知道做你的好朋友很辛苦的呀？中学你什么都好，爸爸妈妈做高官，当你如珠如宝，Alan多少女孩子不选偏选你，他送花给你，你不要，我好开心自己要了，怎么知道你一个电话就把它抢了回去，整个世界都是你的！我连个孩子都留不住……”说到动情处，嘉嘉泣不成声。

Alan的脸上露出痛苦的表情，但很复杂，君娴读不懂，也不想去懂了。Alan刚要开口，就被君娴打断。

“Alan，嘉嘉也是很好的女孩，你回去再想想吧。”君娴转过脸，看向前方，“走吧。”

Alan懊恼地拍了拍方向盘，鸣着笛上了路。君娴不相信他与嘉嘉是一时冲动，因为嘉嘉说与他的关系已经有一年了。

比平时早到了一些，君娴成了陪审团里第一个到的。

Alan最终只是说了句对不起，他是爱君娴的。见君娴没有反应，Alan失落地转身离开。

“Alan。”君娴叫住他，Alan激动地回过身来，“答应好向昨天我那个同事道歉的，你完全没放心上是吗？”

Alan老不情愿，还是决定留下来等李进。李进这天又是最后一个来的，他的鼻子上贴了创可贴，一副心不在焉的样子，对Alan昨晚做的一切好像全然忘了，两个人握手言和似乎完全是君娴一厢情愿。

新一轮的庭审，辩方从澳洲请来了两个心理学家，他们都认为被告是有严重的精神病的，和香港4名精神病医生的意见截然相反。因为双方都是专家，盘问的时候用了不少专业名词，庭上的人似懂非懂，比起之前就沉闷得多。

“班士先生，你对被告的精神状态分析有什么依据？”辩方率先对自己的证人——澳洲心理专家班士提问。

“我看了20份警方的证供，了解了被告的家庭背景，也看过4位香港精神病专家的报告。我不同意陈医生说的被告有轻微的精神病，从被告的行为表现来看，可以说明他精神不健全，属于间歇性精神分裂症。”

“你觉得被告为什么会患上这种精神病？”

“被告自17岁开始，足足有10年完全同社会隔绝，他一个人玩电子棋就是‘自我封闭’的一种表现。”

恍惚间，李进会觉得班士在这里是针对他做的报告。他就符合‘自我封闭’的标准。在李进看来，这个世界从来就不欢迎他，小的时候，最渴望得到父母的爱，结果没有；大了渴望爱情，但是第一次恋爱就壮烈牺牲；现在寄情事业，却濒临破产！当这个社会一次又一次拒绝你的时候，最好的逃避办法，就是“发疯”。他忽然对林过云有了强烈的亲密感。

“一个人有精神病可不可以继续工作，例如开的士？”

“世界上成千上万的人患有类似被告这样的精神病，但仍然可以工作，例如开夜班的士，甚至做医生、律师都可能患上这种精神病。”

“律师都可以？”

大家都笑了起来。

“可以，直至他犯错被揭发了，知道自己有精神病为止。就林过云的情况来讲，犯案的时候是高度精神不健全，并且神智混乱，之后接触人多了，不再自我封闭，于是恢复正常。”

“香港4名医生一致认为被告的杀人动机是满足性需要，你同意吗？”

“不同意。被告自小就憎恨‘坏女人’。一直没有女朋友，可以说是在一个‘无性’环境成长的，而且被告也表示过杀人的时候没性冲动。除了杀第四名受害人之外，对其他人都没感觉。不过我同意，‘性’元素在这件案子中很重要。”

当提到“性元素”的时候，君娴不禁打一冷战，不得不重新考量Alan

的说法，或许自己真的是有一部分责任的。

“被告曾经说：‘我身体里面的坏人做出这种事，我时时有幻觉，做这些事是天意。’”班士继续提出论证。

“是天意？被告觉得杀人是天意？”辩方特意强调了这一点。

“是，他觉得自己是‘天父挑选的’，‘世人全部是垃圾’，而4名女性受害人‘死了会变动物’。被告又提到4次案发期间有3次都下雨，我问他：‘雨从哪里来？’他说：‘在天上来，天上有天主。’他时时觉得天主在他身边。”

班士的话让陪审团内部第一次产生了本质的分歧，如果林过云是有精神问题的，那么他作案的属性就全然不同了。就在大家激烈讨论的时候，李进反而独自坐在角落里发呆……

昨晚他捂着鼻子回家的时候，一心只担心鼻骨不要断裂，否则很影响他帅气的形象。本想让Jacqueline帮他止血，结果回到家时，Jacqueline并没有应门。

“Jacqueline！嗨！拿些厕纸来呀……唉，这么早就睡了？还想让你‘叮’只鸡蛋给我敷一下……”李进径自进到厕所里，结果里面也没有人。他疑惑着，拔了张厕纸塞进鼻子里止血。

“Jacqueline？Jacqueline？”李进去厨房，去卧室，爬到床下看，又去厕所找。“不嘛？这么晚了还玩躲猫猫？”厕所里已经看过没有了，就在李进要退出时，忽然注意到Jacqueline的牙刷不见了，洗面乳也不见了！他冲进卧室，打开衣柜，Jacqueline的衣服全不见了！掀开床单看床底，怅然发现，连拖鞋也不见了！当李进木然地回到客厅时，发现桌子上有一把钥匙，是这个房子新配的，上面还有Jacqueline心仪的钥匙扣，他仍认不出是什么名牌。

Jacqueline离开他了？李进大脑一片空白，直直地跌坐进椅子里，鼻子里的厕纸掉出，鼻血滴出，坠在衣服上……

一阵喧哗，李进才被从昨晚的回忆中扯回了现实，他这才发现，自己已经身处法庭之中了。他对自己是什么时候进来的却懵然不知！法庭上，辩方正在盘问另一名澳洲专家——安达元博士。

“安达元博士，你在报告里面提到，被告曾经尝试吃死者的内脏。”

众人再次哗然。

“没错。但是他说，偶尔尝试过。但也都没吞下去，因为‘没味道’。”

“你怎么解释他的这种行为？”

“很明显，这点不可能是正常人的行为。被告杀人肢解死者，进行奸尸，甚至拍照希望全世界都看到，这点都足以证明他的精神状态极度不正常。”安达元专业地分析着，“被告是相信鬼魂存在的。他在荔枝角羁留中心时，时有幻觉，感到灵魂离开身体，看到自己做的事情，这个现象是精神分裂的一种。他甚至觉得女死者的灵魂跟着他；他曾经听到有女人和他说：‘还我的命……’”

闻听此言，在场的人无不心寒吃惊。君娴更是怕得瞪大了眼睛，这句话经常如噩梦般缠绕着她。

“班士先生，被告在小榄精神病院接受过测试，智商高达112，证明他很聪明，他会不会已经见过五六位精神病医生直至见你，习惯了专家的问题和需要什么样的资料，所以骗了你，让你觉得他精神不健全？”主控官提出犀利的问题。

“他的智商112，确实是比一般人是高了点，但不可能骗到我。”班士自信地回答。

两位外国专家的作答大大影响了陪审员的观点，如果他是在精神病发情况下杀人，那就他不必负刑事责任，他也是受害者之一。这是国际案例，一般市民对外国专家的意见还是比较认可的。

4位香港精神科医生持论不同，构成了本次判案的关键所在。

“陈医生，你曾经给被告做过脑电波扫描，结果怎样？”主控官请来他的两位医学方面的证人，以专家制专家。

“脑电波扫描证实他没有任何脑部的病症。”

“余医生，你认为被告有没有精神病？”

“他没有精神病，他只是心理变态。”

七　最后，凶手转做证人

各方证人都已出庭，这几天就要结案了。全香港都等着这一天，等着陪审团的决定。这个凶手是香港开埠以来最残忍、最轰动的，大街小巷都在谈论他，甚至有人呼吁恢复死刑，舆论沸沸扬扬。

这个时候刘士诚对李进的需要简直无以复加，直接将他约在了报馆。但就在这关节上，李进却拒绝再配合下去，刘士诚有种五雷轰顶的崩溃感，拍案而起，大嚷道：

“犯什么傻啊你？临门一脚才说不干？你嫌钱少还是嫌钱臭啊？大哥呀，我都约好了，老总想见你请你写特稿。当我求你了，他待会出来了，不要闹别扭好吗？还有，关于出版《香港屠夫》的事他也有兴趣，由报馆印，但报馆不署名，这样省了开会通过才快嘛……老总！”

见总编辑从办公室里出来，刘士诚急忙起身招呼，道：“这位是李进，我大学同学。”

刘士诚又是向李进双手合十做请求拜托状，又挤眉弄眼提醒他千万别拆台。

“好，等你的这张素描一登出来，全港报馆都和我们——”老总拿着李进的素描想赞扬一番，没想到话说一半，素描就被李进一手抢回去，转身就向外走。

“刘士诚，他干吗？”

“他这人就是有点怪。”刘士诚其实也反应不过来。

“怪也不能耽误我们啊！他不懂还是你不懂？”

“懂、懂。”刘士诚点头哈腰一番，大喊追去，“李进，嗨，你回来呀……嗨！”

这不是钱的问题，虽然李进十分需要钱。他从林过云身上看到了自己，其实很多人童年都经历过不幸，被仇恨喂养成长，但你可以选择善良，每当犯罪机会偶然出现时，你有权拒绝诱惑和冲动，一次又一次战胜邪恶之念，从而让心灵的喜悦取代快感，这是人类的义务和权利。李进经常是因为一点小事就缠呀滚呀，掉进了复杂的思辨里，但这次他不想想那么多了。

从报馆出来，李进便赶到了火车站去深圳。虽然Jacqueline不是经常在香港，但是只要见到她的衣服、牙刷、毛巾、睡衣、拖鞋，他就觉得她一直都在陪着自己，现在，这间屋子“空”了。他要把Jacqueline请回来，填满自己的心！只是，李进怎么也没想到，不过是请游君娴来自己家里一次，还不是有意为之，Jacqueline竟有这么大的反应，这让他完全摸不着头脑。

当李进来到Jacqueline的时装店前时，他竟然有点紧张，手心出汗。他站在门口，看到Jacqueline在与店里的顾客有说有笑，好像什么事都没发生过一样。

“你身材还比我fit，唉，真是流鼻血。”Jacqueline对顾客的身材一顿猛夸。

“哪里呀？嘻……”顾客被夸得不好意思，她已经买了几套衣服了。

“怎么不是？看，你的腰不是最多24？生了不到3个月就收好腰了……

老公疼死你啦！”

李进走进店里，叫了一声Jacqueline。见到李进，Jacqueline一下僵住。

“哎，有人找啊，改天再聊。”顾客终于有了“止血”的台阶，匆匆离开，Jacqueline只是笑着送走，没有挽留。

“Jacqueline……我……”

Jacqueline语气冷硬地打断了他：“你现在才来，太迟啦，我给了自己3天时间，如果你在这3天出现，那我就和你回去，但今天是第四天。”

“我不明白，差一天有什么分别？”

“对你没分别，对我分别好大。”

“Jacqueline！”

“不要过来！你站在那里……我们这样好一些。”

李进听话地停下步子：“你那晚为什么走啊？”

“我没走，”Jacqueline淡然地说，“我出门上车，拿着行李走了一段，我后来有回来的，我看到屋里面亮了灯，起码我知道那天晚上你没和那个女人一起。”

“傻的，人家有男朋友的。”

“不重要。”

“那你为什么不回来？”

“我没钥匙。”

李进为这个理由感到有点气：“你按门铃嘛！”

“门铃坏了。”

“那……那敲门啦……大声叫我都能听到。”李进觉得这次理由全站在自己这一边，便理直气壮起来。

“你为什么不出来找我呢？”Jacqueline的反问让李进语塞。

“我以为你回了深圳，那么晚海关关门了，我赶不及。”

“第二天呢？”

“要上庭嘛。”

“晚上呢？”

“嗯……”李进招架不住了。

Jacqueline有点凄酸地说道：“我被人家甩惯啦，不过每次人家都对我的青春进行赔偿，就是你最占便宜。”

“我哪里是甩你啊？我现在来接你回去呀。”

“太晚了。”

没想到会走到这一步，李进难过无奈：“Jacqueline，我知道你对我很好……”

“你现在知道我好啦？你平时怎么对我呀？句句顶我，我又买菜做饭又收拾房子，我什么时候试过对男人这么好呀！我真是cheap！”Jacqueline忍不住把这些年来的委屈一吐为快。

“好啦，我现在会珍惜的……”

“走开！”没想到Jacqueline这次是铁了心的，不再那么容易哄了。

“你是不是要我哭、要我跪呀？”

Jacqueline很快平复了下来：“我适合你吗？那个女人和你才合适，你不觉得吗？”

又来了！李进不由哑然失笑。

“看相的都说过，我是二奶命，”Jacqueline自伤起来，“做人家情妇就合适了。”

“什么情妇？你不要信那些啦！”

“我看人好准，将来你会成功，你发达了一定会变心，爱一个人好辛苦，我受不了了。”

“我们再试一试，我知道你真是很爱我，我感觉到……”

“我爱你有什么用？你呢？你爱我肯定没有我爱你多。现在你问问自己，你其实有没有爱过我？除了你第一个女朋友，你都没爱过第二个人。人家结了婚生了子啦，你还在写情诗、回忆过去，折磨自己！你追求的不是理想，是空想！是不存在的！”Jacqueline委屈地想哭又吞下，“我不会再哭，我不会再为男人哭。”

李进听了这些话，也对Jacqueline心疼不已。

“你看你，就是不喜欢吵架，嘿，恰是我的命里没有你！”

就这么分手了，李进独自混在人群中，走在深圳的街头。深圳越来越繁荣，街道比香港还宽。

两个城市从此各自孤独。

只差一天就葬送了一段感情，什么逻辑！

珍惜来得太晚。

时间决定了缘分。

孤独的男人缺少什么？

上帝用男人的一根肋骨来创造女人，从此男人就少了自己的那条肋骨，不健全了。所以男人天生就有缺陷，在世上流浪就是为了寻找她。

凶手林过云是希望通过保留女人的器官来让自己健全吗？

李进需要放下以前的回忆，才能拥有属于他的肋骨。跟死尸谈恋爱，虽然谈不上什么浪漫，但至少“她”不会拒绝你。

“各位陪审团成员，本席在你们退庭商议之前，想给大家一点有关法律上的指引。首先，被告在的士内勒死4名女受害人这一点是毫无疑问的事实。你们要决定的，是被告在犯案时，是否心智失常，以致他失去自制能力，做出杀人的行为。如果你们认为他心智失常的话，就可以判误杀，同时只需要最少四对二的票数就有效。但如果裁定被告是有自制能力而谋杀罪成立的话，则要6位陪审员一致通过。

“你们必须根据个人的常识和理性，以及香港的社会因素和法律精神，去了解被告的动机、性欲和所受的压力，而不应受其他外界因素所影响，小心剖析本案，做出裁决。

“本席对于这次陪审团选任女性并不觉得会对结果产生偏差，反而给其他陪审员机会去了解女性观点，相信可以起到一定平衡作用，也同时反映本港男女均权思想的进步……

“本案被告所做出的行为极为恐怖反常，在所呈现的证物中，有被告所拍摄的3盒录像带，内容极为猥亵，又有很多重复的画面，十分的沉闷可怕，以致各位精神病专家也都感到难以忍受。由此可见，这事对个人情绪和感受有非常强的影响力，要做出客观判断是非常困难的。

“本席宣布退庭，由陪审团商讨，直至有裁决为止。”

法官郑重宣告完毕。

“Court！”

随着张书记庄严的一声，所有人都起立，肃穆地期待着结果。而陪审团最艰巨的时刻才刚刚开始。

下午，众陪审员齐聚会议室，每个人都沉默着，大家对这关键时刻都还没有做好准备。

“各位，我是团长，那么我就先讲我的意见了。”郭老师最终发话，“其实控辩双方都有专家，他们又各执一词，至于被告有没有精神病，连专家都说不准。既然他的确是杀人了，手段又残酷不仁，真是闻者莫不扼腕发指！”

“郭老师，可不可以简单点？”John打断郭老师咬文嚼字的论述。

“嗯，好好，那么，我的意思就是我认为如果判他误杀，他就要进入精神病院，可能有朝一日治好了，会放出来的；如果判他谋杀，即使没死刑，也要坐一辈子的牢。老实说，我判他谋杀，对社会是有益的呀！”

“坐牢坐几十年的话，都可能会假释的啊！”

“我认为是谋杀。”郭老师坚持己见。

“先前法官已经讲得很清楚了，”君娴发言，“关键是被告杀人时的精神是不是正常。如果不正常就不追究法律责任，如果正常的话——”

“他怎么可能不负责任呀？如果他不用负责任，这个法庭就是荒诞无稽的！”郭老师激动了。

大家都安静下来。

“我觉得被告一直是清醒的，”何成邦分析说，“他非常聪明，喜欢下棋布局，那两个澳洲专家是在他被捕后5个月才见到他的，他不想被判谋杀坐牢，所以说了谎。”

“他不想坐牢，为什么？进精神病院还不是一样？”John有所质疑。

“坐牢会给人打的。”

“哦！”

“我也同意，被告非常冷静。如果他杀人时神智不清醒，什么灵魂出窍，或者天主指使，他完全控制不了自己，那怎么解释他杀完人清醒后，却不去自首？事后肢解尸体的时候，又不清醒了呢？那个鉴证科专家说他的解剖技术可是一流的，不清醒能做得到吗？”

“年轻人，你怎么看啊？你一直都非常投入、很有心得的。”郭老师发现李进一直没有发言。

“我还没想清楚呢，郭老师。游小姐呢，你刚才还没有说完。”

“我基本上认为是谋杀。第一，他说一下雨就头疼，说什么听到上天召唤，有杀人的冲动，自己控制不了自己，但是气象台报告说，他第三次杀人的那个夜晚没有下雨啊！所以说，他即使在没有受到影响，也会杀人的情况下。第二，他是有预谋的，他买手铐，又在车里准备电线、刀、手铐，等等，晚上在尖沙咀接单身女子……我在想，他做这么多次案，难道会预知到精神病会发作，于是做好准备，等自己‘控制不了’来杀人？”

“好！有道理！年轻女子竟然会有这种分析，我实在想不到！”郭老师大为激赏。

“不过，”君娴进一步分析，“我觉得他对第四个女孩的感觉非常不同，凶手只是和她发生了‘关系’，事后还保留了她的身份证和手袋，显然很想念她。被告那么憎恨女人，但是就觉得她很单纯，所以在车里与她交心。我相信，他成年后都没有和一个女人倾诉过。”

“是，这点很重要。”何成邦赞同。

“他是喜欢她，不想杀她的，可能真是控制不住，我不敢肯定。”君娴在这点上迟疑起来。

“你们女孩啊，一有人喜欢，就不知道自己姓什么了！”郭老师总结。

“我……”君娴被说的脸一下红了。

“哈哈，对不起，我开玩笑的，气氛不要那么严肃嘛！”

“OK！到我讲了，我本来是工程师，心理学精神病学我都不了解，所以我找了一些这方面的书，参考了一下。这个案件在美国其实有不少同类的例子。”John从包里拿出一本书来，“这本FBI出的书，说是最近美国在弗吉尼亚州的匡蒂科成立了研究中心，专门研究serial murderer，就是我们所说的连环杀手。”

“连环杀手？”

“Right！他们一共分析了美国和欧洲230宗个案，发觉这些连环杀手有共同点。”

“是吗？有什么有趣的结论？”

“第一，凶手全部都是男性，从来没有过女性连环杀手。第二，大部分凶案动机都是‘性’引起的。女受害人是弱者容易被摆布。‘性’不是指性快感，而是通过暴力侮辱女人取得快乐的方式。”

“Coward！”君娴愤愤不平。

“第三，他们第一次杀人很多时候都是意外的、随机的，侥幸没有被抓到，过了一段时间又会心血……心血……”

“心血来潮！”一名陪审员补充说。

“Exactly！心血来潮，那个时候就是想寻刺激，杀完人就放松了。好像一个循回，有时候自己也会感到厌倦，有意无意地想出错让人发现他。”

“对了，对了！林过云就很像！”

“他们杀人通常有一种固定的M.O。”John继续说。

“M.O？”

“Modus Operandi，就是常用的手法，有的连环杀手习惯了用剪刀杀人；有的会按黄道十二宫日历杀人，有个叫‘校园炸弹狂徒’，爱在大学校园放炸弹；19世纪英国的‘开膛手杰克’，专门剖开女人的肚子，拿走内脏；3年前美国日落大道杀手就专门砍下死者的头……哦，你们不想听了？”

“也不是，只是不想听那些恐怖的。”君娴说。

“Mr. Clapton，你说的这些对我们的这个案件究竟有什么启示？有什么帮助呢？”郭老师问。

“如果这个案件的被告与刚才说的连环杀手是同一类的话，这本书的统计数字就有意义。”John边翻书，边说“这230个连环杀手里，有203个被起诉成功，判谋杀罪的占82.4%。”

大家对这个结果不禁发出惊呼。

“这么说，八成以上都是判谋杀！”

“但是还有17.6%不判谋杀的可能性！”李进终于主动发言。

“哦？”郭老师没明白他什么意思。

“如果我们的被告属于那17.6%呢？每一个案件都是独立的，我们有责任搞清楚！”李进义正词声，看来大家都认真而客观，都进入状态了。

“没错，这些资料只是参考哈。”John做了补充。

“那你有什么证据说他有精神病？”

“精神病学上的确有一种‘人格分裂症’叫‘Dr. Jekyll and Mr. Hyde’。”李进说。

“解释一下吧。”郭老师在这里既有老师的威严，又有好学的态度。

“就是一个人性格分裂成两个人，有时候做Dr. Jekyll，有时候做Mr. Hyde。连他自己都不知道，就是……譬如说我白天是当作家，很有理想的样子，但是到了夜里，可能去嫖妓，去杀人，但我白天的那个自己却都不知道！美国的Oliver Sacks教授有一个最严重的个案记录，是一个病人分裂了12个身份。”

众人刚才还感觉答案就要出来了，这下又回到了原点。

下午，陪审团、被告、法官、控辩双方、记者、旁听的市民等都汇聚在法庭上。

“陪审团有裁决了吗？”法官问。

郭老师向张书记耳语，张书记点点头，转向法官：

“法官大人，陪审团还没有裁决。”

旁听席一阵骚动。

“鉴于本案陪审团未能就四项控罪做出裁决，本席依例安排陪审团入住酒店，以便进一步商议，直到有裁决为止。现在宣布退庭，但是请陪审团留步，进行宣誓仪式。”

众记者与旁听市民纷纷离开，等最后一名市民离开，法警关上大门后，法官示意书记可以开始宣誓了。

“我，张富琛，谨以真诚发誓，我会尽全力看守本案陪审团的五男一女，未经法庭许可，不准他们与外界通讯，以确保司法程序公正进行。”

宣誓完毕，陪审团便被带往法院指定的酒店。

不久，法庭职员将证物也搬到酒店会议室，张书记指挥女文员和法警按顺序安排证物的摆放位置。

君娴等陪审员得到通知，纷纷来到会议室聚合。

“各位，我们安排大家两个人住一间，游小姐当然自己一个房间。你们屋里面的电话已经被全部截断，请你们交出Call机之类的其他通信设备，如果有事必须要与外界联络，一定要有我在旁看着。我今晚整晚都会在走廊里坐着，有事可以出来找我，有没有什么问题？”张书记严肃地宣布。

“我有哮喘病，可不可以叫我太太拿药来……或是叫人交给我？”John率先提出要求。

“可以。今晚吃完晚饭，8点半，希望各位辛苦点，来会议室继续探讨，主要的证物、口供记录和录像带都在这里，你们可以随时参考，一有裁决请立即通知我。”

晚饭过后，君娴便在张书记的监督下，给妈妈打去了电话。

“喂？妈咪呀，我今晚不能回去了。”

“我知道，我听新闻了，要不要我给你拿睡衣过去？”

“不用了，一个晚上而已，爹地呢？”

“他喝了大半瓶红酒，还要喝一阵呢！”

“他怎么突然喝红酒了？”

“Alan过来吃饭，他带来的。你跟Alan聊一下？”

“不要！你们被他收买了？”君娴顿感不满，起了疑心。

“游小姐，如果不是什么很重要的事，可以收线吗？谢谢。”在一旁看着的书记催促了。

“妈，不跟你说了，我快要开会了。”

大家很早就聚在会议室里，但讨论一直都没什么进展。李进的思绪开始混乱，他记得那18个证人的论点，但是资料越多就越复杂，而且他真的是看了好多书，研究过很多案例和形势法，但仍不知该怎么办。接着，大家提到宗教问题、灵魂问题，郭老师更怀疑被告是鬼上身。

“被告曾经表示，在荔枝角羁留中心听到有女人跟他说‘还我的命……’。又说自己的灵魂离开身体，看到自己在做什么；在录像带里，他向女死者说‘谢谢，借过一下’。天一下雨，他说会头疼，觉得上帝在指使他，让他去杀人；还有他妈妈说，有一段时间他的情况很糟，情绪低落。总是耷拉着头，脸色是青色，不吃鸡肉和猪肉；他也讲过，说有女人跟着他……”李进为大家总结。

“够了！够了！”郭老师神经质地大叫起来。

没办法再继续下去。

John的哮喘病发作了，其实大家都不怎么舒服，郭老师头疼，何成邦脸上没了人色，不由自主地走来走去。

君娴也睡不着，被人窥伺的感觉越来越强烈，止不住胡思乱想。凌晨时分还一个人翻来覆去的。床头柜上的Call机突然震动，把君娴吓得如触电一般坐了起来。原来是妈妈传呼她。这么晚了会有什么事？这个电话号码也不是家里的，想不通发生啥事？

君娴再次向张书记申请。说是家里有事，又是这个点，张书记没多说，马上同意了。

“喂，妈？”

“是我。”是Alan！

“啊？不是我妈call我吗？”君娴顿感恼火。

“君娴，我call你很多次了，也给你留言你也都不回！我好担心你，所以……”

“所以你骗我？我最恨人骗我了！你跟我耍什么手段啊！”

张书记打着哈欠，毫无兴趣听别人的隐私：“游小姐，我好难做的。”

“君娴，我真是很……”

君娴挂断了电话，转身向张书记道歉：“对不起，我以为是妈妈出了事，对不起。”

“明白，明天还要出庭。”书记好心相劝。

君娴回到自己房间，经过会议室时，从虚掩的门缝中看到里面透出灯光。君娴好奇地推开门，里面有人，没等她认出那个人是谁，却把对方吓了一跳。

“啊……啊……啊……你干吗？你啥时候进来的？”

那个人回过头，是李进。

“我……看开着灯就……”

“我在研究那4个女死者，”李进缓口气，“你一声不吭地出现在我背后！”

“对不起。”

李进镇定了下来，说：“我们都是压力太大了，都是我不好，我越想越复杂，越模棱两可，浪费了大家的时间。”

“不是这样的，其实，我也没完全肯定，大家都没完全肯定。”

“我想，我应该弃权……”

此时的君娴瞪着李进，竟然眼睛通红，泛出一股悲伤感。

“你怎么了？游小姐？”

“我……我很失望。”

在沮丧中的李进，听到这话也有点愕然。

“你是最认真最辛苦的，甚至代入了凶手，是为了真相，是为了负责任，这么做没什么错的！你这种精神非常可贵，也很难得！其实是非常鼓励我们的，你坚持了这么久，在这种重要关头你竟然要放弃！”

李进望着君娴，呆了一会儿，拾起地上的图片和文件，他又重新回到案情中来了：

“我非常同意你说的被告喜欢第四个女孩，根据罗警司的供词，当林过云提起那个女学生的时候，被告哭了，哭了3次，他不舍得杀她，所以进行了奸尸，还保留了她一些东西做纪念。”

“啊？”君娴突然回头，把李进也吓了一跳。

“你干什么？你后面没人啊。”

“我……我……”君娴一时恍惚，心慌得厉害，“我总是觉得有人。”

“坐，我给你冲杯咖啡。”李进给君娴倒咖啡。

君娴拉开椅子，坐在李进的身边，喝一口热咖啡，定定神。

“你觉得有人跟踪你？”

“不是跟踪我，是藏在什么地方偷偷看着我，昨晚我睡得迷迷糊糊，听到有女人在说‘还我的命……’”

“日有所思吧。”李进一笑，开解她，“其实这个案件给我们每个人带来的的压力都超出了我们能够承担的。”

“可是……我从小就觉得时时有双眼睛在看着我、想伤害我，不过最近更频繁一些。我开始听审的时候，怀疑那双眼就是被告的眼，后来……”君娴不好意思地吃吃笑，“我还怀疑过那是你的眼。”

“嘿！”李进不好意思了，不知如何应对。

“后来我又怀疑是我男朋友，总之我也搞不清。上个星期我出trip去上海，老板趁我醉了，想……好险，我就是因为又看到那双眼，所以给惊醒了。”

君娴给李进讲起了她的过去，讲起八姐那天没有接她放学，而被一个男人带去了楼梯底，讲起她一直刻意要忘记被人非礼的这个秘密，从此，那个人的那双眼一直盯住她……

李进只是在听，戚戚然看着君娴诉说恐惧的往事，一如噩梦长久以来压在胸口上，自己的童年回忆片段骤然闪逝，他何尝没有未愈合的伤口？性与暴力的受害者，内在的创伤在成长后有可能会演化成忧郁或仇恨，有机会便报复社会，但更可能被爱所安抚而治愈，那怕只是一场倾诉，一个诚恳珍惜的眼神，只要你放下……

她讲着讲着，不知不觉地睡着了，枕在了李进的肩头。

李进同情地看着君娴，心疼地想到，她已经很累了，精神和体力都已经透支。这个案件深深的触及到了大家的内心，我们每个人无论多么坚强也好，都会被撕裂被击碎，就像河水翻腾突然间涌起了许多泥沙，变得非常浑浊，潜意识下面的所有的恐惧、怨恨、创痛，都浮现了出来。

李进不知自己什么时候睡着的，当他醒来时，发觉君娴就挨在——不，准确地说是环住了他！君娴睡得很沉，头枕在他的肩上，双手环住他的胳膊。李进一动她就会醒，看她睡的那么甜，李进不想弄醒她。也怕她误会，于是干脆不动，即使很快就感到胳膊酸麻。她的眼睫毛长长的，总是湿湿的。李进不由心动。他赶紧闭上眼，背诵起佛经来平复怦然的心跳。

> “观自在菩萨，行深般若波罗蜜多时，照见五蕴皆空，度一切苦厄……舍利子，色不异空，空不异色，色即是空，空即是色……”

君娴也在这个时候醒来，醒来时甚至不知自己在哪儿，当她发现自己竟然环着李进的胳膊，睡在他的肩头时，惊讶得不能自已。“死了！我怎么会缠住他！我的双手怎么会揽住他！他睡着了吗？不如再等一会儿，等他睡沉一点，我偷偷起身……”

李进脑子里念着《心经》，眼睛却不时眯开，看看君娴，心思全在她的身上，“她醒了吗？眼皮刚才明明动了一下，又睡着了？不妙不妙，手麻了！噢，她的心跳快了好多！”

与此同时，君娴也感到了李进的手在颤抖，还是她自己在颤抖？这算什么啊？唉，不管了，反正天亮后开会也是很艰苦的，先睡吧！君娴这么安慰自己。但却睡不着了。“他没有涂古龙水，是酒店沐浴露的味道，怎么还有……少许男人的汗味……”

“她睡得那么舒服，让她多睡会儿啦，忍忍，再忍一下！她终于讲起她以前的故事，人有时心里的伤口有没有好而转化而内伤，连自己都不知道，希望那双眼以后不会再缠住她……嗯，让她睡吧，好好地睡吧……那双眼以后也会闭上，不会威胁你恫吓你的了……”李进闭着眼，感受着她的心跳。

“嗯？他放松了，得了，我先抽出只手来，要慢慢地，慢慢地。嗯，得了，抽出一只！啊？怎么……”君娴突然发现李进睁开了眼，不由得脸红了。“你，你醒啦？”

“是……嗯，早上好。”李进尴尬地说。

“早上好。”君娴羞涩的声音小得几乎听不到。

上午开庭时，法庭里如昨日那般热闹，人们期待着今天会有什么结果出现。随着时间一分一秒地临近，人们由躁动兴奋，渐渐安静下来，屏息等待。

“陪审团，请问你们达成了共同的决定没有？”开庭后，法官问道。

郭老师又与张书记交头接耳一阵后。

“还没有裁决，”张书记回答法官，“不过他们有点问题和想法想让法官大人再指引一下。”

旁听席人们的期待被调动起来。

“哪一方面呢？”

“如果我们认为只有前三项谋杀罪成立，而最后一项不成立的话，被告会不会因此而减轻责任，判做误杀呢？”郭老师代表陪审团提问。

“四项控罪虽然是独立的，但是性质相同，”法官郑重地申述，“本席强调一下，判误杀罪唯一的依据是被告神经不正常，希望陪审团能够整体处理，做出明智裁决。”

退庭之后，张书记带领着陪审团成员，在法警的护送下，离开法庭，立即赶回酒店开会。酒店离法院不过一两个街口，陪审团经特别通道出来，只有少数熟知规矩的记者守在那里跟上了他们，在人群中，君娴突然间发觉Alan。那一刻Alan也看到了君娴，挥着手，向她冲过来。

“君娴！”

君娴假装没看到，埋头快步离开，书记让保安将Alan挡开。君娴趁转弯的空当，回过看了Alan一眼，发现他瘦了。

接下来的会议不只是一个下午，或是一个晚上可以结束的。陪审团在酒店里从上午一直讨论到下午，即便是吃中饭也在讨论。全世界都等着这个结论，所以他们也非常心急，越急越乱，本来立场坚定的郭老师也动摇了。他觉得自己先前的决定太随便太主观了。John企图游说每一个人按那本书给出的概率来做决定，就快要成功时候，李进一讲话，又全部都乱了，大家又重新看那些口供。张书记也跟着紧张起来，每个半钟头就向法庭那边报告进展。

“是呀，没有……还没有，还是五比一。”

“我们集中在第四个女死者上面，游小姐认为他不想杀这个女孩子，有可能是凌晨4点多钟了，当时困了，没有睡醒的情况下杀死她的，可不是……”John有点不耐烦了。

“人在清醒和不清醒的情况下很容易产生幻觉，我试过，所以我相信。”君娴据理力争。

“但是被告说过：‘如果当时有人阻止我，我会杀死这个人。’这样就证明他当时有自制能力，可以选择杀任何人。”John抓住林过云的话柄反击。

“这样子呀，精神病人是不会承认自己是精神病人的，好像喝醉酒后说自己没有醉，说自己控制得住自己一样。”郭老师这是支持哪一方的呢?

书记在电话汇报：

“惨了惨了，大家做的决定竟然变成了四比二，惨！惨！”

在这种紧张的状况下，到了傍晚，大家的头脑都已经累得转不动了，李进在不断喝咖啡；何成邦坐不住了，不断地走来走去；会议室突然响起了之前不曾有的怪声，众人寻去，原来是郭老师在打呼噜！张书记也干脆在没有出结果的时候，通知法院那边不要开庭了。

“这样下去不是办法，不如投票啦！”何成邦提议。

“我赞成。”郭老师已经疲惫了，怎么能赶紧结束怎么来。

“我目前还没有想通。”李进婉拒。

“你没有想通不就投弃权票啰！”有人生气了。

“投弃权票就是说谋杀误杀两种罪名都成立，不可能。”John反对，他熟练地翻书，翻到他要找到的内容，摊开，“你们看下，这本书这里说，原来这个末世教会领袖毒死了20人，自己也都吃了毒药，但是没有死。事后清醒来，知道自己杀死了这么多人，内疚到当场晕了。”

“这么说，你认为他当时是没有自制能力的?”郭老师诘问。

“不是，我认为他是在做戏。”John的回答让大家泄气。

“那不是等于说了没说！”

“或者试下从另一个角度看一下，宗教上面的确有神召，或者魔鬼上身的神秘经验……”

张书记再向法院汇报的时候，已经没有激情了：“唉！峰回路转，看现在的形势，三比三打平，不出奇。”

一切都停滞了的样子，昏昏欲睡。

“年轻人，你怎么看呀？看你的样子是不是头痛啊，涂不涂点油呀？游小姐呢？”郭老师关键时刻扮演起为大家鼓劲加油的角色。

“我自己有。”君娴拿出她早已准备的驱风油。

“我要，给我多点，谢谢。”John也不客气了。

“我也要点。”何成邦用的量几乎可以擦脸了。

“我想到了！”李进突然开口，所有人都静了下来，“不如这样，为了清楚了解他的心态，再看几次录像带！”

这等于：上次被枪毙没死去，还又回去刑场！

君娴甚至扯高了嗓门：“啊？多看几次？”

“有没有这个必要呀？”郭老师泄气道。

“我不需要。我有结论了，你们看啦，我出去抽支烟。”一名陪审员直接离开了房间。

“对不起，我……”何成邦摇着头离开了房间。

“我支持你，我赞成你这样做！”John是唯一一个明确站在李进这边的人，他站起身，却说，“希望你能解决问题！Well，我在外边等。”

录像带在电视上播放，现场收音沙沙声，给尸体脱衣服轻微杂声，沉寂，电锯声，快速进带的吱吱声，沉寂，不知什么金属坠落在木地板上，很轻很短促……

最终君娴和郭老师一同陪李进看录像，每当恐怖的镜头出现时，他们都会后悔做出这个决定。

电据声很规整地割肉，但碰上骨头发出暴烈的巨响，沉默，电锯又再开动，卡住了……

大家不知翻看录像带究竟有什么帮助，画面重复又重复，谁都不知道为什么要坐在这里侮辱自己、折磨自己、摧残自己！凶手根本就是在享受这个过程，将宰人当艺术，一下一下，来来去去都是这样子。

“年轻人……快进吧，不需要这样重复……唉，实在是……”郭老师难受地要哭泣流涕了，“这样简直是受难啊！什么世界呀？嗨，年轻人！年轻人！”郭老师以为李进把他的话当耳旁风，愤慨起身。没想到李进已僵直地坐在那儿，一动不动。

“李进！李进！”君娴也起身看。

“哎呀！怎么这么僵硬！完了呀！啊！死不瞑目呀！”郭老师来到李进跟前。李进睁着眼，却动弹不得。

君娴赶紧摸李进的鼻息：“没，没。他还有呼吸，李进！”

郭老师拍打李进的脸：“年轻人！年轻人！”

李进打一哆嗦，喘息着恢复过来，有些口吃道：“嗨，我没事，我没事……我看不下去了。”

“你说什么呀，是你提出要看的呀？”郭老师不满道。君娴忍不住关闭了录像。

录像带高速快进的吱吱声，沉寂，手术刀割肉，放入盒子内，倒入防腐剂……又是快进的吱吱声，拖出尸体……这是第四个女孩子被肢解的录像。脱衣服……拍照的咔嚓声……一会儿，又是脱衣服。

“这一段……唉……明白啦，还看呀？啧啧啧……唉！”郭老师别过脸去。

君娴咬牙切齿地看着画面。

那是奸尸的场面，轻微摇晃的节奏。

郭老师即使听着，放声哭了起来：“不是人！”

李进一震，问道：“什么？你说的什么？”

“不是人干的！不是人干的！不是人干的！” 郭老师大叫，到最后几乎是咆哮了。

晚饭的时候，大家围坐着都没有了心思，饭桌上鸦雀无声。很明显的，没有看录像带的还能吃得下去。

张书记也没了斗志，吃完饭后，有气无力地问：“各位，现是9点多了，今天晚上你们是要继续聊吗？”

“就算是聊都不一定有结论。”John完全泄气了。

“你们需不需要法官进一步指示？”

大家都沉默。

“那我回复法庭，明天暂时不开庭，等你们确定下来再说。”

“我觉得不需要再讨论下去，大家已经累死了，投票决定啦！”何成邦提议道，看没有人出意见，继续说了下去，“没有人反对的话，团长主持了。”

“嗯，李进你呢？”郭老师问。

“我们每个人都有一票，是不是每个人都百分百的肯定呢？迟迟没有裁决，浪费纳税人好多钱的呀！”何成邦不等李进回答，先给他一个压力。

“态度认真负责，这样对受害人对被告人都公平。”John反对仓促投票。

君娴也为李进说话：“大家都知道，看录像是很痛苦的经验，我们再看一次，无非是为了——”

“我可以决定。”李进终于发话了。

众人诧异地静下来。

“他是个人！”

“那又怎么样？”郭老师被李进的回答搞得有点蒙。

“被告一直过着非人的生活，直到他杀人，在杀人的过程中变回一个人。”

“你所说‘非人生活’什么意思？”John问。

“就是inhuman，不人道、非人性。”李进一口气急说，“他爸爸有其他女人，令他妈妈一生都痛苦，所以他憎恨女人，这是与‘性’有关的……嗯，而动不动就打他关他，就是‘暴力’，从小都是‘被动’，大了就想‘主动’，用‘性’和‘暴力’控制人，所以十几岁就打劫伤人，企图非礼。作为一个人是不成功的，他扭曲、封闭，是一个‘非’人。这反而是一个成长过程，就是通过杀人，重新‘做人’。”

“你慢慢讲，先组织好语言。”John有点跟不上。

“他4次杀人，每一次都不同，心理不断变化。杀第一个女人完全是意外，即这个女人做舞小姐，肩膀有文身，接她上车时是凌晨3点多，她又醉又吐，引起被告对坏女人的憎恨心理。他第一次杀人，没经验，用电锯是为了图快，将尸体投入城门河又浮了出来。不过他没被揭发，他将警方打捞到死尸的新闻添加到自己的录像带里，因为上了电视而沾沾自喜。既然没事，他就可以继续犯案，这种侥幸心理，是任何罪犯都会有的。”

众人思考起李进的话，陷入沉思。

“值得注意的是：第一，他第一次没有保留死者的任何器官。以后就不一样，他有了经验，变得冷静。他平时爱下国际象棋，他这个人根本很理智、很冷静。第二，之后隔了整整3个月他再杀第二个人，但以后是6月16

日、7月30日又心血来潮，越来越频繁，好像吸毒那样，毒瘾越来越大。”

“第一个证明他是没有什么精神问题的。”何成邦说。

“没错！”

“那第二个呢？”郭老师提出疑问。

“第二个女受害人又是夜晚工作的，大概凌晨2点钟接上车，那天晚上下大雨，他已经放了刀、手铐和电线在车上面，并且已经买好解剖工具，这一次他是有‘选择性’的作案。他将女受害者载去漆咸道近海底隧道路边，在一个很暗的地方下手。这次他没有像上次那样又惊又匆忙，从录像带可见他很冷静，慢慢拍照、拍录像带、用手术刀处理尸体。我估计他是突然间好奇，留下一些器官来收藏，因为他这次还没有预备防腐剂，暂时用白酒先泡着，这点非常重要！”

“这表示些什么呢？”君娴不解地问道。

“表示他还没有准备将杀人变成一种‘艺术’。”

“艺术？杀人艺术？”何成邦愤愤然拍桌。

“魔鬼的艺术？”John不免惊愕。

“什么都好，反正是种艺术。他的杀人手法被评为一流，他要求非常完美，好像音乐家弹琴打鼓，画家用颜料和画纸，他就用尸体。而且他保存得非常整齐，录像带有不同的分类标题，完全当是他的心血作品，所以他说希望有一天给全世界的人看！”李进不由感慨地指出，“他从小喜欢音乐和电影，如果他家人鼓励他，或许他会成为一个出色的导演。”

大家开始认同接受李进的分析。

“杀第三个女人时他已经非常老练非常专业。那个女人同样在夜总会做事的，虽然没下雨，但他照样行动，更加冷静，还用防腐剂来处理。他杀前面3个女人，连她们的名字都不记得，但是最后一个女学生梁惠冰，他印象就非常深刻，如果不是他对这个女死者特别有感觉，有悔意，可能他永远都不会让警方捉到。”

“你怎么证明他杀梁惠冰不是控制不住呢？”君娴提疑问。

“他杀人这段时间精神很差，他妈妈也说他面青唇白，头耷拉着，斜着眼看人，心智不正常也很有可能。”

不得不承认，李进把凶手林过云分析得很立体，照顾到很多很多细节。

“他从小到大没有幸福过，他对社会充满仇恨，他是无处发泄，于是就用一个非常凶邪、非常阴冷、非常血腥的方法来释放自己。他杀人，变态到不像一个人，像禽兽，但他很爱他妈妈，每个月给妈妈800元钱，即使是犯罪期间，仍然每天都去看妈妈。第四个女死者是女学生，17岁，非常纯洁，不同其他那些他眼中的‘坏女人’，而且不是在凌晨，在11点半已经上了车。被告被捕之后，一直在说谎，直到他无意中见到报纸上有梁惠冰的相片，他马上认出来，并且向警方说出真相，带警方去弃尸现场。后来心理医生和他提起梁惠冰，他还叫过3次，梁惠冰好像是上面派来的天使，牺牲自己，拯救他的罪。”

“不要拐弯抹角了，为什么你觉得他不是在精神错乱的情况下杀人？”君娴着急地想要谋杀的证据。

“因为那是他这一辈子第一次可以跟外界的人沟通。他自我封闭了二十几年——我明白，因为我也曾有过自我封闭的经历——他遇到梁惠冰，第一次感情有了缺口，整个过程对他来说，根本上是接受治疗的过程，就是说，比起一生中任何一个阶段，这个时候他在精神和心理上都是‘最健康’的！他不止不是精神错乱，他是第一次，成为一个有感觉有感情的‘人’！”李进大声论述，说得眼里满是泪花，“他哪有丧失理智呢？他自己也承认是怕梁惠冰会报警才选择杀死她的，他是计算过才杀人的，哪有精神病？”

君娴突然有种说不出的感动传遍全身。

大家也都默然了，陷入反思中。

这一天终于有了突破，晚上大家都早早休息，等待着明天终结的时刻。李进怎么也睡不着，就在走廊里散步。这期间，0513号房间他路过了13次，当时钟走到10点半的时候，他在这个房间前停下脚步，敲响了房门，没人应，他又敲了一次。

里面传来走动声，接着房门打开，穿着睡衣，在擦头发的君娴出现在他的面前。

“咦？你呀。”君娴对他的夜访有些意外。

“是我，没有打搅你睡觉吧？”

“没有，我刚洗完头，还没有干，什么事呀？”

“没，明天一宣判，陪审团就解散了，”李进鼓起勇气，“我想和你说……”

“进来坐。”君娴将李进请进屋。

“哦，噢，我……不了，那么晚了。”

“你想说什么？”

“哦，是呀，嗯，你记不记得《小王子》呀，现在这个社会，续集还有没有人看呢？”

“当然有！”君娴还以为是什么事，听到这个一下笑了，“我看啊。一定有人看的。”

“是吗？”

“是。因为人还有梦想有爱心。”

“哦，好，是的，谢谢……那早点休息。”李进结结巴巴地说道，退出房间。见他笨笨的样子，君娴觉得好笑。

“你就是来和我说这些呀？”

“不是……”李进停下步子，深吸一口气，要说什么。就在这个时候，外面吵了起来。

“君娴！”是Alan的声音。

Alan在走廊被张书记和保安拦着。

“先生，你不能进来的，法庭有规定的！”

“我见下我女朋友就走，君娴……君娴……”Alan恳求地呼叫不休。

“她是你女朋友也好，老婆也好，你这样做就是藐视法庭！”

君娴和李进闻声走了出来，其他被吵醒的人也都出来看。见到君娴，Alan大唤：“君娴。”

“你来干什么？”守着这么多人，君娴不免尴尬。

“我一定要见你，我想清楚了，嫁给我吧，君娴！”

“啊？”君娴从没想过会这样，在场的人精神提振起来了。

“Do you bring the ring，my friend？”外国人似乎都爱浪漫的。

“是啦，没有带戒指怎么求婚呀？”郭老师也跟着起哄起来，他们被审讯压得透不过气，难得出现这喜庆的插曲。

“我有！”说着，Alan从窗台的盆栽上摘下一条草。

“切！就一条草，这就算了？”郭老师大感意外。

“让我过去吧，您就让我过去吧。”Alan向张书记和保安哀求道。张书记想了想，还是好心通融，放行了。

Alan走向君娴，用那条草编结成指环。当他来到君娴面前时，牵起君娴的手。

“君娴，记不记得我们在九龙公园？”Alan一边说，一边将已编结好的指环套在君娴的无名指上，“就是你16岁生日那天，我用草扎了只戒指，你好开心，你说你好喜欢，你说，将来一定会嫁给我，还记不记得？”

在戒指套上的瞬间，君娴感动难言，眼中含泪，只轻轻唤了一声：“Alan……”就什么都说不出了。

众人欢呼起来。纷纷鼓掌，上前祝贺，李进也为他们鼓掌，只是站在房间门口，没有动。

这一天对香港来说，是一个特别重要的日子，法院门前聚集了近千名围观群众。记者、警方都忙得不可开交。

“聆讯进行了20天的‘香港屠夫’案终于要在今天正式宣判了，”女记者在现场播报道，“五男一女陪审团经过近两天的退庭商议，今天早上已经有了裁决，现在大Court楼外，有接近两千人围观，等候着法庭公正的判决。其中，我见到人群的前面，起码有四五百位女性……”

法庭上，阳光铺满庭内，李进、君娴等众陪审员，被告、控辩双方、记者、旁听的市民，法庭里的各位职员，整装肃穆，没有人交头接耳，只等待着最后的宣判。

林过云虽然还是那样站在犯人栏里，但在陪审员眼中，他已经不是开审前那个林过云了。

见山不是山。

在紧张严肃的凝重氛围下，法官的声音格外洪亮且威严：

“陪审团做出裁决了吗？”

张书记与郭老师简单耳语后，洪亮地回答道：“有了！”

“好，可以宣读控罪。”

整个法庭静得让人窒息。

张书记大声询问：“第一项控告，被告林过云谋杀女子陈凤茹，罪名是否成立？”

“一致裁定，谋杀罪成立。”郭老师稳重有力回答。

当第一个宣判结果出来后，旁听席激动不已。

“第二项控告，被告林过云谋杀女子陈云好，罪名是否成立？”

“一致裁定，谋杀罪成立。”

“第三项控告，被告林过云谋杀女子梁秀娟，罪名是否成立？”

“一致裁定，谋杀罪成立。”

“第四项控告，被告林过云谋杀女子梁惠冰，罪名是否成立？”

“一致裁定，谋杀罪成立。”

旁听席像炸开锅一般热烈沸腾起来。

终于结束了，法庭外的走廊上，陪审团成员相互拥抱，深情告别。

“Goodbye！郭老师，哈哈！”John与郭老师来了个熊抱。

何成邦为自己的急脾气道歉。

“Bye，嘻，bye！”君娴温柔地与大家告别，“张书记，谢谢你照顾我们这么久！”

“你们辛苦了才是真的！”张书记的脸上也挂起了轻松的笑容。

“年轻人，做得好！‘自反而缩，虽千万人，吾往矣！’嘿嘿嘿，好，好！”郭老师握起李进的手，感慨万千。

大家每个人都尽了全力，完成了这个案件，分开时，彼此都依依不舍。John有哮喘病，不能过分操劳的，但是他逼自己看了很多心理学的书；郭老师起码擦了二三十支驱风油；何成邦原来要去美国看老婆孩子的，但是留在这里苦拼。香港很多人可能忙着炒楼、炒股、购物、赌马、追女孩，但是仍然有人为了正义和公平，愿意做出牺牲，经过这一段痛苦、艰难的日子，20天有如生死轮回，尤其是看录像，他们都是从人性地狱捞回来的，终于迎来了今天！

“好了，郭老师，再见了！”

“年轻人有没有空呀？一起走？”郭老师还是不舍。

“不啦，拜拜！”

“Call我出来喝茶啊！”

“好啊好啊，好……”李进心不在焉地应和着，一件心事忽然牵引着，让他顿感失落。

“君娴——”Alan远远地向君娴挥手，他的身旁是君娴的父母和八姐。

“爹地！妈咪！八姐！”君娴开心忘形地迎了过去。

“唉，终于大结局了！君娴，你说审完这个案件愿意试试那套和服的，我说了，当结婚礼物啊！”爸爸看着女儿和她妈紧紧拥抱，在旁插话，宣示他的存在。

“娴娴，八姐好开心，好光荣呀！你判了那个凶手死刑，大快人心呀！包青天呀你是！女法官，中国第一个！”八姐兴奋地语无伦次，君娴听得好尴尬。

“八姐，我不是法官呀，我只是陪审员而已！”

“没关系啦，总之你操生死大权，开狗头铡，铡他！哈哈哈哈……”

看来没法让八姐明白了，君娴好笑又无奈地摇摇头。

“君娴。”妈妈冷静下来了，语气平和有力。

“妈。”君娴也安静了些。

“Congratulations。”

妈妈的话像一股暖流流过心田，君娴不无感动：“Thanks，mom。”

“好啦好啦，吃饭再说，我的车停在那边，来呀，再不走，就抄第三张罚单啦！君娴来，小心人多。”Alan拉起君娴的手。

“对不起，停一下！”君娴突然想起什么，停了下来，四下张望。

“君娴，什么事啊？”Alan殷勤地问。

“怎么事，娴娴？忘了什么？你呀丢三落四的……”

“不是……是呀！”君娴忽然看到什么，从Alan的手中抽出手，急步走开。

“君娴，你去哪？”

“君娴，君娴！”Alan叫着追去，但君娴很快便陷入人海中，找不见了。

法院前的广场，人声鼎沸，人们都等着林过云的现身。

“后门呀！一定是从那出去了！这都是掩护！”有人喊道。人们嘘声四起，起哄着，跟着那个人向后门跑去。

君娴在人群中寻找，“他呢？他呢？这么快就走了？我不记得和他……唉……”君娴踮着脚，放眼遥望，全然不顾及被人流冲撞。

“你找找他呀？看没看到呀？”身边的一个女人嚷嚷着。

“哇，他原来还是个帅哥呢！哇——”有人喊道。

“走吧，唉，这么多人，这么可能找到……我连他的电话都没有……”看着茫茫人海，君娴的心里却空落落的，有些人可能就这么错过了。在她回顾的刹那，她突然看到了……“李进！李进！”君娴大喊起来。

李进在人群中回头，看到君娴，脸上顿时漾满笑意。

“是你呀！你……你在那边好了！不要过来！”李进逆着人海向君娴走去，“我过来！你站那别动，我来找你！”

君娴没有停留，继续向李进靠近。两个人在人海中冲出属于他们的路，终于再又相逢！君娴兴奋地不知要说什么。

“是呀！”

“是呀！”李进也不知说什么，也不明白君娴说的是什么意思，只是傻傻地重复她的话，期待着什么。

四目相对，却语言相忘。

“嗯……《小王子》续集会不会出版呀？”君娴问道。

李进突然有了泪影，像是誓言一般：“会，一定会。”

“嗯，好呀，”一些话憋在君娴的胸口，像是要冲出来：“我刚才不记得跟你讲……拜拜……”

“哦，是呀，拜拜。”

“Yeah，拜拜。”君娴转身，恋恋地走了。

李进望着君娴的背影傻呆着，喃喃着拜拜。

人群又涌了过来。

“又是声东击西呀，假的！” 女记者抱怨。

“在那边呀，上车了，走啦！”有人恼火地直冲而去。

愤怒的人群如潮水，李进被撞得几乎站不住了。

“喂喂喂喂……不要推呀……喂……唉……”

君娴突然回头喊道：“喂，李进——”

李进大喜过望：“喂，你呀！有什么事呀！”

“你今晚……是不是有什么跟我说呀？”

李进大叫：“是呀！……喂喂不要推呀。”李进被人群推得退了几步，重又站住，踮起脚，双手做喇叭状放在嘴边，对君娴大喊，“是呀！我是呀！哈哈哈！”

人海的聚合真奇妙，他们被推来攘去，竟然又靠近了点又靠近了点。当然一半是人潮，一半是选择。

李进想哭……

君娴开心地乐了起来。

情诗·十四行

飘浮在自由的翅膀上，远离这风暴的日子

我们骑着云到明日的黄金田野

因我的生命太短暂，怕等不到太阳升起了

所以我更知道必须坚持下去

坚持到明天，没有理由回望过去

坚持、坚持、坚持……

一

灿烂的晨曦照在缓缓流动的黄浦江上，融合当代气息与中国风情的上海在朝阳中慢慢醒来。

一个晴朗的假日，现代气息十足的社区广场，各种肤色的人们聚集在一起，一派国际化的当代生活氛围。

孩子天真漂亮的面孔，有的追逐着，有的不知何故，竟可爱地哭了。

超级市场内，好些时尚大妈在买菜，围在大减价摊位旁挑泰国西柚，而其中一个男青年却挤在中间，神情就像卫生局做样本抽查一样，一个个又捏又拍，在旁的售货员不满他比大妈还麻烦，然而他毫不在乎。

“先生，你到底买不买的？”

“你们比长乐路那家每斤足足贵1块半。”

他叫顾晓枫，留了长发束在后面，确有点女性化。

他在女性用品架前买女性内衣时，态度淡定。虽不至于把胸罩配在身上比划，可也揉揉布料，不客气试试贴身的感受。

在鞋店，顾晓枫买女装部的鞋子，看好了一款高跟鞋。

“麻烦你，这个给我试试。37码，37码半也可以。”

“先生，这是女装的。”女售货员温馨提示。

“我知道。我是替我女朋友买的。”

女售货拿来了鞋子，发现顾晓枫坐下了，已经脱掉鞋子准备试穿。

“先生，你试呀？”

“我女朋友忙啊，鞋子大都是我买的。”晓枫真的试穿，女售货员看傻了眼。

“能吗先生……那鞋子不给压坏了吗？”

“关键在这脚背位置，欧版的脚背都很高，不适合。”

顾晓枫踩着高跟鞋，滑稽又别扭地来回走着。

晓枫走出超市，经过社区广场。阳光中，他清瘦但不失结实的身材在休闲的穿着下若隐若现，脚下踩着意大利凉鞋。

外国主妇跟晓枫打招呼，这两三年，他们早上经常在附近碰见，他也像主妇一样背着环保购物袋。

花店的花开得灿烂。

晓枫经过花店旁的露天咖啡座，一个有点“娘”的、穿着紧身衣的帅哥朝他抛出一个媚眼，晓枫面无表情，似乎习以为常。

江边码头渡轮靠岸。

电视塔下，细浪轻轻拍击着长堤。

晓枫骑着一辆白色电动双轮车经过幽静的林荫路，享受着微风和阳光。他的剪影在树群的间杂中轻便地滑过。

晨光移动，仿佛点亮了江边一列排屋，环境优雅，草树鲜绿。

电动双轮车滑行至排屋大门，墙头伸出嫣红的勒杜鹃。

晓枫双手捧着大包小包和鲜花，打开了铁闸，只能用嘴巴叼着信件进屋。

玻璃瓶盛了水，插上了花，放在台上。

台上有他和同居女友苏青的各式合照。

晓枫在厨房，把东西放入冰箱，忽然，他好像听到屋里有声。

苏青已经坐在大厅一角的长台上用笔记本电脑上网，穿着浴衣的她头发蓬松，隐隐有点黑眼圈，年近三十但身材相貌出众。

晓枫紧张，看看墙上的挂钟："囡囡，几点啦？才10点多……"

"10点多了，还不起来？"苏青正进行网上交易，频频打呵欠，"嘻，13块9毛半！昨晚证交所指数过了50天的平均线，我就知道科技股一定升的，就是你讨厌死了，不肯替我排队，看，天科一上市就全破了纪录！"回头一看，发觉晓枫神情有异。

"又怎么了？"

"你难得放大假，之前连续3晚赶计划书没睡过，一早就想着股票！"晓枫闷闷然。

他们的家收拾得很整齐很雅洁，除了苏青的工作台前乱堆了手袋、两个手机、充电器、束发圈、锁匙、唇膏、隐形眼镜盒、撕下的面膜、用过的纸巾团、一只丝袜……

晓枫看不惯，帮她收拾。

"就是趁着放大假，把股票什么的都放掉我才安心。哎！"苏青摇摇头，脖子发出嘞嘞声，"我睡不着哇！天一亮就跳着脚起床上班，还以为迟到了，吓得我……都怪你把闹钟关掉了。"

晓枫拿来了眼药水，旋开了盖子，站在她身后等她仰头，她还只顾着敲键盘。

"行了吗？"

"行了行了，就差转帐给保险……"苏青急促打了一阵键盘，"等等，等确认……咖啡呢？”

“你待会肯定要补个觉，还喝咖啡？行了没有？你这么忙，自己来吧！”赌气想把眼药水放下。

“嗨嗨嗨嗨，行了。”笔记本合上，手机关掉，苏青说，“狗狗，这样好不好？这个星期我消失了。”

仰头，让晓枫给她滴眼药水。

“你透支了，长期这样子，内分泌不正常的，”晓枫说笑时也是一本正经的，“女人分泌不正常，以后就惨了。”

“你才不正常！我要去睡了……”刚起来却又给晓枫按下。

“坐坐坐。听我说，”晓枫替她按摩肩膀、头、颈，“我怀疑，你是患了‘思觉错置互补’综合征。”

“啥意思？”

“这是一个挪威神经心理病学家最先发现的，简单说，是你不甘心，不满足于现状，身在此而心在彼，自己现状好端端的，却往往被另一种形式的存在吸引。”

“简单点。”

“在工作的时候想睡觉，睡觉的时候想工作。”

苏青纳闷了，这分明是在讽刺她。

“我也是呀，踢足球的时候想写诗，写诗的时候想踢足球。来，深呼吸。”

苏青边深呼吸，边问：“哪国心理学家说的？”

“法国。”

“你刚才说挪威！”

“唉，挪威也好，法国也好，反正他们联合拿了诺贝尔奖。”

“别扯了！”苏青被逗笑了，“不当编剧真是浪费了你这个人了。”

的确，顾晓枫曾经是电影编剧，写第二个剧本就拿了奖，属于文艺片类，有品位有深度有人文关怀，可从此很少人找他写剧本了，不卖座是因素之一吧，他起始很高以后，不愿意看到自己一路走下坡，就像美国《公民凯恩》的伟大导演奥森·威尔斯……对，他打比喻都是和“伟大”的人或物相比的。其实写电视连续剧收入很可观的，不！他不会浪费时间去讨好那些闲得无聊、想得简单的家庭观众，他现在干什么工作？他在构思着一个伟大的题材，他一直在构思着，他的点子可多呢，但桥段不是一个伟大小说或伟大电影的基本，是生活——生活的升华，人性的沉淀……还有美学，没有美学在背后的任何作品都不可能伟大的。

“深呼吸。”

苏青听话深呼吸。

“闹钟响的时候你想睡，闹钟不响了你反而想起床，你躺在床上就想工作，所以失眠了。看，你刚才工作了，反而想睡了，对吧？”

她想想也有道理，也真的困了。

“这是听宫穴，可能有点痛，忍一忍。” 晓枫给她双耳按穴道，用指甲掐，然后揉耳珠，“记住，你现在还在工作，在办公桌前多闷，多累呀，可是要截稿了！很困，啊，真的很困啊！”

晓枫发觉苏青歪了头，被他手托着，揉着耳珠：“囡囡，这个假期我想好了，什么地方都别去，所以我没订机票酒店，你很需要休息你知道吗——囡囡？”

苏青还轻微打呼噜呢！

晓枫满意地莞尔俯身亲她的额头，一直站着，从后捧着她的头让她睡，手累了也撑着，怕一动便惊醒了她。

微风从阳台的落地大玻璃门吹进来，晾晒的衣服洁白，飘着。

地上几盆鲜艳的洋兰在摇曳。

书架上放着林林总总的书，墙上贴着电影海报。

大大小小的照片晒着两人亲密的面孔贴在一起，去旅行、骑马，在卢沟湖划船，在意大利维罗纳《罗密欧与朱丽叶》幽会那阳台上合影……去年开始，苏青太忙了一直没放年假，传统的纸板杂志受到IT电子化的严峻冲击，难得苏青打了几场硬仗，走高端市场，有广告支持，在杂志销量倒退潮中屹立不倒。

排屋天台上，晓枫和苏青正躺着晒日光浴。

晓枫为俯卧在大毛巾上的苏青涂防晒油，她舒服得半眯着眼，慵懒地趴着睡去了。

晓枫贴在她身边，戴着太阳镜看莫言的《蛙》，他的身边还放着JK.罗琳的新书《偶发空缺》、黑泽明自传等。晓枫一边看着，一边时不时地记记笔记。这就是他们度假的写照：懒洋洋地看书、晒太阳，而且都在家里过，连去外滩逛逛也免了，彻底休息，过二人世界。晓枫要安排这个假期全在家里、最多在小区里过，这比写剧本难度更高，像《虎胆龙威》那种电影，整部戏在一幢大楼里发生，情节设计必须有变化，不沉闷。

女人内衣包装被拆开。

晓枫用剪刀细心把领口和腰内侧的标签剪掉，以免刮得人不舒服。这是他的习惯，所以家里所有衣服都剪掉了标签的，苏青的皮肤敏感竟然被这一个小小的习惯治好了。

他拿内衣裤走进浴室一看：苏青在浴缸里又睡了！这可让晓枫忐忑紧张，他伸手探探苏青有没有鼻息，又跑出去，拿来探热枪往她的耳洞测体温。看了没发烧，他才放了心，又伸手探探水够不够暖。

他比女人更细心，自从他搬进来这房子就慢慢适应了家庭生活，一边构思着他那伟大的题材，一边从琐碎的家务中升华自己。原来操持一个家、好好照顾心爱的女人不是件简单的事。

苏青上班下班都在外面全力打拼，身为上海一家女性杂志的主编，面对强大竞争，所承受的压力不小。这年头全球所有报纸杂志销量都严重萎缩，美国去年有105家报刊倒闭，在中国，像《瑞丽时尚先锋》这样的大型杂志也宣布停止纸质出版，并大幅裁员。苏青不甘心她从创办期奋斗一起走过来的杂志遭遇同样的命运，她特别卖力。她庆幸家里有晓枫这个贤内助。

黄昏广场上，一个外国金发小女孩走离了她妈妈的身边，站定，目不转睛地看着——晓枫和苏青占了一桌，分吃着一盒Häagen-Dazs雪糕，苏青休息好了容光焕发，这时发现小女孩馋嘴地望着他们，她勺一匙雪糕，小女孩走近，正要张口，她又缩回来，如是者三，小女孩瘪嘴哭了，她吓得快快抱起她，晓枫又帮忙扮鬼脸，小女孩这才泪汪汪地笑了，吃雪糕吃得一脸脏兮兮的。苏青看着小女孩可爱的模样，不禁心里柔了、暖了，忍不住轻抚小女孩的头发，一旁的晓枫默默地看着，难道他们都有意思……

洋妇走过来找女儿。

“Oh, I'm sorry. She's so cute, so lovely that I can't help hugging her a bit. You know we have no idea if ice cream isn't that good for her.” 苏青说的英语也挺流利的，意思是：噢，抱歉。孩子太有趣太可爱了，我忍不住要抱抱她，不晓得雪糕对她好不好呢？

晚上，两人滚着床单亲热，刚从外面回来已迫不及待。他们都有意生一个像那可爱萌萌的外国女孩？不，是晓枫想，他就像一个整天待在家等爱人回来的小女人，有了孩子的话就结婚，不用思前想后，让天来定吧。

“狗狗，狗狗！你先戴上！”

晓枫没有理会，是情到浓时顾不上了还是有意无意之间制造意外？苏青全身发烫，荷尔蒙交接撞击，激情四射，床吱吱咯咯响……好一会，晓枫快忍不住了。

“嗨！不行呀！嗨！” 苏青突然睁开眼睛，仍喘着气强行把他推开。

“好吧，好吧……”晓枫气急败坏伸手拉开床头抽屉，翻了一下，没有，找不到，“唉！”

他一翻身躺下，一下子松了下来，熄火了。

苏青虽然外表很是女性化，但她说了No就怎样也难回头的了，尤其是当她被惹怒了，刚才晓枫差点几乎……

“老实说，你刚才有没有？”

“没有，绝对。”

“我还是洗个澡。”苏青不放心，起身去卫生间。

不用说晓枫也明白，苏青现在正处于事业的高峰期，怎么可能要孩子呢？不是因为讨厌孩子，相反正是因为很爱孩子，有了的话，她绝不会允许发生忙于工作而顾不上孩子的情况。

晓枫没趣地听着她用花洒冲洗身体滴滴答答的水声。

玻璃罐内的清水浸着几枚生锈铁钉，被摇动时锈屑翻滚，叮叮响。晓枫打开玻璃罐的盖子，细心地用铁锈水浇花，让植物吸收些铁质。这是他从网上学来的，包括怎样煎鱼不粘锅底，用姜汤加蜂蜜敷脸祛斑……

“这是什么意思！”

听到一声斥责，晓枫转身，莫名其妙看到苏青气冲冲而来，从身后拿出一封拆开的信。

“你拆我的信？这是隐私呀！”

“我以为是账单嘛！”苏青认为自己做得对，她很少错的，“为什么？什么公司约你去面试？”

晓枫正想解释……

“现在不是挺好的吗？干吗你的观念这么落后？你是清朝人吗？还停留在三从四德的年代？几多人说我男朋友比我年纪小一定合不来，现在我们不也是挺好的嘛？一定要女人生孩子、男人出去工作的吗？交换一下不行吗？”

“我可以生孩子吗？”晓枫感到委屈了，“我成天在家——”

“那有什么问题？你如果觉得闷，那就去学学烹饪，做做瑜伽，约朋友逛街，看个电影什么的……算了，你去面试吧，高不成低不就又自命不凡，你想的都是地球人想不到的，全世界没有人懂得欣赏你，你没朋友的，你呀连微信都不用，还写信的，来自星星的你哈！谁请你啊？我们明天一起见证奇迹吧！”苏青说着走回房间带上了门。

晓枫悻悻然地看着远处的江上华灯冉冉。

天亮，落地玻璃窗很透明。

卧室里，苏青醒过来了，身边已无人，她想了想，倒头再睡。不一会她睁开眼看看闹钟。今天该上班了，可是还早啊，晓枫去买早餐了？

客厅空荡荡的，闹钟这时才响，按停了又再响。苏青出来看看，又到厨房看看。她生气了，因为看来晓枫已经起来出门了。这几乎是从没发生过的，他不会真的去面试吧？

卫生间镜柜前，她摸到晓枫的牙刷还有点湿，他刷过牙了，应该出门了，拉开镜柜时居然发现柜内贴了一张用厕纸写的字条！

囡囡，我要搬家了！

“不嘛？”苏青给吓倒了，“这么小心眼！”

晓枫搬走了，她无法置信，想了又想，再看看，拿起漱口杯，漱口杯下面，压着另一张字条！

新地址：爱情市相思路

“老套！”

苏青嗤的一声笑了，但也被逗得兴奋了，果然又发现在毛巾下另一张字条：

痴心大厦

“真肉麻！顾晓枫你玩什么来着？”

这显然像个藏宝游戏，找复活蛋？不啊，是肉麻的卫生纸情书接龙！

苏青翻浴帘，开洗衣机，扳下马桶的厕板看看，没有。她在客厅四处巡视，在椅子后发现一张！

“哈！”

房间：1314

“1314？1314？一生一世！嘿！什么一生一世，我说是十分俗气”

接着她仿佛心有灵犀，几乎逢猜必中。在睡房梳子柄上贴着一张！

房东是：我最爱的你

打开橱柜，又一张！

房租是： 我一辈子的爱

枕头底下一张！她大叫大跳。

狗狗守门口

跟着又不知从那里找出了两张：

密码锁：你的生日

年期：永远

桌上一共排列了9张！新找出来的几张她调来调去拼凑出意思来了，按顺序排好。苏青看着看着，感动含泪，又看着看着……

“讨厌！”

江上，渡轮尾后激起了浪花。

船上，已换上了上班套装的苏青拨手机打给晓枫，不通。她想他了，想问他究竟写了几张卫生纸，没有纸吗？好好地发电邮、微信给她不好吗？害我花时间找，今天看要迟到了，都怪你。有预谋，一早准备好在假期结束时给她惊喜？电话不接，干吗去了？

会客室外，前来面试的大都是年轻人。

里面，猎头公司3人，两个高层西装笔挺，中间是一个女的，年纪才……大概是90后吧？此刻正在翻阅Ipad上的面试者的资料。

对面坐着的正是晓枫。

“顾晓枫，中文系毕业……嗯……做过电影编剧，还拿过上海国际电影节最佳编剧？还有东京电影节的剧本基金？”

晓枫点头，他对面试真的很生疏。

“为什么不再搞电影呢？”

“我写的剧本都比较有深度，哪有几个老板读过书的。”晓枫一点不谦虚。

“可是你过去3年也没工作。”

“3年零8个月。”他自嘲地一笑。

“你对计算机认识有多少呢？”

“会打字，用搜狗拼音。”

两个男高层失笑，中间的女猎头人却黑了脸。

“你对互联网最近的发展有什么看法？”

“互联网？你们是IT公司吗？”

“不，我们是猎头公司。”女猎头不耐烦了。

“那，为什么你们觉得我可能适合这份工作？”他的态度压根儿不像一个求职者，苏青太了解他了。

“你是搞创意的嘛，”最年轻的女猎头反而是他们的头，语气直截了当，“互联网时代，创意才是王道。你对互联网——”

“据说，”晓枫有感而发了，“在一千多年的古埃及人就已经开始用山羊、野猪的膀胱或盲肠来做安全套，到了今天，它已经发展成异性——嗯，或者同性情爱生活的必需品，然后性爱最基本的生育功能被淡化了，取而代之的是感官娱乐功能……我认为，网络和安全套是一样的！”

三猎头听得目瞪口呆，尤其是女90后，眼镜不小心从眼眶滑落下来。

“它出现的初衷是为了方便生活，节约时间，但最终结果却是我们对它产生了无法控制的依赖感。人与人之间没有了真实感，好像距离很近，其实隔得很远……”

晓枫还得意扬扬地发表伟论，简直是语不惊人死不休，不就是前晚和苏青因为避孕套的事闹别扭吗？怎么扯到互联网上了？这就是顾晓枫，待在家的日子把他驯服已久，现在他一出来就天马行空、创意无限。

江边码头，渡轮靠岸，下船的人潮中，苏青行色匆匆。她赶时间，一边快步走着一边打电话给同事。

“妖妖……对，我在路上了，你准备一下，通知他们半小时内开会……行了行了，回来再说，叫麦子接电话……”

“好，谢谢你，我们一有消息马上跟你联络。”

看来晓枫不是他们要找的人才。

“嗨？我应征的不是一家广告公司吗？”晓枫奇怪了，他是写信同意履历给一家广告公司应征文案策划的。

“是的，不过它被收购了。”

“你们……嗯……猎什么的？”

“什么也好，总之跟安全套没关系。”

晓枫彻底意识到面试失败了，他没法见证奇迹了，苏青这次可又说中了。苏青了解职场的生态现况，晓枫与现实脱节了。

步履匆匆的人流，仿佛所有人都在赶时间，苏青是其中之一，她在电话里吩咐这样那样，麦子在这几天要完成那些图片整辑，麦子刚走开了，她找Dina，今天她要看好几个大小项目的PPT，还有……当她走出外滩时，刚好听到钟楼开始敲响了。

12点整。

她看看手机上的时间，忽然在路灯柱子旁边止了步。

这边，女猎头人刚好小憩10分钟，也顺便送晓枫出会议室，外面至少还有六七个应聘者。

晓枫的手表预报12时“嘟嘟”地响了。他停靠在一旁，闭上眼。

苏青在不息的人流中也闭上眼。

钟楼的大钟指着12时整，一下一下敲响。

同一时刻，在不同之地，他俩互相思念着对方，内心微笑。路人看着她觉得怪，她旁若无人，尤其为前一晚的事和昨天奚落过他觉得真不该，今早想见到就赔礼，可是他出门了……

晓枫好像隔空与苏青心灵对话似的，他预料到苏青会喜欢他写的那些既浪漫又肉麻的诗吧，他甚至可以想象到她像小孩子似的满屋子到处寻找，她会完全忘掉那晚扫兴的事，她会因对他发了脾气而有点内疚，她会补偿给他的，如果他在的话……如果他在的话，他会大胆的求婚，也许今天回家就……晓枫想到苏青一定答应的，他禁不住眼睛湿润了……

会议室门外，女猎头进去前奇异地看着他，祈祷还是干什么的。

“你没事吗？”

“哦，没，没……”晓枫一会才睁开眼，眼角有泪光。

“你不舒服？”

“不……”晓枫摇头，有点尴尬，不好意思，“我女朋友……”

但又不知道从何说起，这却让女猎头人误会了。

“哦，对不起啊，节哀顺变。”

“不！不！不！她没事。”晓枫几乎笑喷了，非解释不可，“这样的，我是学美国一部无声电影《七重天》（“*The Seventh Heaven*”），里面的男女主角分隔两地，约定每天12点整，无论在做什么也停下来，想对方1分钟。”

“就这样？”

“嗯。”

女猎头人觉得晓枫像外星人。

上海的摩天大楼，电梯到了32层，门打开，苏青率先出来，走了几步，却被送货的一个个的大纸皮箱挡着路。

咋回事？装修吗？

她公司是一家颇具规模的传媒企业，名下有3本杂志，苏青负责的那一本最受白领阶层欢迎。杂志社不断扩充，搬来这大楼有两年了。奇怪，今天挺凌乱的，有人搬东西，吃三明治，有人收拾东西。苏青经过时，不少同事向她招呼，行注目礼。

苏青春风满面地来到她的编辑部，年轻女助手妖妖抱着活页夹迎上。

“头儿？充完电了？哗！看你，越来越御姐范儿了！”

妖妖刚来了一年左右，外形真像那个越南瑶瑶，都怪国家经济发展太好太快了，以前跟苏青出身的助理编辑、记者连实习生一个个都跳槽了、被挖走了。苏青其实不大满意妖妖的，碍于她是上层介绍来的。妖妖专业水平不够，说话不是发嗲就是卖乖，刚来时称呼她老总、苏总。她烦，她喜欢大伙还是像以前一起打拼时叫她“头儿”就好了。

正在吃饭盒的执行编辑老赵把眼镜拉抵点看，损了妖妖一句：

“嘻，人家有爱情滋润，像你？”

老赵跟苏青最久了，文字功底好，思想传统保守，他根本不知道妖妖有没有男朋友，这是他的幽默感。

其他编辑部的主要成员也过来了，毕竟他们的头儿出现了，肯定安排一大堆工作。纷纷叫：“头儿。”然而他们都没有坐下，而且苏青的得力大将Dina呢？

阳光帅气、一身麦子色皮肤的图片摄影师麦子也挨在她的大办公桌前。

“手信呢？”麦子伸手，但在被苏青一掌打下时及时缩回。

“抱歉，我什么地方也没去。好了，开会吧！” 苏青坐下，一边开计算机，一边起身绕到大桌旁，说“麦子，你负责的专栏照片呢？我先看看。”

摄影师麦子捧着Ipad傻傻地看着她，没动。他一头短发染成了时尚的金咖色，看上去也倜傥，有艺术感，挺受女孩子欢迎的吧。

“麦子？”

“哦。”这才去将Ipad连接电脑。

妖妖面有难色：“头儿，情况是这样的，董懂今天——”

“别理他，专题从来没开过天窗，‘江永女书’已经成功向联合国申遗，值得做大的。Dina呢？”

大家还没回答，性急的苏青的注意力被她电脑上的电邮吸引过去了，马上回复，同时：

“老赵，排版搞定了吗？”

老赵看着苏青，还未搭理，她已转向妖妖：“妖妖，让你去催的稿子呢？应该三天前就交的，为什么我桌上还没有？你有时候真是——”

“头儿。”麦子把Ipad连接在电脑上，投影屏上出现照片。

照片是湖南古村，江永县90多岁的杨老太教孙女一种只传女不传男的古老文字。

苏青看了看相片的标题，念：“‘女人的达·芬奇密码——江永女书’？老赵，感觉不接地气。”

妖妖站在旁边一直想找机会提醒苏青：“头儿……”

苏青还是不理她。

“现在抗日剧还是最受欢迎，往‘谍战密码’这方向想吧。”她发觉所有人都神情有异，而且玻璃房间外面几乎所有同事都陆陆续续朝大会议室方向走。

妖妖忍不住催她了：“头儿，董懂召开了全民大会，还有5分钟而已。”

“什么？”苏青如梦惊醒：“你怎么不早告诉我？”

“我刚才一直想跟你说，你忙。”

“我意思是，为什么不早点，几天前就通知我？”

“你电话老打不通，发了E-mail给你又不回，好像消失了。”

“噢，我放假就关了手机了。”

“那你也应该看到微信呀！”

“没用微信一个多星期，不知为什么账号出问题了。”苏青心忖：才放假一个星期，公司发生了什么……“好了，好了，开什么会？全公司开会？”

大会议室里塞满了六七十人，有些只能站着，各持一个活页夹。坐主席大班椅上的是执行董事董磬彤——名字是风水先生算过笔画计好五行的起的，不过员工背地里都叫他“董懂”，谐音老懵懂，什么事都装懂。他意气风发，但绷着脸，今天居然刮了一个所谓“IT人”最普遍的平头装，穿西装而不打领带，身边坐着的都是高层中的高层。

苏青身为其中一个杂志的主编，有一个靠近高层的位置留了给她，董懂招手示意她坐那里。座位前端放了一个印刷精美的文件套。苏青打开文件套，翻看文件，她看着脸色一沉。

“人到齐了？”董懂看表，挥挥手让人把门关了。他清清喉咙：“各位同事，这分钟我宣布——” 麦子这时才敲门，推门进来，他恼火了，说：“你干嘛啦你！15分钟前再通知了一次，无论手上做什么都要停下来先开会，你迟一分钟呀，我们七八十人便损失1小时，你迟到5分钟，公司损失多大！”

“对不起，对不起……”麦子嗫嚅着，面色一青一白。

二

“各位同事，大家应该知道我们的杂志社是百力门集团下面的附属机构，集团自从和维新科技合并后一直在进行重组、改革，也收购了.com公司，和手机运营商签订了合作协议，所以要抽调人手，搞一个最快、最新、最有创意的大型门户网站！”潜台词好像是和百度、搜狐竞一日之长短，董懂越讲越得瑟了，“众所周知，1933年创刊的Newsweek已经完全停止纸质出版，全力打造网络杂志。行业巨头的选择，就是时代的选择，就是我们的选择！”

苏青担心的和一直奋力抗争的正是杂志电子化，换句话说就是力保杂志的印行而不会停刊，今天这一宣布把苏青狠狠地打脸了。

董懂环视众人：“你们当中会有人被挑选加入网站工作，公司会改组、再请人，所有人上上下下都要全力以赴打好这场仗！所以，我现在宣布，公司从今天开始进入了IT时代，你们现在是新媒体人了！”

他先鼓掌，带引全场拍掌。

“新的.com公司将争取尽快分拆上市，人事部会安排根据各人的年资和职位分配股权，每个人都有认股权！”

全场兴奋鼓掌、沸腾了。

“关于改组方面，我本人将会兼任CEO，这位是集团委派来担任COO的Mr. Eric Parkinson。”

董懂介绍身边的洋人。

洋COO说普通话：“泥们好。”

又一次掌声四起。

“市场部的朱迪……”

苏青在各人热烈的掌声中感到惘然失落了，放完大假回来，变天了！

大纸皮箱拆包，工人安装一台一台电脑。公司有另一半地方像在装修新房子，满地电线光缆，拉线拉得混乱纠缠。

开完会，同事陆续步出会议室。

大会议室内，苏青有点发呆了，人散得差不多了，起身时，发觉她们杂志编辑部的同事都站在她身后等她吩咐，连副主编Dina和几个策划、高级记者也在，苏青一时间也不知说什么……

“苏青！”

董懂打发了他的秘书之后便走过来。

“你们留下来，之前我跟其他部门的负责人都开了会，只差你们编辑部。说真的，苏青，你专门挑不合适的时间休假。”

“才一个星期！”苏青憋了一肚子闷气，“这么大的变动事前一点风声都没有！”

“你真幼稚，上面的政策当然不能漏风声啦。”

苏青被他当面骂幼稚，心里更不是滋味。

“坐，我简单点给你们讲讲公司的安排吧。”

各人坐下了，会议室只剩下他们。

董懂站起来，居高临下：

“首先，Dina会调离你们编辑部。”

苏青傻傻地看着Dina，她是得力副手，苏青栽培她两年了，英语水平高，一直在联系着做“美国第一女儿”伊万卡访问的，原来有新职务安排了，难怪整天未见她出现。Dina微微一笑，眼睛只专心看着董懂。

“3本杂志以后分成12个栏目频道，当然新闻排行第一……”

Dina派发新频道计划资料。

“我们请了美国的Organic专门搞网页设计跟她一起过去。麦子兼任视频编辑，也兼任制作；女性专题继续做，爱情信箱已经在编写软件，以后是收费的。苏青会兼任网站发展总监，不只是女性频道，是整个网站的发展，其他人照旧。”

“兼任这兼任那，人手本来就不够。”

“苏青！没办法，搞网站一定要控制烧钱率的，以后一个做3个人的事，在网站开通之前不准请假——”

苏青陡地站起：“你们先出去！”

在董懂示意下他们出去。

“为什么我是公司最后一个知道的？我觉得很不尊重我。”

“No啦、No啦，苏青，我这几天都想约你好好聊的，你失联了，找不到你。”

“这么大的事难道不可以一个星期前通知我吗？杂志是我一手搞起来的，现在停刊了，变成了电子档了。你想想，一个母亲抱着的孩子，突然间变了洋娃娃！”

“哎呀！没有变，还是杂志，包装不同而已。看我，我以前穿西装打领带，现在是IT look，还是我嘛。苏青，我很看好你的，接受现实、与时俱进吧。将来的世界没有书的了只有屏幕，没有钱的了只有支付宝，可以上网扫墓，手机看医生，微信谈恋爱……”

“哼！这些电子东西有感情的吗？”

“感情？哈哈哈……对不起我……哈哈哈哈……“董懂笑出了眼泪，努力压抑着，但又笑了，笑得哭似的，“现在人啊……玩手机……不玩感情的啦，哈哈哈哈……”

苏青脸红耳赤，气冲冲走回编辑部，第一个要找背叛她的Dina开刀，而且很多工作要交代，美国总统女儿伊万卡的访问，那个中国CEO富豪相亲会怎么了？还好乳癌专题的最新部分已经做得八八九九了……但Dina竟然说要开频道什么会议没空，还补充说已经不是编辑部的人了，让苏青以后自己联系吧。苏青正要发作，穿制服的PC同事在门口拍手：

“各位同事！各位同事！因为公司的服务器仍在测试中，暂时还没有自己的电邮服务，这个月内部的联络，请大家用公司内部的QQ群，有谁没有装或不懂安装软件的，我们技术部的同事现在一个一个来帮你们，谢谢。”他进来，抚着掌准备展开服务，“哪位同事先？”

“我，我不懂，唉，悲催了……” 老赵先承认落伍。

苏青觉得在PC同事面前不好谈改组的事。她在消化刚才新的调整，却连升自己做了什么网站发展总监，究竟是具体干什么的也毫无概念。她心里一大堆疑问，但在PC同事一一安装系统软件时，不如先处理好专题，挑照片吧。

“麦子，这一张，这一张，我们一共几——”

其实她根本内心空洞茫然不知道自己该做什么，面对这些图片，一个问题弹出来了：是不是应该先挑封面照片？噢！已经是网络了，是不是不用封面了呢？

妖妖他们都知道，杂志以后出电子版连版面都不一样了，视频将会取代图片，他们的头儿竟然没这个意识。

身边的手机响了，她顺手接了：“喂？”

“你在公司？”是在电梯里打电话的顾晓枫！真不是时候。

“嗯。”

电梯门开了，“嗨，我问你，你的那办公大楼好像叫……”

苏青压低嗓音：“我现在很忙，嗯，先不和你说了……”

“嗨嗨嗨，”晓枫用手挡着电梯门，“我想告诉你我已经——”

“回家再说吧！”

晓枫被挂线了，原本想告诉她他已经被录取了，想约她吃午饭，问她工作的大楼在哪里。

苏青转头对麦子继续：“麦子，我们刚才——”

董懂女秘书敲门：

“对不起！请把你们的微信号填写在这表上，我一小时后来取。1545开会谈网站开通日程表，小会议室，以后大家随时留意你们的电脑哦，我不再来通知了。别忘，1545呀！”

秘书走了，苏青已经有点晕，说3点45分开会就好了，1545？装什么呢？

“我们……嗯……一共——”苏青忘记自己要说什么了。

她感觉呼吸不畅，所有人都紧张了，妖妖建议打“120”。

麦子递上巧克力：“补补糖分。”

苏青吃了一块，试图调整混乱的情绪。她看到桌上是上一两期的杂志，伤感油然而生……杂志停了又不是真正的停，她是升职了还是被架空了？什么网络发展她不懂，也没太大兴趣去懂。

编辑部里只有老赵是跟她一起打拼风雨同路直到现在的，加上传统保守观念，习惯了书籍报刊都是拿在手上看的，他肯定最能体会停刊就等于消亡的哀痛。

辞职的念头在她脑里盘旋着，以她以前的脾性，恐怕甩甩手就走人了。

“头儿，”妖妖刚填写完董懂秘书留下的表格，拿着笔悬着，怯怯地问，“你的微信号？我帮你填好不好？”

苏青醒了醒，想一想：“我都忘了密码，打不开了。”

果然大家都唯唯诺诺地看着她，怕她不干了，不填写新的联系方法不就等同不做新IT人吗？

苏青确乎感到四周突如其来环境的陌生感、人的疏离感。她好像穿越了错误的时间，到了错误的地方，她是被“扔”来这处境的。

成功只有一个：以自己的方式度过一生。

“这样吧，”她拿起另一支比较私人的手机，“我这个账号吧，我以前的笔名。”

大家都拨开云雾了！麦子抢先要扫她的二维码，妖妖建议干脆用雷达扫描，苏青也不太会，麦子自荐代劳。

“我们再拉一个工作群聊吧。头儿，要不要帮你加个头像？别浪费你的颜值喔。”麦子只看到一个卡通人物，“噢噢噢……头儿你这么受欢迎？很多人加你啊！有我了，有你了妖妖……还有，这是谁？”

“这是隐私！”苏青一把抢回手机。她隐隐觉得这一切也许只是暂时的，她不敢肯定还能留在这里多久，整个世界乱糟糟的，看，门外又有一批同事经过去开会了……

小会议室内的时钟：1545。

“公司计划在3个月后上市，所以网站开通时间不能太晚，现在定了在828 Grand Launch，这日子是风水大师定的。”

“对不起……”苏青尴尬了，“什么是Grand Launch？”

“唉，就是大开通，网站开通，上线！” 董懂又一次当众奚落她，

“各位同事，你们要自我增值呀，对IT认识不够要尽快恶补，不然会闹笑话的！”

苏青觉得自己问了个 辈了最蠢最蠢的问题，真想把脸藏起来。整个下午她就恍恍惚惚地漂浮在这些IT术语和什么“地球是平的”这种宏大无边的企业愿景上。还有，不停地开会。

手机发来短信：

所有员工即日起必须佩戴职员工作证

E-grail网页编辑简介会

地点：大会议室

时间：2045

参加者：所有栏目主管及IT部门

苏青不敢发问了，心里嘀咕：“E-grail？什么鬼东西？”

好不容易开了几个大小会议竟然还能存活下来，什么世界观、企业文化以至界面设计……苏青回到自己的办公桌，颓然来个“上海瘫”，感觉到那种累从眉心沉甸甸地透出，真的血糖不够吗？不！不行！苏青是永不言败、永不言退的，不是好强不好强的问题，记得当记者时，下大雨山路泥泞淹水，她随公安进村子里解救一名被拐卖的女大学生，可怜的女大学生被锁在封闭的砖房子里近10年了！已经疯了！苏青最恨的是，那个花了8000块钱买媳妇、进行了强暴禁锢、让一个无辜女性怀孕生孩子而最后患上了精神病的村民没有收到应有的刑罚惩处，当天她发誓，会捍卫平等、公义……总之她不能倒下。

苏青一一把微信要加的“朋友”加了，可这是谁？“孤春梦”？删！“七年之氧”？

为了你的青春和寂寞而存在

删！

“饱皮杨萎克服”？

删！

一个来自柬埔寨“黑城”的信息：

人间有情

“无聊！”苏青正要删掉之际，背后……

“嗨，头儿！”

麦子刚开完视频什么会回来。

“找我有事？”

“快8点了，想吃什么？我帮你叫。”

“快8点了？”苏青大喊，“妖妖！”

环视她的部门，已经没其他人了。

“去吃饭了吧。嘿，以后这就是常态了。”

苏青意识里还在工作上，她陷进了整天开会的怪圈：“整天开会、开会把时间都浪费掉了。”

苏青拿起手机看群聊：“为什么Dina不在群聊里的？”

“她调走了，不理的了。”

二话不说，苏青拿起手机打电话：“喂，请问是方芳吗？对！我就是，我是主编苏青……对……没人联系过你吗？不好意思。方芳呀，你参加那个中国CEO富豪相亲怎么了？啊，好的好的，你一有消息请马上通知我，我们准备请你做封面专访……好！祝你相亲成功，找到童话般的、华丽的、幸福的归宿！”

苏青恨得想抽Dina两个巴掌：

“哼！Dina一直没联系人家！”

“头儿，你忘了？没封面了以后。”

苏青恍然张嘴。

“公司变化很大哦？我明白你的感受，我会在你身边，力挺你的。”麦子一脸情深款款样了。

苏青故意回避他的殷勤：“嗯……我要一份台湾卤肉饭，谢谢。”

外滩夜景明丽，摩天楼灯光明亮。

“我们的目标对象是中产阶级，”洋COO提出未来方向，“有上网习惯，消费力也强，这跟你们原来的杂志是椅子的。”

各人皆听得莫名其妙。这是个高管的策略会议，参加的是精英中的精英，人数不多。

“一致的。”董懂帮他解释。

“Mr. Parkinson，”苏青对洋COO讲英文，“You may speak English as you please。”

“我想我还是乳香随叔比较好。”洋COO清清喉咙，“刚才说到，和你们原来的杂志是一致的……尤其是旅行，鸡业旅行……”

苏青听得费劲，“乳香随叔”应该是“入乡随俗”吧，她没有歧视的意思，只是今天纷纷扰扰的，头都大了。但什么是鸡业旅行？

“写字楼的Office Lady，鸡业旅行的市场建立不可以嘀咕的！”

这次连董懂也听不懂了。

“职业女性？对吧？”苏青大胆地猜想。

“对！对！” COO打了个手指响，“鸡业女性！”

大家都不敢笑，但沮丧地叹口气。

“她们其实受很大的压力，她们需要黄想，需要爱精……”

大家都听得想笑，但不敢，憋得惨了。有人敲门，女秘书带了一个人进来。

苏青无心开会，偷偷地看着窗外万家灯火的外滩，从玻璃的反映面看到了自己，叠印在华美的外滩港上，觉得自己真的不属于这里。

“我来介绍，”董懂站起来郑重其事地说，“这位是我们网站的创意顾问，本来是明天正式上班，但现在是IT节奏嘛，分秒必争！今天的会议很重要，我就让他过来一起开会了。”

“对不起，你们好，请继续！” 那人斯斯文文的。

苏青似乎识得这声音，抬头一看，竟然是……顾晓枫！

钟楼的钟声疲惫地敲击，最后一班渡轮开出。

渡轮上乘客稀疏。

苏青和晓枫并肩而坐。

她累坏了，身边全是文件和麦子借给她的有关IT的书。

晓枫仍然兴奋，在想事情，他们都不想说话，闹别扭了，他们刚才在码头等船的时候已经接近吵架了。

“怎么样？你预言没有人会聘我的，现在不服气了？”晓枫不明白苏青干吗黑着脸。

“没有。上班这么辛苦你爱做就去做，但为什么偏偏同一家公司？”

“我也没想到这么巧呀。你从来也不带我上去你公司，为什么呢？你害怕什么？难道以后还要隐婚吗？”

“什么隐婚？还没结呢！我就是不喜欢，我说过我不想再谈这件事，我就是不喜欢你出来工作！”

“是吗？还是……你在公司有什么人不方便——”

“没有！你想到哪里去了？” 苏青真想把今天一肚子火发在他身上，但现在是在外面，“公司谁都知道我有男朋友了，只是……”

“只是？”

“我不想讨论这些，今天事事不顺。没办法，这个月水星在金牛座，注定的。”

“嗨，又来了，迷信——”

苏青回想到刚才在码头被他讽刺“迷信”，越想越不解恨，突然张口向他大嚷：

“闭嘴！”

晓枫愣了，他没说话啊。

渡船上为数不多的乘客都怔怔地望着忽然大声呵斥的苏青，和一旁无语的晓枫。

晓枫太了解苏青了，她需要发泄，可是苏青今天不像苏青。

当然，晓枫不知道，其实他自己今天也不像自己。

真的可以用章回小说所谓“一宿无话”来形容他们的这个晚上。

一切心理、生理都在变化中，细胞、内分泌都在调整。

在床上兴奋得久久未能平复的晓枫，反思今天发生的一切有如梦幻，他深切体会到互联网是疯狂的，他几乎从不沾手什么app、网购、电竞、支付宝，甚至他连微信也不用，可从今以后，他必须比一般人更通晓这些。他要从清朝进化到未来。

而好胜的苏青也没睡觉，晓枫怎么可能对互联网有心得有高见呢？他爱看书，头脑守旧，平时很少上网的，手机只是打电话用，不懂用银行电子转账，不会用微信支付，噢，连微信都不用的，怎么一夜间做了.com公司的创意顾问？苏青在客厅对着电脑，一边在记笔记，一边翻看那些网站书籍。她几乎比较了所有门户网站的女性频道，从界面设计到八卦内容、图片秒拍……她摇摇头，脖子发出“咔擦咔擦”声，她才发觉身后没有了顾晓枫了。

只有深夜，和挂钟滴答滴答。

“我归纳了一些大型网站关于女性频道的主要内容大都离不开美容健康、星座、爱情、时尚、团购、两性话题之类，这跟我们杂志本来的女性新闻导向很不同……”

在公司的小会议室内，苏青发表这两天来的IT心得。

编辑部全部人、董懂、晓枫还有两三个新同事，他们都别上了职员证，在专心听苏青的报告。

“我们是以新闻、财经、旅游、人文、环保这类有文化深度的信息为特色的，比如我们派记者跟随安徽警方去追寻被拐卖到农村的妇女，是主动关心女性的社会处境。我们拒绝报道大学女生什么‘阴道宣言’，因为那是哗众取宠的低级趣味，网上的女性信息基本上都过于肤浅。”苏青转过来看着董懂，特别加重了庄严的语气，“我希望我们的风格能够保持。”

“嗯，”董懂想了想，说，“关于女性频道的风格定位，我的态度是民主开放的，我只是觉得，应该更大众化一些。”

他望望晓枫，故意考验他一下：

“元方，你怎么看？哈哈哈……”

有人干巴巴地笑了笑，因为那句网络语已经过时了。

“创意顾问，请发言。”

谁都在等这位创意顾问发言了，他今天跟董懂一样穿西装，里面T恤，并不是平日随意扎着马尾，而是剪短了头发。

苏青眼中的顾晓枫，外表是个十足的“IT”人了，现在就等他说话，清朝人的思维怎么改？他对互联网一窍不通，谁请他做创意顾问的？把他拉出来枪毙10分钟吧。

“我认为，网站有别于杂志，” 晓枫开始说话有点慢，“它的特点就是实时性、互动性、多媒体综合性。”

苏青搞不清楚他在说什么，没错，顾晓枫就爱乱抛书包。

“好像跟警方去寻找被拐卖的女人，其实可以拍下视频把每天的进程放在网上，按照美剧的节奏来剪辑，每一集都要留下足够的悬念吸引观众。最好还把失踪妇女的照片或背景资料也放上去，要有煽情点，链接及时更新，让网友展开讨论，刺激转发量，甚至发起捐款帮助她们回家，这就是互动，让网友参与改变社会。”

董懂暗暗点头，众人也开始感兴趣了。尤其是妖妖，双眼发光了，她的男神诞生了。

苏青不服，质询顾晓枫：“我提出的问题是走媚俗肤浅的路线，还是保持文化深度和女性的品位。我们杂志一直有广告客户支持，都是有品位的。”

“可是每年利润增长不过2%，现在我们要上市，要向股东有所交代。”董懂终于无意中透露了杂志停刊的原因。

苏青的脸由青转白，又由白转青。

“嗯，晓枫？”董懂立即把热球抛给晓枫，问“晓枫，你对品位怎么看？”

晓枫卖弄口才：“品位是照顾3000本杂志销量的群众，而我们是要照顾至少3000万的互联网群众。”

苏青发觉男朋友今天公开做了帮凶谋杀自己。

“大胆！创新！领导潮流才是King！”晓枫的大心脏在膨胀，“开会前我看见编辑部的同事好像在准备关于‘江永女书’的报道，哦，还有女性乳腺癌专题。”

“这两个选题我们准备了很久了。”苏青避开晓枫的目光。

“我的意见是，乳腺癌专题倒还有点挖掘价值。但‘江永女书’应该放弃。”

“什么？！”苏青瞪大了眼睛。

老赵心底滴血。

“女书？说实话，谁还关心这些老古董，我们是网络杂志，不是社科院。乳腺癌还有亮点，但不能按老路子做。”嘿，顾晓枫俨然是互联网专家了，“可以同时揭发快速鸡、哮喘猪等食物安全问题，受害者是妇女！少女发育过早，妇女患了宫肌瘤、乳腺癌机会大增，引爆社会热议！还有，最好能说服一些女患者来拍裸体写真……”

“哈！”董懂失声叫出。

“对不起，我不明白你在说什么？”苏青不跟他客气了。

“不是色情的那种，是很社会性、震撼的普利策风格，做成写真集，义卖。嗯，《纽约时报》就有这么做过的。”

《纽约时报》有出版过写真集吗？晓枫又在乱吹吧，可苏青不敢肯定。

“当然，对于女患者一定要精心挑选喽，有姿色一些，有故事、煽情的更好，帮她们注册微信号，配合写真发售，把她们推成网络红人，这么吸引眼球的话题，赞助商绝对不会少：医院啊、义乳生产商啊、女性保健品啊、内衣啊……”

“还有整形美容！”妖妖也天真地插上一刀。

“神！这才是网的思维！是新媒体！你们赶紧写PPT吧。”董懂这样说等如盖棺定论了。

苏青感到既恼火，又妒忌，又惊讶，五味翻腾。

“我们的COO提出过‘爱精’，嗯，爱情，女人都渴望激情、浪漫，都在等着一个男人忽然冲进她的房间带她远走高飞。”

一旁的苏青翻了翻白眼，“顾晓枫你”。

“美国有项调查，说大都市最流行的是‘办公室浪漫’，嗯……”晓枫停下来想了想，大胆提出，“日本那些网上真人秀非常受欢迎，因为只要是人，都有八卦呀、偷窥的心理的，我们可以搞一种互动的网剧，但同时又有真人秀的效果，就在公司——茶水间最适合，安装偷拍镜头，把职员说是非、偷情等秘密放上网。”

所有人尤其是董懂特别感兴趣。

“那是隐私！”苏青简直是不屑了。

“对，我们其实是找演员，或者是自愿的员工参加，不要找明星，那更有真实感。其实全都有剧情，有台词预先设计好的。可以假装一个星期六，保安以为茶水间没人了，锁上了门，但原来有一对男女被困住了，想想，要孤男寡女相对着过了一个晚上，又一整天，到星期一才有人开门，而且中央空调又停掉了……”

“后来呢？”董懂代表了大部分与会人士问。

“后来吗？”晓枫一笑，卖个关子，“你们看来都挺感兴趣的喔。”

董懂点头，妖妖张了嘴，其他人也等他说下去。

饮水器内的水泡升上来，“boom boom”响。

苏青在茶水间喝水。她一边喝一边回想起刚才开会的情景，越想越气，把纸杯使劲掐成一团，水溅出来了，她身上湿了，更生气了，转身离去时，她发现妖妖正拉开了门缝看外面。

苏青拍一拍她肩膀，吓了她一跳。

“看什么？”

从门缝看出去，晓枫跟两个女同事在聊天。

妖妖花痴般遥望着晓枫：“好厉害，迷死人了！女同事们已经选他为全公司最有高富帅潜力的单身男同事了。我打赌一个月之内，他至少在每个部门都有一个女朋友。”

“那编辑部呢？” 苏青面色阴沉。

“哎哟……不跟你说了。”妖妖像小鸟般害羞，出门时向外推门，却推不开，“啊！真的被人从外面锁上了！”

苏青真服了她，叹口气把门向内拉，打开了。

“嘻嘻嘻，对不起。” 妖妖不好意思地一笑。

苏青满心疑团，挨在门边的墙上，这时面对的大钟刚好指着12点整，她本能似的闭上眼，《七重天》的承诺，想念对方一分钟……过了几秒钟，苏青又睁开眼，她竟然有点怀疑了，晓枫有没有守信用也同时在想她呢？她不甘心地打开门缝再看：

晓枫分发给女同事文件，一个女的还把长发故意解散了，向他卖弄风情。晓枫莞尔回应……

该死，他并没有停下来想她！

苏青气疯了，他破坏了盟约。

案头堆满了文件、报告、书、相片。苏青忙着修改PPT，用鼠标击点，忙得有点晕了，又打错字……

老赵过来，递给她稿件。

“‘江永女书——抗日的胜利密码’，这标题行不行？”

“一听就有感觉，好哇！” 苏青突然才记起，“噢……不……噢……老赵，‘江永女书’撤了，不做了。刚才开会不是表态了吗？”

“但没有明确说不做啊。”

“对不起，董懂给我电邮确定了，忘了跟你说。”

一切心血白费了，老赵去做访问，甚至花了很多工夫切切实实去学江永女书的。

“真的不做了？”

“嗯……”苏青眼里忍着泪。

老赵垂了肩，突然认了、累了。

“这几天发生的事，比过去一年还多……我老了，真不容易适应。”

“老赵，你不老。”其实她自己也觉得老了，“你的文字功底，年轻人哪一个及得上？嗨，以后不叫你老赵了，叫你小赵，好吧？”

“哈哈哈……”

苏青感触地看着老赵的离去的背景，真的想哭了，听到有微信提示，回头一按键盘，突然电脑屏幕黑了！

“嗨！我还没有存档呢！”苏青气得拍打电脑。

电脑死机了，苏青觉得委屈极了，越想越伤心，一切都不如意，她突然有一股冲动，“霍”的起身！经过走廊，到处望，想找男朋友，她需要肩膀靠一靠、抱一抱……幸而发现了他在靠窗那边凌乱电线和机件中间。

苏青即上前扑倒在他怀里哭。

“狗狗！”

同事都瞠目结舌，围上来了，她不理睬，她要公开两人的关系，但她忽然发觉旁边同事中间站着晓枫！

她看看自己抱着的人竟然是上司董懂！

苏青立即尴尬弹开，也不知如何解释。

晓枫看得愣了。当然，还有更愣的董懂，还有更更愣了的整层楼。明天还有更更更更愣了的整栋楼。

家中略有些凌乱，自从晓枫开始上班以来，这个家多少显现出一副无人照顾的样子。

苏青洗完澡从浴室出来，瘫坐在沙发上擦头发。

手机传来“咕嘟，咕嘟”的微信提示音。

但苏青无心理会，遥控开了Hi-Fi，播着钢琴音乐缓一下神经。她喜欢钢琴，晓枫喜欢小提琴，还好钢琴和小提琴是最配合的。难得今天早回家了，今早发生了这么尴尬的事，她无法不避避风头，真没脸见人，以后还要很多很多解释。

她发觉屋子很乱，自己也受不了，起身一一收拾。

玻璃罐里盛着生锈钉，在灯下看特别灿亮，她摇了摇，打开盖子，给洋兰浇水。

门响了，她开心地跑去欢迎。天！她变了家庭主妇了，还是日式侍候老公的那种。

把“累”写在眉心的晓枫提着电脑包回来。

“回来了？”苏青替他拿过。

“嗯。”

“怎么啦，狗狗？你还生我的气？”

“没有啦，你神经一紧张就会犯二，我还不理解？”

“你真的理解？”

“你叫‘狗狗’这么大声，谁都听见了。”

苏青破颜而笑，她放心了。

“先洗个澡吧。”

睡房，穿着一身蕾丝内衣的苏青坐在铺好的床边，翻抽屉找出了安全套，垫在枕头下。她细细听着浴室的动静，晓枫似乎已经洗完了，她索性将胸罩扯掉了，又从镜中看看自己的腋毛是否剃干净。

晓枫洗完出来，坐在床上。

苏青自动从后面按摩他脖子，又掐他的耳珠，贴身抱着他。

晓枫身体慢慢向后靠。

“狗狗……喂喂！哈哈，别闹……” 苏青以为晓枫和她调情。

怎料晓枫继续往后靠，像是真的睡着了。

“嗨！装睡是不是？你这个小气鬼！以前别的男人多看我一眼你也吃醋的，还说理解……喂——”苏青挡不住了，被压倒了，“嗨！嗨！”

苏青很费劲才把他扶好，盖上被子，见他睡得香，自己却瞪着眼看天花板，又失眠了。

她走到厨房拿鲜奶喝，经过昏暗的客厅，发现手机还闪着亮光：电话屏幕上……

她一边喝着鲜奶，一边打开微信信息。都是工作，明天1030和美国Organic进行视像会议，都是开会、开会、开会……

通讯录有些无聊的人，要清理门户了。人间有情？是来自柬埔寨。头像是拉布拉多犬，什么时候加了他的？真的乱了套了。

很抱歉，打扰了。

我叫黑城，一年前放弃了上海的工作来到

柬埔寨的Kampot，一个宁静的边境村庄。

在那里的小学做志愿者，

丛林里时常有游击队和土匪出没，

上星期刚好有一个孩子被地雷炸断了腿，

我很沮丧，因为我自己也是孤儿，内心很孤独，

希望听到远方家乡的声音。

苏青看得恻忍心动了，远方的陌生世界反而给了她一种温暖的呼唤。她倾耳听听睡房里晓枫似乎没什么动静。

手机屏幕上打出了字句：

在那里的小学做志愿者？

你是中国人吗？

对方没回应，她反而更期待。

黑城，你说的家乡是哪里？

我很羡慕，不，应该是敬佩你，

因为你背井离乡到这么危险的地方

帮助怜的孩子，你不要沮丧，

要更加小心保重自己。

苏青想了想，居然这样写：

我叫慧心，正在读护士学校。

也很喜欢孩子，希望将来能像你一样，

照顾有需要的人。

说谎原来很好玩，她心里笑出来了。越写越来劲，晚风吹拂了纱帐，苏青好像随风飘去了另一个世界。

三

麦子正低头玩着微信，“咕嘟”一声又一声，眼睛一亮，又怕身后有人看见。公司的忙乱风景里，不难发现每个角落都有低头族。

苏青开完视像会议，捧着一大堆材料，一边打手机一边走进来，麦子下意识地立即把手机，假装工作，在电脑上挑视频。

“狗狗，我这边还要看几个文件，”边打电话边坐到自己的办公桌前，压低了嗓音，“嗯，家里见吧。你没忘记今天是什么日子吧？”

顾晓枫在大楼的上一层准备和同事开“头脑风暴”会。

“当然！今晚在家烛光晚餐庆祝，我给你做……嗨，先不说，给你惊喜。”

“算你啦。”苏青心里一甜，“今天礼拜六，可以早点走了——”

手机进来另一电话！

“不和你说了，回头见。”接通另一条线，“喂？方芳？”

苏青眼睛一亮，立刻一按脑里的开关——回到工作模式的专业态度。

“呃！决选确定了……今天在登什么斯莱……私人会所，好，地址发给我，谢谢。没事，真的有点神秘啊，谢谢你。我们这边没问题，会尽快赶到。”

苏青挂断电话，环顾办公室，只剩下正在假装整理录像机等仪器的麦子。

“麦子！其他人呢？”

“周末啊，谁像我忠心耿耿、义薄云天——”

“收拾东西，去采访。”

“现在？你和我？”

已经下午3点多了，麦子还有两个会要开。

“富豪相亲今天决选，不对外公开的，怕曝光，所以今天才通知。”苏青恨不得马上去做实务，逃避开会，“来吧，敬业点。”

麦子做出一个无奈的表情，但马上开始收拾东西准备出发。

在公司上一层，晓枫收拾东西，穿上外套刚想离开。很久没下厨了，他要早点回去买菜，再晚三文鱼就买不到新鲜的了。

董懂忽然出现，半个屁股坐在晓枫的办公桌上，晓枫留意到董懂面有难色。

“晓枫啊，你今天的发言我很赞赏。”

“谢谢，董董。”

“但是……根据综合评估的结果，你的试用期还是不合格。”

晓枫诧然，呆呆地望着董懂，似乎一时间没反应过来。

“为什么不合格？原因就是……”董懂忽然裂齿而笑，“你还没陪我打麻将。”

这时，不知从哪里又冒出来几个中层同事，笑着凑到晓枫面前。

“三缺一哦！”这好像是市场部主任。

“我恐怕还有事……我不太会打，真的。”

“唉！我可没开玩笑，”董懂失望是一件非常严重的事，“不陪我打麻将，明天人事部会给你大信封的了。”

顾晓枫被董懂的阴晴不定搞得有些迷糊，他看到手机有微信，一看是苏青的，但他已来不及反应便被同事推搡着走出办公室……

苏青握住方向盘，聚精会神地盯着前方，副驾驶座上的麦子在检查摄影设备。

车上苏青给晓枫发短信：

狗狗，我有事，你先回家等我。

她时不时地看手机短信，微信显示！

晓枫回短信：

囡囡，我也有事，家里等吧。

苏青心情不悦，但以工作为重，看了看腕表。

“唉！千万不要堵啊！已经开始了。”

前面，一辆奥迪七座位车呼啸而过。车上，顾晓枫极力把哭丧的脸控制成和颜悦色。

苏青的采访车沿江边开去……

酒家的包房内乌烟瘴气，除了顾晓枫，人手一支雪茄。

顾晓枫流泪强忍着，烟雾弥漫中已经够难受了，又不很懂打牌，把牌左插右插，最后拿起一张牌，悬空着不知打出去对不对。

大家都原谅他，因为新手嘛，新手好宰啊。

董懂叼着雪茄，一边码牌一边说：“那个办公室真人秀，面试了几轮演员，唉，我看还不如我们自己公司的女同事。”

市场部主任附和：“朱迪丰满，陆婷婷骨感，妖妖算是童颜巨乳萝莉范儿。”

“Dina吃西餐多了，与国际接轨了哈哈哈。苏青嘛，唉，臭马骑不了！”

晓枫听到他们提到苏青，如坐针毡之际，发现少了一张牌……

“唉，你太不会欣赏女人，别看苏青平时一本正经，越是这样的女人在私底下越是火辣风骚。”董懂难道真的和苏青……

“哈哈，那天苏青扑倒在老板怀里，真浪漫缠绵！”

晓枫给眼尾呛着了，失手把麻雀推到地上。

“老板……床上表现如何？”

“嘿！拿起鞭子就是女王，穿上校服就是纯情玉女啊，绝对出乎你的预料……”

“不过，还没……嘿嘿嘿，早晚的了……”

晓枫心头大石落下。

“停！”

“没有停的，要么就碰，要么就胡。”

晓枫左看右看，推开牌：“胡了，对吧？”

董懂帮他数，28番！乱拳打死老师傅，众人一边掏钱一边纷纷叹息。

四人打牌，顾晓枫经常胡，董懂眼神阴了、恨了，最后四圈终于打完。

“哎呀，手气真好，第一次和老板玩牌，还胡得那么勤。”

“恐怕我还是得先撤，今天是我和女朋友相识三周年纪念——”晓枫起身了，但见三人雷打不动。

“嗨，麻烦找个有点新意的借口，你好歹是个创意顾问啊！”

董懂生气地拍桌！

“赢了就走，真不够哥们！晓枫，团队精神要放在第一位啊！”

晓枫又心急又为难，没法推脱。

“饿了，叫什么吃？一边吃一边继续，早呢。”

私人会所外观豪华。

高级休息间，传来女人的哭泣声。

摄像机拍下了：

美女方芳穿着比基尼，下身围着纱巾。

苏青在旁安慰，麦子支了三脚架在录像，会场内传出音乐杂声。

“‘形象关’女孩子都要穿成这样子的，哪是相亲？个个都来摸胸量三围，那些富豪根本是结了婚的。看！”方芳拉起纱巾，原来给扯烂了。“还掐屁股……说我不够大……生孩子不好……”

“这等于公开招嫖！”苏青气不打一处出。

“不至于，公开找小三吧。”麦子站在男人立场给了个意见。

“包小三就是长期地嫖！”

方芳听了哭得更凄惨。

“那我不回去了！”方芳摘下腰间那⑤号牌，“太侮辱人了！”

“呃？采访这就完了？头儿？”

苏青在想办法：“下一关是什么？”

“智慧关。”

“还穿比基尼吗？”

“休闲装可以了。”

在会场入口，麦子要硬闯被保安拉住，苏青乘乱混进，她脱下了外套，腰间别上了参赛的⑤牌。

金碧辉煌的大厅，二三十个妙龄美女，列队婀娜地经过三桌前，桌前坐了各色富豪，身边还站着婚庆人员。

苏青暗中用手机录像……

美女穿着休闲服，苏青掺杂其中不觉突兀，身段姿态也不输其他参赛者，也没人发现异常。

“嫁入豪门必须要美貌与智慧并重，美眉们刚才过了‘形象关’，”司仪在台上说道，“接着下来就是‘智慧关’了，所谓美貌与智慧并重。在座的商界精英大腕全都是高智慧掌门人，过关谈何容易啊！”

有个穿高尔夫球衣的富豪出来，一人拖两个回去他那桌聊。

有在场人员怀疑⑤号的苏青了，交头接耳、指指点点，冲来而来……

苏青也注意到，自己走下台，突然坐到另一富豪桌前！

抽着过滤香烟的小胡子富豪感到诧异，身边已经坐下的比基尼美女不高兴了，身后的人员正要上前……

“没事。”小胡子富豪制止，语速极快地问苏青，“智力题，请回答：我已经结了婚，而今晚又相中了一个形象出众的美女，但我如果喜欢她。也一样可以合法地和她结为夫妻，甚至还有机会再挑选一个才艺佳人做老婆。为什么我可以这样？”

苏青一时间没能反应过来。

“我的语速太快了你跟不上，其实问题是你的思维跟不上。你懂吗？”

苏青正面临被淘汰。

小胡子富豪准备招人来……

“我可以回答问题了吗？”苏青不慌不忙地说，“你移民去了中东国家，可以合法娶四个老婆。”

小胡子富豪笑了，把桌上一枚卡地亚手表推给她：“恭喜你。我对你有好感，你就必须接受我的礼物四万八的卡地亚手表。小小意思，如果你能通过测试这款十五万的Vertu手机就是你的。”

“相亲是双方面的，”苏青瞥一瞥手机是否在正常录像，当然是偷拍，“我可以多了解一下你吗？你是CEO？”

“何止CEO！我是董事长、总经理。”

“你身价有2个亿，年付50万会费？”

“何止2个亿！我有钱我的钱太多太多太多，花不完。”

“你有一个老婆？”

“何止一个老婆！噢，嗯……”

“没事，反正去中东就合情合法合理对吧？”

“哈哈哈，对对，聪明。”

“大会设有特别奖，谁肯出500万，今晚在这里就可求得‘洁净之身’？你肯吗？”

“我没问题， 1000万也可以，只要我喜欢。”小胡子富豪比较谨慎了，说话慢了些，“洁净什么……什么意思？”

“哈哈，不就是处女吗？这也不懂，哈哈哈……”身边的美女笑他，见到小胡子黑了脸才打住。

“别废话了，来做测试吧。”

小胡子正想读出受伤纸片上的智力题，怎料苏青抢先说：

“一个鱼缸里有10条鱼，死了3条还有几多条？”

“7条啊。”

“对呀对呀！就7条！”美女也雀跃响应。

“错！是10条，死了的鱼也是鱼。”

小胡子在美女面前特别丢脸。

“10个小孩捉迷藏，5个被捉了，还有多少个没被捉的？”

“嗯……不就……5个？”

“错！4个。有一个孩子负责捉人的，他不算。这是小学五年级的智力题，你的智商还不到。”

小胡子接近崩溃，他突然记起：“应该是我提问题的，是我测试你啊。”

“这世界不是男人有钱就做主的。”苏青起身不屑地环视会场，“我想到标题了：‘相亲？土豪买卖女奴的集市！’”

话音一落，手腕被紧握着了！老羞成怒的小胡子大喊：“保安！保安！她是谁？谁放她进来捣乱的？！”

他硬生生要抢苏青的手机，保安和会场人员都拥上，场面混乱了，美女被误以为也是来搞事的，苏青哪肯屈服，挣扎着按电话报警，但被小胡子力阻。麦子在外面休息间低头玩手机，全然不觉有事发生。

“唰……唰……唰……”洗手盆的水四溅！

晓枫从洗脸池中抬起头，镜中的他面色苍白，神情疲惫。对于不爱打麻将的人来说，打麻将是极刑之一，何况不爱抽烟的被关在二手烟的房间。

他用手探了探自己的额头，有些发烧，他又焦虑地看了看表，指针指向凌晨两点半。

晓枫摇摇晃晃地走出洗手间。

“晓枫，刚才我们一致决定：再来四圈！”董懂的瘾起了，停不了。

“扑通”一声，晓枫倒在地上！

医院夜深人稀。

急诊室里面有人还在痛叫，医生说检查过不碍事，更没有影响生育那么严重。那是小胡子富豪和一些关心他的人吧！原来她在混乱中踢中他的裤裆，当时她为了保护珍贵的新闻视频，用尽洪荒之力提出的一脚。警方到场，把他们送来了医院，她的衣服被扯破，也狼狈不堪。在警方劝谕下她被迫把偷拍的视频全删掉。不过，她习惯了有云备份的，她让麦子尽快回公司帮她处理看看。

苏青验完伤可以走了，走廊里，经过刚才的一番折腾，她还是以工作为先，先打电话问麦子视频的情况，视频完好无缺，但属于私人会所，不合法，杂志登出来要冒风险。她累了，明天再说吧。Shit，三周年纪念这一天完了！

她一边走出大门，一边给晓枫打电话。

“狗狗，不好意思，我现在才……什么？你在医院？什么医院？”苏青举头看医院大楼上的灯牌，“在哪里？你别动！别动啊！”

苏青立刻推门跑回去，看着指示牌，拐着跑着……走廊的另一头，竟坐着正在输液的顾晓枫，二人讶然相对。

苏青拿来医院的毯子替顾晓枫盖上。

医院走廊里，输液的顾晓枫和苏青并排而坐。

“董懂原来很迷打麻将的，打了一整晚还要打，要不是我装晕倒，可能今晚都走不了了。”晓枫苦笑，不过他也着实有点发烧。

“你装的还打点滴干吗？”

“唉，其实我真的也要输输液了，原来上班这么辛苦的，难为你了。咦？”晓枫看着衣衫不整、光着脚的苏青，“你为什么来医院的？”

苏青三言两语解释了，反而重复了她那得意的标题：“相亲？土豪买卖女奴的集市！”

晓枫也三言两语解释了被董懂他们拉去打麻将，还好不是去夜总会，或者是饭局酒局。还好他们俩都有惊无险，尤其是苏青，晓枫握紧她的手，她的手凉了，这让疼她的人心疼。

两人苦笑，然而在那一刻，两人却都体味到上班打拼的辛酸和不易。他们一起闭上眼睛，并排仰头靠在墙上，也许是都有些累了……海浪声，从很远很远的回忆中传来。

“真是天意，今晚还能碰上。”苏青挽着他臂弯。

“注定的，水星在金牛座嘛。”

苏青甜蜜地捶了他一下：“还记得我们第一次遇上吗？”

“记得。”

“3年零8个月15天了。”

“嗳！连多几天也记得？”晓枫出奇了，以为只有自己才记得。

“当然。啊对，你问过我什么时候爱上你的，我回答了，是在海边大石头上聊天，大浪打过来，你牵我的手跳下来那刻，我的世界立刻就亮了！”

顾晓枫闭目享受地点头。

“那你呢？我从未问过你，说。”

“我什么时候爱上你？”

“你什么时候爱上我的？”

“上一辈子。”晓枫亲了苏青的额发。

苏青鼻子酸了，在医院无人的走廊条椅上，窝进了他怀里，外面天色开始发亮。

每个女人都不会拒绝浪漫，好像是天生的，藏在骨子里的，但浪漫是什么？浪漫就是不现实，在日常现实中不容易发生甚至不可能发生的，在一起两情相悦，美点燃了爱，就是浪漫。

《泰坦尼克号》一个上层名流社会的美少女和一个下层贫穷小伙子不顾一切地走在一起了，在船头张臂迎风，翱翔落日，加上一首悦耳动人的歌曲，美点燃了爱，那就是浪漫。

可是他们始终要回到现实中。

现实每一天每一刻，会不厌其烦地一点一点把刻骨铭心的浪漫消磨掉，问世间男女，能抵得住日常生活琐碎的腐蚀的，有多少？

数码摄像机调整着多角度：

一个男人和女人拿着纸杯，假装在茶水间遇上闲聊。

男：“新来的？你上班头一天我就注意你了。”

女：“是吗？”

男：“我们所有男同事都一致认为你是公司里最漂亮的白骨精。”

女：“什么？”

男：“不会吧没听过？白领、骨干、精英！”

女：“哈……我倒宁可做白富美。”

女人不自觉地打哈欠。

男：“困了？”

女：“一上班就想睡觉。”

男：“我怀疑呀，你是患了“思绪”，哦不对，”

男的有点紧张地看了看镜头。

男：“是‘思觉错置互补’综合症征。”

女：“什么意思？”

男：“这是一个挪威神经心理病学家最先发现的，简单说，是你不甘心、不满足于现状，身在此而心在彼。好像我吧，我也是呀，工作的时候想睡觉，一躺上床又想着工作……”

女人对男人颇有好感地笑了。

在小会议室内，晓枫和苏青站在监视器前，看着男女演员的表演。原本一开始两人合作安排场地、演员、偷拍设备都是挺融洽的，可是为了一点小事出情况了。

“怎么把我们之间的对话也放上去？”苏青低声对晓枫表示不满。

“临时拿来用一下。”晓枫满不在乎。

“临时拿来用？这是我的生活，不是你写的剧本！”

晓枫刚想再说些什么，麦子和妖妖走了进来，苏青和晓枫马上住嘴，恢复工作关系。

“麦子，镜头还是太刻意，不像偷拍，你再去调一下。”晓枫俨然是编导。

麦子做了一个OK的手势。

“妖妖，试镜的那位男同事，你叫他把台词再背熟点。”

“好的。顾总，那女的呢？” 妖妖殷勤地接受指令。

“差点意思，你和她先沟通下，以后可能会有些亲热镜头，不露点，嗯，她如果没问题的话就可以拟协议。”

“明白！”

“等等！”苏青担心尺度问题，“你刚才说有亲热镜头，亲热到什么程度？你和领导请示过没有？这涉及公司形象。”

对于苏青当着同事的面质疑自己的权威，晓枫也有点不爽。

“现在是真人秀，办公室有性骚扰之类一点不奇怪呀。”晓枫说。

“哼，我看你只是为了迎合董懂的那种低俗趣味，哗众取宠、好大喜功！”

“嗨嗨嗨，这是反映现实而已。你跟男朋友独处的时候，三级都不止了吧。你是清朝人吗？”

苏青气得冒烟了，尤其是把她说的话用来反攻她。

“对呀，”妖妖又做帮凶了，“其他那些真人秀，尺度都很大的喔！”

“妖妖，你出去！”苏青大吼。

这一吼惊天动地，连苏青也想不到自己会歇斯底里地叫出来，好像那声音不是自己的。

有人说夫妻，或男女朋友最好不要一起共事，是有道理的。

苏青冲出小会议室，但发觉所有同事都是以不同于自己的速度来活动：老赵走路是最慢的慢镜，网站那边的人在快镜下只是影子，有人则定格了。

她似乎迷路了。到处是电线、电缆、纸皮箱、办公桌，有工人在钉板。

手机微信有信息了，“咕嘟！咕嘟——”

苏青似乎要逃避现实的纷杂和烦扰，她打开微信：立刻展现了柬埔寨的吴哥窟、丛林、村庄……

慧心，多谢你的鼓励，

说实话那天我其实想加了很多朋友，

但我很少得到回应。

我很无助，幸而有你，谢谢。

她打上回复：

黑城，你现在在线吗？

对不起，我有点混乱。

黑城也马上反应：

在。今天我们去探望了受伤的孩子，

他的腿切除了，医疗设备不足，

可能会发炎。不过他没有哭，

他比我更勇敢。

慧心：

那发炎怎么办？有生命危险吗？

黑城：

不知道，但他还要我教他功课，

他学到第23个字母W。

一下子，生之悲哀逮住了她。

黑城：

你怎么了？

慧心：

没事。

黑城：

告诉你，今天我们唯一一只嗅雷狗“多多”

失踪了，狗链是被剪断的，应该是被人偷走了，

一只嗅雷狗可以卖800美元，

在当地那真是天文数字。

慧心：

那怎么办？

黑城：

我们组织了村民一起找，大家敲着铁罐、

木棒之类包围了村子来搜，把猫、狗、鸡、

甚至老鼠都吓得乱跑乱叫，

这样子多多一定会发出动静，

偷它的人也会害怕，结果我们在围着

废井的篱笆后面找回了“多多”，它没受伤。

慧心会心微笑，她憧憬着，好像看见了可怜的多多……对方又打字了：

黑城：

你可以发照片给我吗？

突如其来的请求令她犹豫了，她呆了一下。

苏青拿着手机自拍了几张，但不满意，

“晕！哪儿像读护士的？”

删！

妖妖和老赵奇怪地看着苏青，他们从未看见过她这样。

苏青假装有事，从编辑部出来，在卫生间的镜子前端详了好一会。

一个谎言开始了，需要用很多谎言不断去掩饰。

不知如何是好的苏青忽然想起什么，从钱包里拿出身份证。身份证上的她是戴眼镜的，短发，蛮青春可爱的，也像学护啊。

咔嚓，苏青用手机拍下身份证上的照片，再美图了一番，深吸一口大气，发了出去。

不一会，对方有回应了：

黑城：

你很漂亮，有18岁了？

苏青鬼鬼地一笑，打回应：

19。

黑城：

能用语音和我说说话吗？我想听听来自家乡的声音。

慧心：

不方便，我在上课。

黑城：

明年毕业？

慧心：

希望。你呢？我也想看看你的样子。

那边没回答，慧心追问：

你几岁呢？

追问没有回应，看来黑城已经退出微信了。

苏青混油似的回到编辑部，发觉实习生、记者、新来的视频编辑都在，不知在忙什么，麦子在电脑前工作。

窗外全黑了，苏青如梦醒般恍惚。

“麦子？”

“在！”麦子慌忙站起来，原来他在偷偷玩手机。

“你记得吗？那次你不是去柬埔寨采访过吗？”

“是的。”

“你听过Kampot这地方吗？我好像有印象的，k、a、m、p、o、t，Kampot，好像是个小村落。”

“不，那里很出名的，”麦子变得忧郁，“离那座村十几公里曾经发现了一个上万人的白骨坑。”

“噢，Shit！”苏青感触地将双手握紧放在胸前。

麦子有些狐疑地看着苏青的反常。

黑夜的江面，渡轮疾驰。

苏青的双眼有着失眠的亢奋，她喜欢渡轮的节奏，让她从工作慢慢过渡回家。

财富英雄相亲会仍然会报道，但等到大开通已经有点晚了；乳癌是吃鸡引致的，在鸡年会是一个热点吧；现在开始，新闻以量先行，质为次，篇幅要短，适合现代人3分钟耐性的范围……

回到家里，她开始习惯晓枫不在家，也没有准备好的晚餐，也没有一个接一个的笑话，也没有下载好的音乐。

电脑屏幕，网站的搜索栏给打上：

地雷

翻书，阅读柬埔寨的种种……

慧心神经兮兮地在手机上急速打字：

对不起，黑城，今天你断线的时候我突然想，

是不是一切不是真的？然后我又想，

是不是你的村子太危险，有游击队在开枪，有意外，

或者地雷忽然爆炸？我还只是个学生，

忽然身体里绷得疼痛想快点长大，快点毕业，

那些孩子，他们没有了腿，或手，或生命…

而我在这城市干什么呢？你为什么不回答？

晓枫不知何时出现在跟前！

“哇！”苏青真的吓了一大跳。

苏青立刻关掉手机，心里扑通扑通、做贼似的。

现在，晓枫的黑眼圈和她的看齐了，憔悴但肾上腺在挤压，令眼神瞪亮：

“今晚我还有两个PPT要做。”

他坐在苏青对面，拿出Ipad，竖起来，打开，上网。

苏青暗中把手机调到了静音，自觉很别扭，找话题掩饰：

“吃过了？”

“都这个点了。”

“嗯，快速鸡的问题，找到肯德基的农场负责人了吗？”

“在家里不谈公事可以吗？”晓枫和苏青怪异地对望了一阵，“我去弄咖啡。”

咖啡壶在煮咖啡。

两人面对而坐，各自在长桌的一端工作。

苏青翻看已排版的那篇报道并加以删改，忽然她感到手机亮了，抑制住兴奋悄悄打开微信，不是黑城，而是——

Eric：

不管你是什么Style，哥们儿我永远是北京房山Style。

文能提笔控萝莉，武能床上定人妻。进可欺身压正太，

退能提臀迎众基。

“无聊！”苏青心里暗骂，心虚地看看对面的晓枫。Eric不是公司的

COO——Mr. Eric Parkinson吗？难道加错人了？

晓枫面无表情地捧着Ipad，他先改计划书，参考一些国外真人秀偷拍节目，带上一只耳机。

手机亮了，又是微信，苏青兴奋地打开一看，却仍不是黑城。

零首付现房，近地铁精装修拎包入住！

想买房，一定要找我哟！

联系电话1860……

苏青不耐烦地刚要关掉手机，忽然又收到信息，打开一看，她振奋地心里怦然乱跳。

慧心，对不起现在才回复你，

这里的网络不是很稳定。

慧心急忙打字回应：

没关系，你收到我的信息吗？

我只是担心你。

写到这，她偷偷睨了晓枫一眼，发现他专心工作，对方有响应：

黑城：

我在我们小学附近的医疗所门口蹭网，

这是村里唯一有Wifi的地方，

但是信号总是时断时续。

有时候我会冲杯速溶咖啡在那里坐一个下午，

权当是泡咖啡馆。

慧心：

【微笑表情】

黑城，我想见你，我想看你的照片。

苏青充满期待地等着，片刻后……

黑城:

很抱歉，我最近状态不太好，我的意思是，

呵呵，【3个尴尬表情】

有点蓬头垢面，下次，好吗?

慧心:

【悲伤的表情】

好吧。你说以前在上海工作过，你是上海人吗?

黑城:

是，我30岁了，以前在徐家汇上班，

太紧张、太现实了，整天为名为利，

忙着炒股票、买房买车，你也喜欢这些吗?

慧心:

不！我这个人爱幻想，对赚钱……缺根弦。

我只是个小女人，希望照顾人，帮人恢复健康。

黑城:

有你这样的女朋友就好了，我女朋友离开了我，

我也不知道原因，还为她自杀过一次。

苏青又偷望晓枫，发觉晓枫也在偷看自己，吓得慌，立刻低头看电脑。

慧心:

是吗?你自杀过?

黑城:

被救回来了，如果在医院遇上你就好了，

你的照片有点像我女朋友，

噢，对不起，你不介意吧?

慧心:

不会。后来你就去了柬埔寨？

苏青偷看对面的晓枫，心里扑通扑通跳，那……那不是真实的，只是虚拟的，只是没料到晓枫在Ipad上也在偷偷用微信聊天，他偶尔瞥一眼对面的苏青，偶尔把Ipad的界面切换回PPT，他觉得自己简直是在偷情，他不止和一个朋友在对话，他打字打得急，用公司给的电话账号和财务部的“华少”聊，还有和一个“孤傲萝莉”聊，还有用私人账号和一个只有卡通人物头像的“慧心”聊！！！

最最不可思议的——原来他就是黑城！

四

黑城：

是，我觉得两个人互相欣赏互相理解很重要，

缺少了这些就等于没有了爱，

倒不如把它献给需要帮助的孩子，

你说对不对？

你男朋友呢？

苏青又偷偷地看对面，好为难地思索了一会，男朋友？怎么说呢？说有还是没有呢？

慧心：

我男朋友？他……

离开我半年了。

晓枫的荷尔蒙分泌马上升级了,但见苏青瞄了他一眼，也有所顾忌。

黑城：

你们分手了？

慧心：

不，嗯……他得了一种……病，

绝症！死了……

死在我怀里的。

“不会吧……太扯了！”晓枫竟然说出声了，言罢他自己也下意识捂着嘴。苏青吓得立刻关掉微信。

晓枫机智地向苏青耸耸肩，补充一句：“公司明天开7个会。”

苏青这才松口气，苦笑地敷衍一下晓枫：“我明天也有5个。”

她又悄悄开了微信，说男朋友死了，还死在怀里，这也真的太扯了吧！善意的谎言可以，恶毒的谎言怎么能呢？苏青恨不得马上撤回，噢，太迟了，对方已经回复了。

黑城：

哦，对不起。他应该很年轻。

苏青没有了退路，反正对方在十万八千里远，谁管呢？豁出去吧！

慧心：

他走的时候，医生警告我他的病是有传染性的，可是我不怕，

我吻了他，他死了，

所以我决心要做护士。

黑城：

慧心，我很妒忌。

慧心：

【两个疑问表情】

以前的晓枫从不玩微信，一旦沾上了竟然无法把控，虚的激情比真的现实更刺激、更曲折、更赤裸……

黑城：

我想我可能爱上你了。

慧心脸红得像给火烧，胸口胀闷，几乎晕了！怎么办？她需要冷静下。

晓枫不自然地咳嗽了几声，抬头，忽然看见苏青的脸已经凑过来看着他！幸好他一秒钟前及时地将Ipad转到真人秀。

“说要工作的，一会儿上微信，一会儿看电视！”

“是真人秀，参考嘛，日本人就是那么疯癫，没底线的。”

苏青坐回自己的座位，又做回那个纯情的慧心。

不可能的。

怎么会爱上我呢?

我们才……

黑城：

你也想我是不是?

慧心：

太快了，不可能的。

那个邈远的世界感觉居然比眼前的世界更真，令人身心解放、情欲驰骋。其实《阿凡达》不也是这样吗？观众对那个双脚瘫痪的军人没多大兴趣，由他的DNA克隆出来那个奇幻世界的人物才吸引观众。晓枫明知在那个从没去过的异国小村落里，那个黑城是从自己的DNA虚构出来的，只是游戏吧，他可以放胆任性，不需要负责任。

黑城：

可能的，我需要你!

你是我这悲惨世界里唯一的安慰，

你是守护我心灵的天使，

我需要你的拥抱，

让我坚守信念和残酷对抗，

可能明天我会被地雷炸得支离破碎，

在你怀里我永远还是完好的，

是不是？

慧心：

是。你不会有事的！

你答应我不会有事的！

黑城：

你可以抱我一下吗？

慧心：

我抱你！我抱着你了。

黑城：

我需要，和你更亲密。

苏青吓得关掉对话框。

晓枫也抬起头，他面红耳赤的，突然被扔回现实中，不知所措！

咖啡壶快烧焦了，水几乎干了，焦烈的“pok pok”响。

“我来吧！”起身跑去，以免晓枫发现她腮泛绯红。

咖啡焦了，苏青端了小半杯给晓枫，她也回到电脑前，呷了一口咖啡，偷偷地又再打开话匣，那句话很唐突地现在眼前：

我需要，和你更亲密。

情难自已，晓枫在试探底线！

苏青考虑着，也许应该放个假——道德的假期，她迷糊了。

慧心：

怎么亲密？

黑城：

我很需要你，让我吻你的眼睛吧，

吻你耳朵，你的手，

你的唇……你很香。

慧心：

你闻得到？

黑城没有发现自己呼吸混浊，他已经不理了：

你现在就在我怀里，闭上眼睛，

听听我的心跳。

慧心闭上了眼……

黑城：

你是第一次吗？你才19岁。

慧心：

我……是的。你别这样，太快了。

黑城：

不，我等了你很久很久很久，

在你没出生之前已经等你了。

这次晓枫上班以来，好像有很多晚上"一宿无话"了。

今夜，床头灯亮了，两人洗了澡各自平静地躺下，背对着各自惦念着刚才热辣辣的对话。

黑城：

我爱你，慧心。给我好不好？

慧心：

不，我害怕……

突然晓枫翻身来抱苏青，她闭上眼，现实中的情天欲海一下子爆发。

黑城：

什么都别想，我会很疼你的……

放心把自己交给我，

现在我要你爱我，很爱很爱我……

床上，苏青和晓枫激烈而温柔地缠绵着，他们的思绪却都回想那个虚拟世界中的他/她，热情奔放的是黑城和慧心，还是晓枫和苏青？

“囡囡……”

“狗狗……”

噢！更复杂了。

在拉上窗帘的大会议室里，投射在银幕上是一幅复杂而精确的网站架构图。

晓枫瘦了但精神旺盛、充满自信地在讲解他策划的项目。

董懂和洋COO都热烈发言，上下一片朝气和斗志，大家都梦想着一个新的王国出现。

苏青也消瘦了，她也附和着，但内心空洞的她显然已不属于这里。女人特别容易被催眠，男人特别容易“入戏”也容易“出戏”。

慧心：

对不起，那天晚上我们是……

很不对的，我连你的样子也没见过，

我们已经……

黑城：

这就是你逃避我，不回复我的原因吗？

茶水间，晓枫和麦子指导着技术员调试隐蔽镜头，妖妖等从旁协助。

与此同时，大会议室的投射银幕前，董懂、苏青，和市场部的朱迪招呼一些客户参观测试器材。

晓枫示意妖妖和自己暂时做演员，在茶水间走来走去试位。

妖妖雀跃不已。

“顾总，”妖妖毛遂自荐，“其实我从小就很喜欢演戏的，还去考过上戏呢！……你看，我有没有机会呢？”

晓枫不置可否。

麦子在监控室调度5个画面。

苏青从投射银幕上看到晓枫和妖妖，有点莫名的醋意，内心真矛盾。是眼花吧？苏青看到投影银幕上竟然出现字句：

黑城/晓枫对慧心/苏青说：

那是毕生难忘的一个晚上，是真的，

比真实更真的另一个世界，

那是我们的前生，你知道吗？

是前生我们发生过最激烈的一个晚上重现……

她一脸浪红，董懂先发现，接着客户们也看着迷乱的苏青。苏青乍醒，幻觉消失，尴尬地整弄一下头发。

12点敲钟……

午饭时间一到，外滩的街上冒现了大批上班族，像幽灵的贵族般拥挤着。

公司大厦的大门，苏青独自出来了，不久，晓枫和同事也出来了，但接着便跟他们分手。

晓枫走上了电动的行人天桥，在酒吧街附近身边突然出现了苏青，他并不奇怪，因为是约好了的。两人鬼鬼祟祟走进横街，步伐一致地愈走愈快，并不交谈。

前面二楼伸出一块“半价钟点房”的宾馆招牌。

刚好走到宾馆楼下时，妖妖和两三个新同事从隔壁餐厅出来，碰上了他们。

两人很自然又配合地分开了一点，晓枫还机警地假装看橱窗。

“嘿，这么巧，来吃饭？”妖妖分别打量着苏青和晓枫。

“对……嗯……我们刚巧碰到……”晓枫若无其事地说，“不如大家一起？”

“我们吃完了。嘻。”

“那再见。Bye！”

晓枫与苏青大大方方地走入宾馆隔壁的餐厅。

等妖妖和同事们走远了，一会儿，晓枫先伸出头来，看见他们消失于拐角，又谨慎地看看另一边，才与苏青走出餐厅，火速奔向隔壁宾馆。

宾馆的房间内，两人迫不及待亲热，衣服也不脱。但明显地，苏青的眼神是遥远的，她是否觉得晓枫陌生？

外滩的马路又堵了。

热闹的市区，各种广告牌上是最新的整形和性感美女的微笑。

电子屏幕报告了证券指数上升。

渡轮码头，一阵人潮涌出。

他们俩仰躺在宾馆的床上，喘着气。

“对不起，我还没准备好……也许是工作压力。”

“还有20分钟，又要开会了。”

“去他妈的开会！上班开会，下班还要陪打麻将，我现在终于知道什么叫作‘钱难赚屎难吃’！”

“出来工作本来就是这样。”苏青语带讽刺。

她起来整理衣服，晓枫突然上前从后抱住，他又行了，连自己什么时候兴奋也无法控制。

“啊……”

她闭上眼睛，幻想着黑城，房间内喘息和衣服的窸窣声音……

突然，晓枫诧异地跪在床上，急喘着，满面通红看着苏青：

“为什么……你……怎么回事？”

“狗狗，我……” 苏青以为秘密被识破了，忽然又想哭，变得出奇的脆弱，“我知道早晚你会发现的，我……我也不明白为什么会这样。你别生气，你听我说……我答应过什么都跟你坦白的，无论发生什么事——”

“囡囡……”晓枫的手感觉湿湿的，“你不是……两星期前才来过月经吗？”

“啊！”看看裙子下面，害羞地合上腿！

“究竟怎么回事？”

“我怎么知道是怎么回事！”苏青也害怕，一切都失控了。

董懂、法律顾问、人事部副经理、晓枫，大家神情严肃，已经是晚上10点了，开什么会？

“目前集团上市筹备进行得很顺利，”董懂发言，“上面说了，网站的开通必须大张旗鼓，一鸣惊人。所以我们就必须更加努力地劳逸结合。”

原来几人又身处包间之中，依旧是烟雾缭绕，麻将声、谈笑声再度响起。一个穿着旗袍的女服务员为大家倒上茶水。

“再给我一支啤酒，谢谢。”

女服务员微笑递来一支啤酒，晓枫身边已有几支空酒瓶，他似乎想借助酒精逃避这令他厌烦的麻将局。

晓枫喝了口酒，觉得有些晕乎，董懂和其他同事一直在聊天，而他好像已经“神游”很久了，他们说什么也挑不起晓枫的兴趣，直至……

“告诉你们我最近在微信上认识了一个女孩，嘻，我自我介绍又有钱，但很寂寞。她想看看我照片，我发过去了，然后问：‘出来喝一杯好吗？’”

“不会是酒托吧？”

“她怎么说？”

“过了会儿，她回复了，说：“老爸，这么晚还出去干吗？”

众人一阵大笑。晓枫没听明白，但也跟着附和。

“网上搭讪能搭到自己女儿身上，你也算是极品了。”

同事们继续笑着，但是晓枫神情复杂而尴尬。

“这种事，连你们编剧也写不出来吧？”董懂对晓枫说，“唉，晓枫，关于那个真人秀呀，公司有很大的期望，但主角方面，最好不用演员，用公司的人吧。你看，这样的宣传就很棒——‘小职员都可以有大梦想’，嘻，你以前搞过电影的嘛，你有没有想过做演员呢？”

“我？”晓枫一脸惊讶。

“昨天你和妖妖在镜头前走位，正巧客户来参观，客户一致认为你们就很合适，很真实。他们想要你演。”

这世上，其实每个人都想做至少一分钟的主角，婚礼上的新娘新郎、生日会上的寿星……沮丧的晓枫被一种虚荣和未可知所撼动了。

他深夜回家，倦极了，闻到身上的烟味，脱了衣服，心情也糟透了，本来想打开Ipad上网，但想了想，又关上。

他进卧室，看到苏青似乎已经睡了，但床头灯亮着。

“囡囡？”他在床沿上坐下，轻按她的肩。

“嗯……”苏青迷迷糊糊地回答。

“囡囡，我有件事想说……想，告诉你……”晓枫眼里泛着泪光。

“wo shi ro mo a……”

是呓语吗？

“囡囡？”晓枫发觉她全身发汗，摸摸她额头

晓枫出去拿湿毛巾来替她擦身，又敷了冰袋。苏青舒服了，躺在他怀里，他轻轻抚弄她的头发。

慧心：

黑城，我已经是你的人了，

你知道吗？我其实是有人追的，

可是他们一碰我我便起鸡皮疙瘩。

我爱你，

我已经不能再接受别人了。

黑城瞪着眼，困得不似人形：

这世界上，现在，只有你最实在，

一切都不重要了。

慧心迷糊中搂紧黑城：

我要见你，一定要。

黑城也本能地搂紧慧心：

……嗯，我这几天刚好要回一趟上海，

我也想见你！只是，我害怕你失望。

慧心：

时间？地点？

黑城：

下周一外滩的钟楼底下，

11点，不见不散。

慧心：

亲我。

闭上眼，温柔地亲在她额上。

细雨中的外滩，尖耸的明珠塔躺在薄雾中。

公司里，董懂陪集团大老板来巡视，身后跟着一帮高层，保安如临大敌，气派非凡。

近窗口那边修装好了，IT部、各频道主管在旁欢迎。

这边杂志部，苏青被介绍与大老板握手，她今天化了淡妆，穿的也特别花了心思，极力装年轻。她跟在队伍后，突然乘机闪身溜走。

晓枫本来在董懂身边，慢慢落后了，转身想离去之际……

"顾总！"麦子追上来。

"嗯？"

"那片子剪好了，董懂说要你最后过目。"

麦子已很多天没睡，红着眼。公司上上下下谁不是这样？

"哦，下午吧，下午。"

他牢牢记得今天是星期一，快11点了。

"不，马上，大老板巡视完了，做15分钟模拟的网上聊天，之后就要看这个。"

晓枫急也没用，他必须先完成工作。

外滩某高楼大厦。

楼下的广场。

一尊极具当代艺术感的雕塑后面，苏青打着伞在等。

她刚到，脱掉透明雨衣拿在手里，里面穿的是白裙子、白鞋子，头上竟然扎着一个粉红色的蝴蝶结，她企图摇身变做19岁的慧心。

她看看表，取出小镜子补补妆，心情忐忑。

几个高中生模样的年轻女生结伴经过苏青身边，用奇异的眼光看了看她，偷偷嬉笑着离开。

11点半了！

这时，晓枫从公司大厦的大门奔出，他想拦出租车，但等车的人已经排起了长队。

他边跑边脱掉西装，塞进小背包里，连伞也忘了带，幸好只是小雨。跑着的他时而微笑，他渴望着相见，此刻他真的变成了黑城。

高架行人天桥上，他跑着，看看表，急坏了。

这边，慧心失落了，雨街车过，特别冷清。本来她还为黑城想借口的，飞机误点、上海堵车、也许坐地铁下雨，现在正往这边跑过来吧……

黑城跑到地铁站，拐弯，已经看到大厦了，他绕到邮局后面的楼梯下地面。

已经发了十几条微信，没回复。

苏青生气了，离开了，可是想了想又折回来，还想等。会不会在柬埔寨那边又发生什么事了？误触地雷了？又打仗了？

黑城终于赶到了，他才看到微信，她会不会走了呢？他收藏了慧心的照片，戴眼镜的，人呢？人呢？

铜像后面有人打伞在等，是个女孩，他欣喜若狂。

他喘气喘得要死，步步逼近雕塑了。

慧心就在雕塑后面，打着伞。她不恼了，眼神只流露着失望的幽怨。她应该走了的，但她好胜、执着于另一个不存在的怀抱。

黑城已走近雕塑，正要叫她时，忽然码头的大钟敲响了钟声！

大钟指着12点整。

黑城想起苏青，动作悬在那里，哑了。慧心听着钟声也想起晓枫，矛盾之极。

钟声一下，又一下地回荡着，当初他们俩一到12点就要闭目思念对方的盟誓似乎变成了嘲讽，如同钟声一般一下、又一下地敲打在两人的胸口。

苏青忍不住回身绕过行人看那钟楼。

晓枫已不在了。

她无计苦于这一下一下的撞击，直至世界还给了虚无。

码头的人漠然无关，地上是干的，也不像下过雨。

这一天星期天，终于两个人也一起放假在家了。噢不，六个人不同的平衡空间：

苏青/慧心/囡囡；晓枫/黑城/狗狗。

“周末放假，我们最大的消遣就是呼呼大睡，失眠已是太奢侈了，这是网络时代最伟大的贡献。”

床上两人不管窗帘挡不挡得住外面白灿灿的阳光，或鸟在吱喳叫，沉睡如死。到黄昏了，晓枫惺忪醒来。

“囡囡？”

苏青摇也摇不醒。

晓枫起床，到客厅时，慧心却已坐在沙发上看着手机，他好像看不见，径自去露台吹风，喝啤酒，何时开始这习惯的，他也搞不清。

夕阳照亮他一脸的须根。

趁晓枫上卫生间，一有机会慧心便开微信急速发信息：

慧心：

> 黑城，我还在等你，
>
> 你不能就这样消失的！我不允许！
>
> 这对我不公平！回答我！

黑城老师，时而在卫生间，时而在阳台，失神地远望。

晓枫望着江面眼睛很累了，站久了，他坐下，在露台的双人摇椅上。奇怪了，旁边原来已坐了黑城，晓枫再开一罐啤酒，也邀请黑城喝，黑城不要，他眼中有泪，膝上的Ipad没有打开。

慧心：

我想知道你是不想见我还是
因为别的缘故。黑城，你知道吗？
你不存在的话，我一切意义也就没有了，
也许我应该到柬埔寨找你，
也许你的小村庄和孩子们需要我，
使我更有勇气生活下去。

在卧室，苏青睡醒了，天亮了，身边是空的。

进厕所，发觉晓枫在淋浴。

她蹲在马桶上如厕，茫然地想着……

囡囡：

“狗狗？狗狗！”

狗狗关了花洒：

“什么？”

囡囡：

“你上次写给我的东西，在卫生纸上的，我只找到9张。”

狗狗：

“喔。”

囡囡：

“一共有几多张的？”

狗狗：

“14张，是一首莎士比亚的十四行诗。”

囡囡“嗤”的一声笑了：

“莎士比亚有你这么肉麻！”

一宿无话。

苏青穿好了上班的衣服走出客厅，慧心原来已趴在沙发上睡着了。她视若无睹穿高跟鞋，拿锁匙，收拾零钱杂物入手袋，匆匆忙忙准备出门，回身向卧室大叫。

“晓枫，可以走了吗？”

“可以了！”

晓枫披上了西装出来，去弄咖啡。

苏青突然听到手机微信“咕嘟”一声，她紧张了，穿着一只高跟鞋跑到沙发旁，摇醒了慧心。

“嗨！有信息，有信息呀！”

慧心醒了，立即打开微信对话框……

“——啊！——是黑城！”慧心大叫。

露台的黑城回头看……

浴室里的狗狗也听到了叫声……

晓枫端着咖啡吃了一惊……

囡囡从房间睡眼蒙眬地伸出头来……

囡囡：

“怎么了？”

黑城：

慧心，谢谢你没有放弃我，

我那天爽约，是因为出了意外。

慧心：

意外？什么意外？！没事吧你？

其他人消失了，只见黑城坐在摇椅上，他眼神忧郁，身体衰弱，还有点晕。

慧心收到一张照片，是柬埔寨的雷区，狼藉一片，心里有不祥之兆。

黑城：

我准备回上海的前几小时，
因为和平部队刚好来协助扫雷，
我要带他们去可能埋地雷的地点，
我一定要去，因为这有关孩子的生命安全。
可是，有人误触了地雷，
在公路旁边的草丛，我离他不远。
也晕倒了，醒来已在医院，
但下半身麻木了。
孩子们摘了些野花来看我，
可我还骂他们，
因为那片摘花的草地是最危险的！

慧心泪满一脸，惊心动魄的场面如在目前。

慧心，我可能以后也不能再走动了，
我的残缺，只有在想念你的时候才完整。

随着黑城的述说，一张又一张照片传到了慧心的手机上，都是医院的伤者。

慧心被撕裂了：

黑城，我爱你！我爱你！我爱你，

我要照顾你，给你治疗，

你一定会好的，我爱你…

她还疯狂地吻手机屏幕。

摇椅上的黑城也闭上眼睛，双手轻轻抚摸Ipad屏幕上的慧心……

虚则实之，实则虚之。

六个人的身躯慢慢变得缥缈，激情、冷漠、爱、误会、背叛、记忆、伤害和不舍……

“啪啪啪啪”，香槟瓶塞开了，泡沫喷射。

董懂和洋COO等高层人员喝香槟，祝酒称贺，喜气洋洋。

“Congratulations！”董懂向Eric、集团的财务总监道贺过后，特别和晓枫握手，“晓枫，你是公司上市成功的功臣，一定要干杯！”

晓枫发觉自己跻身在高层之间，不免得意了。

在普通同事中间的苏青看着男朋友风光，心里有点酸但又高兴地拍手。

“好了，各位！”董懂拿起麦克风，想卖弄一下幽默，“这几天你们听我开会发言一定都快听吐了，所以今晚我尽量少说，但最后要宣布是和你们每个人都有关的，重要的是跟钱有关。”

台下反应热烈，有人喊加薪、有人喊股权……

“哈哈……没错！是认股权！”

董懂秘书和助手已开始按人名分派文件套，人们乱哄哄了。

“哦，已经发了，好！这是按照每一位同事的贡献和职级来定的。我们每股定价比上市的底价高出……”

董懂又卖关子了，看看手上信纸，让大家猜。

“两元！”

“三元！”

“八元！”

“哈哈好，太贪心了吧！”

“高出三块八——”董懂揭晓了，“‘生又发’！”

围着的同事们都在欢呼，吹口哨……

“做满一年，你们的认股权就可以兑现了，所以，从今天开始你们的努力、你们的表现，是直接影响到明天的股价！所以我们不惜夜以继日，为了网站大开通，冲刺！冲刺！”

“冲刺！冲刺！冲刺！”众声热烈响应。

“好好好。”董懂举杯宣布公司派对开始，“今晚大家尽兴吧，不醉无归哦！”

音乐播出，灯光也调暗了，他率先领着秘书跳拉丁舞，其他人也纷纷凑兴。

苏青在一角打开文件套，晓枫悄悄走过来，已喝了好几杯的他一脸春风。他提起香槟酒杯，在泡沫后面看到人们扭曲的舞姿。

“怎么样？多少？” 晓枫低声问苏青公司分配了给她多少股权。

“你呢？”

晓枫举指头表示六。

“6万？”

他一笑摇头。苏青懒得猜，

“60万股！”在苏青惊叫之前，他还提示她，“嘘……”

苏青再无法大方了，一口干了香槟。

“恭喜你了，如果到明年能保持价位，你有228万；如果每股升一块钱，哗！”

“那你多少？” 人在得意时问了最不该问的问题。

“不说了。怎么跟你这功臣比！” 苏青从经过的侍应托盘中又取了一杯香槟。

晓枫也取了一杯。

“嗨，这不对嘛，我都说了。”

“真讽刺，你不是很讨厌股票的吗？”

“我不是炒，是凭实力。”

“是吗？”苏青委屈得想哭，“我在这里从记者到编辑、高级编辑、策划，快8年了！一年当中到处飞，连叙利亚也要去。是叙利亚，不是巴黎啊！”

真不是时机，妖妖笑嘻嘻、醉醺醺地走过来。

“顾总！来，跳舞吧！”不由分说把晓枫 拉走了。

苏青又一口把香槟干了。她回到编辑部，扰人的音乐再次传来，把文件套抛入抽屉，一踢关了它。

编辑部只有老赵一人，他桌面总是有最多工作的。

“头儿，我先走了。”

苏青还以为老赵不喜欢派对，但立刻发现他拿着大信封，神色惨然，料到了七八分。

“这些年，谢谢你。”跟苏青握手。

苏青什么也没说，只有一股隐隐的悲凉，她一口气干掉香槟，目送着老赵落寞的背影慢慢消失。

她低头看手机，好像已经上了毒瘾，她紧握手机，屏幕的荧光照亮了她的面，这是个令人麻醉的世界，谎言才是生活，当生活比谎言更……

众同事忘形起舞，把连月来的疲累和压抑得到宣泄，妖妖和晓枫跳得亲热、激烈，甚至下流。

麦子、董懂、洋COO和公司的客户全都有女伴，欢狂放纵。

晓枫突然发觉苏青也在人群中自顾自起舞，她肯定喝醉了，因为她的衬衣解开了两颗纽扣，连胸罩也看到了！

他想护住她，董懂却抢先搂着她跳了。董懂本为碌碌之才，能够坐上高位主要就是善于抢占先机。自从那次苏青无缘无故地当众扑倒在他怀里，他就动了心了。不过他深知苏青不是真的投怀送抱，肯定是搞错，苏青的男朋友肯定潜伏在公司里，他一来很忙，二来他惯于谋而后动，三来他要查出苏青的男朋友是谁。很快，这老狐狸已经确定是顾晓枫了，所以他故意拉他去打麻将，让他喝酒、抽烟，变成另一个人，这样苏青就不认得他了，还有提议让童颜巨乳的妖妖和他搭档做真人秀，促成两人一对；还有故意给顾晓枫更多的认股权，造成他们之间的顾忌、矛盾。董懂什么都不懂，其实他什么都懂，尤其是精于整人、斗人、玩人……这才是有钱有权最过瘾最享受的权利。

今晚，苏青这样失魂落魄忧郁求醉无疑是最佳时机了，他是看准了才出手的，今晚她跑不掉。

他搂着苏青，跳得比谁都更亲密、更大胆……

苏青居然接受！

董懂所料不差，当然，不然他多年潜心研究《鬼谷子》《厚黑学》有屁用！

晓枫看不下去了，他取了支红酒，在IT部找到一张沙发，一个人在昏暗中喝闷酒。

玻璃墙幕外是参差的夜景。

他用手机打苏青电话，没人接，他发了短信：囡囡，我们回家好不好？

为什么他没有给慧心发微信呢？他醉了反而清醒了吗？难道他在意识的底层只紧张苏青？难道……

忽然他发觉妖妖坐在他身边，一头靠在他肩上。

“打给谁呀？” 妖妖拿过晓枫的红酒，夺过他的手机，“别管她了，总之今晚你是我的咯，好不好？”

晓枫没搭理。

“顾总，谢谢你让我演真人秀，到时候我一定会争取好表现的！谢谢你给我这个机会啊。”

妖妖简直就是在表白了：潜我吧！

她先喝了一大口红酒，突然搂住晓枫吻他的嘴，把酒灌下他的喉咙。两人在沙发上拥吻……

妖妖突然又推开他：“我……我尿急……我一兴奋就这样子的……等我！”

真还是假？无论如何，妖妖跑去了卫生间。

晓枫被吊了半天。

跳舞的人堆……

那边的灯更暗了，苏青身上的手机震了，她看了看，也觉得留下没意思了。

难道她在意识的底层只紧张晓枫？难道……

“我回家了。”

董懂怎么会罢休？他跟着她，坚持要送她回家……你懂的。

“我送你。”

“不用，到码头而已。”

“你醉了，走路吹风不好。”

这种状态下，只要你坚持，表现男人的风度嘛，绝不会被拒绝的。

沙发上的晓枫醉得闭目假寐，他没看清楚身边谁坐下来便继续接吻了，但感觉不对……

他睁眼一看，亲他的竟然是麦子！

麦子原来！人生呀！

晓枫如梦初醒般地大力弹开，还跌在地上，也不理那么多了，马上走去跳舞那边找苏青。

“切！还以为你品味独特……”麦子看着晓枫狼狈离开的身影。

这城市里，单身孤独的人何其多？麦子也醉了，他拿着手机摇一摇，什么陌陌、同城相约……他不会寂寞的，但永远孤独着。

“喂，‘航母style’？我喝醉喽，你在哪里？”

妖妖回来了，在跳舞的人群碰到晓枫，迫不及待地……

“苏青呢？”

“跟董懂走了。”妖妖意味深长地说。

他突然心跳，五脏如同火烧！

五

晓枫沿着江边走，四处张望，不见苏青踪影。外滩灯饰格外辉煌，他格外惆怅。董懂喝醉了还开车？

董懂开车把苏青载去码头，但经过码头了，再往前面僻静处才停下来。

“到了？谢谢。”苏青才睁开睡眼，却总解不开安全带。

董懂帮她解开安全带，假装不小心碰到她的胸，突然压住她。

“嗨！你……”

“给我5分钟，5分钟，给我5分钟……”

黑夜的江边，波涛声和对岸的稀疏的灯光，一切显得夜深人静，突然传来董懂的几声惨叫声！

奔驰车门被推开，苏青手里拿着一只高跟鞋，脚上穿着一只，逃跑似的狼狈地跑向码头。

她一拐一拐来到闸口附近才定了神，喘着气，穿鞋子又站不稳，几乎摔倒。

一个男子本来扶着墙呕吐的，此刻他退身出来看看发生了什么。男子是晓枫！

晓枫看到苏青的上衣差不多全被解开了……

其实他们最渴望见到的人就是对方，期待彼此拥抱、亲吻，互相扶持回家，珍惜地握着双手倾诉，和好如初。结果往往相反，能回去吗？

晓枫在收拾东西，衣服压进行李箱内，苏青在客厅对着电脑打字。

“书你不拿？书都是你的……”

“不了，你不是叫我少看这些文艺腔的书吗？”

“晓枫，我不想吵架！好聚好散不行吗？”苏青把U盘放桌上，“你的东西我全拷在这里了。”

“谢。”

晓枫挽行李箱，背起笔记本包，把一串锁匙放桌上，似乎他并没有什么值得留恋。

晓枫正想开口说再见，“别说，别……就这样走比较好。”苏青不敢看他，挥挥手。

晓枫也感到很无奈。苏青听着他出门的声音，大门关上了，她维持着那个姿势，坚持不哭。

生活仍必须继续。

他们在公司碰到也无须装作不认识了。

苏青还继续联系伊万卡，透过她的闺密——在上海拥有一套天价四合院的离婚富孀，不过她最近忙于交男朋友。伊万卡最近已经被媒体定性为“政治不正确”的人物，采访的事也就无疾而终。CEO相亲英雄会被匿名人曝光了，在全国怒骂吐槽下，活动永久性取消。世界卫生组织证实了“快速鸡”会引发癌症的说法，美国快餐连锁店全面退出中国了，苏青仍然坚信新闻有能力改变社会，不过最近事事已渐失去掌握。

“昨天你不是台词、动作、走位什么都试好了，怕什么？”

晓枫和苏青还需要合作，在茶水间指挥工作人员彩排真人秀。

“哈哈，不行啊，”妖妖紧张得又嚼一块口香糖，“你不喊开始我怎么知道到底什么时候说话呢？什么时候停呢？如果一遍演不好，能不能重来啊？我不懂呀……啊……嗨……咳咳……”

Shit！妖妖吞了口香糖！

晓枫帮她拍背，她面红耳赤地张口想吐却吐不出来，快窒息了！

“快……送我去医院！”

全部人都看着她，她抽抽搭搭地哭了，哭了，口香糖咽下去了也就没事了。

晓枫和苏青面面相觑。

“都是你想出来的，现在怎么办？”

一个小时不够，真人秀就要内部直播，多少老板、投资公司、Fund经理在看着。

“我说了找演员的嘛！是董懂坚持要找同事的。”

“好了，好了，找同事演，妖妖，上吧，快到你了，进去哭吧，自己喊‘Action’，自己喊‘Cut’吧，那才够逼真呀。”

晓枫无语了。

前奏开始：

大会议室的银幕上出现了几个职员，正排队斟水的时候，有个女同事正要俯身按水的开关，后面的男同事故意站贴她后面，她一弯腰，屁股便顶到他下身。女同事怒瞪着他，他还嬉皮笑脸，接着二人吵起来了。

在临时的监控室的大会议室里，董懂看着看着被逗乐了。他前面的电脑网页下方出现一个小界面，是幕后主持人。

“哇塞！这样也行？那我就要请问各位网友了，你觉得这样是否已构成性侵？办公室性侵的尺度又怎样界定的呢？”主持人实时评论。

“当然是性骚扰啦！那个猥琐大叔！还用问？大家评论，来！吐槽！打分！”

公司不少职员也上网评论。

茶水间，晓枫推门进入，里面偷懒闲聊的人见他进来都收敛了。

“顾总……”众同事跟他打招呼。

“Hi。”晓枫他独自去冲咖啡，同事们纷纷退出。

最后一个也准备离去。

“走了？”

“今天星期五，我们下班约说好了去K歌，你也来吧？”

“谢了，玩开心点。”

晓枫寂寞地坐着喝咖啡。

这时门又被推开，进来的是苏青！

大会议室的董懂看了，惊诧不已：“怎么……换了她？”

麦子和妖妖等在监控室也一脸诧异。

“你好。”

“你好。”苏青也同样冲咖啡。

“这么久没见了，坐，聊聊。”

苏青拿着咖啡坐下。

“还恨我？”

谁都不懂晓枫在说什么，但董懂他懂，他们俩是男女朋友，这才够真实。

“恨人很辛苦的，犯不着。你呢？有女朋友了？”

“下次找女朋友，别找同一家公司的，又不想公开，是不是你们男人都喜欢偷情？”

“喂喂喂，是你不想公开的，不是我！我们可以做朋友啊，别这样好不好？”

这也是虚则实之，实则虚之吗？

在大会议室的董懂看着手中的剧本：

“台词也改了？”

茶水间里的虚拟喜剧继续……

“下班了。”苏青起身。

“急什么？你约了人？还是有人来接你？”

苏青站着，也不想真的走，反正回家也无聊。

“为什么？我的第六感告诉我你已经有男朋友了，可是又常常一个人。”

苏青大脑一片空白，她忘记了台词。没关系，即兴更有真实感。

“你这么匆忙要离开，是害怕见到我，因为你心里还——”

有我……这句晓枫还没说。

“回见！”苏青气了，拉开门时，发觉外面锁上了，“锁了？”

晓枫也起身，紧张了，戏做得不错。

“没有人呀！喂！我们还在里面呀——”苏青拍门大叫。

晓枫过来拉门也拉不开。

“我手机还留在办公桌上！你的呢！唉，没法打电话了！”

“唉……真的，锁门也不先看看里面有没有人，神经病！”

“星期天有中国好声音嘛。”

“你什么时候也看娱乐节目了？”

“不是我，我说那些保安呀！他们赶着去看节目嘛。”

“那怎么办？难道要等到星期一吗？难道还要我跟你一起待多久？一

天？两天？48小时？” 苏青想哭了，也想打人。

“我怎么上厕所呀！”

大会议室内，董懂看得可忘形了。

“哈哈！不错！灵的！影帝影后呀！”

电话响。

“董董，总部电话。”秘书递给他电话。

董懂接听了：“喂……是……是……嘻……谢谢！”

他回身向众人打了个OK手势。

“击点率84万了！”

茶水间内，苏青找来了零食，吃饼干、虾片……

“如果刚才不是你说，‘坐，聊聊’，我哪会被困在这里？我跟你还有什么好聊的？现在你看，我失踪了，我人间蒸发了，这还不是最糟糕的，最糟糕是被迫要跟你……”

“你们女人为什么总是爱埋怨呢？找方法解决问题嘛。”

“现在怎样解决你说！”

晓枫也无计可施。

突然轰隆一声，室内静得令人不舒服。

“好了！好！连中央空调都停了，你们男人为什么总是解决不了问题？”

晓枫又气又无能为力，没人知道他们是真的在吵架，在冷战，在互相讽刺、伤害。

网页下方小界面上，主持人又继续点评：

“有点儿意思了啊……办公室的一对旧情人，一次小意外引起了大吐槽。现在，如果换做是你，应该怎么解决呢？但首先，最大的问题是什么？”

有人在网上留言讨论：

问题是男女本身的形而下问题，
一男一女锁在一起不是天意吗？
浪漫的定义正是这社会现实中的不可能……

威武啊！要是能把我和我们公司女秘书
锁在一起多好，就有
机会表白了！求被锁！【哭泣图标】

女人说得对，男人永远都解决不了问题！
她的鞋是香奈儿的那款吗？
怎么看着像A货呢？

同事们很投入地打字上网发表意见。

茶水间开始很闷热，苏青脱掉外套，汗已湿透，衬衣都透明了。

她把能脱的都脱下：手表、耳环、丝袜……

观众之中，尤其是董懂不自禁地意淫了。真没想到，他们戏假情真了吗？

“嗨！嗨！”

“又怎么了？”苏青正要脱另一只丝袜。

“如果现在有人来了，开门了，看到——”

“你是那么重视其他人的看法的吧？你总是把我的感受放第二位！”

晓枫怒击桌子，吓得她叫了。他拉开放杂物、餐具的抽屉，找到一把涂果酱用的刀。

“噢！这个，这……他们来真的吗？”董懂脸上充满疑问，他其实马上想到买了保险没有。

外面所有人都担心了，不知道是真人秀还是秀真人。

苏青只是瞪着他，看他想怎么样。

“为什么？”晓枫眼中含泪，“别人骂我、讽刺我，甚至扇我一巴掌我都没事，都能应付，但是你……你简简单单一句话……我都很痛！”

苏青的情绪翻腾，晓枫被真实的晓枫上身了：

“从分手那天开始，我每个晚上都在回忆，从那天我们在海滩一起聊了一个下午……其实我失业了两个月了，想自杀，但是你陪我坐在岩石上聊天……你不记得了？”

“记得有什么用？往前看吧，过去有什么用？我每一个细节都记得……到黄昏太阳快下山了，虽然天空云彩变幻很美，但我仍然看到的只是一片灰，突然一个大浪打过来，我们不是马上站起来去躲吗？我拉着你的手……身上都溅湿了……浪退去了，我们还想着能不能再坐一会，但原来……”

“我记得，我当然记得。”晓枫在回忆中不期然地会心微笑，没想到苏青记得那么多那么细。

“岩石的洞里居然有一条彩色的鱼！嘿，真有意思，一个大浪给我们带来的，你知道吧！我是个爱逃避、自命不凡、甚至有自杀倾向的人，是你把我…带回来的！”

两人再没说什么了，拥抱着，他们都被汗水或泪水湿润了。

大会议室的所有人，甚至总部的老板、基金经理都被眼前的戏剧所迷陷了，他们开始忘记了点击率了，尤其是当晓枫突然提出：

“我们结婚吧。”

“什么？”苏青大为诧异，虽然她意识到大家已经不按剧本演了，但这是什么意思？

在晓枫想说话之际，苏青已经吻上了他，恐怕他改口。

董懂看呆了。

所有人都看呆了。

主持人忘记了点评，同事们也忘记了评论。

福利啊！

两人在茶水间争分夺秒地亲热。

“你很喜欢小孩子，我知道，我们要个孩子吧，好不好？”

苏青什么也愿意，闭上眼，觉得这一刻她们互相拥有，也拥有全世界。

“不要离开我，我需要你，让我吻你的眼睛吧，吻你的耳朵、你的手、你的嘴，你很香……”

本来迷醉在这浪漫境地里的苏青忽然醒过来了，这不是在微信中黑城说的话吗？

“你闻得到？”苏青试探地问。

“你现在就在我怀里，闭上眼睛听听我的心跳——”晓枫也奇了，也在试探。

苏青推开他：“黑城？”

晓枫也傻了，在倒退时几乎摔地上：“什么？不会吧？你不会吧！”

看到这里，董懂看不明白了，没有人明白。

“另一个世界，那是我们的前生，”苏青继续说在微信上的话，“你知道吗？只是前生我们发生过最激烈的一个晚上重现！”

两人退得距离更远了，却都接近崩溃边缘。

“怎么会是你？你说谎倒是很流利啊，什么19岁，你还说自己是处女！”

苏青气坏了，她清醒过来了，到处看，找镜头。

“你别说这些好不好？外面能听到的！”

“外面不外面不重要，一切都不重要了，你还说你男朋友死了？我死了！”

“那你呢？那你呢？为什么我发了照片给你，你看到照片也认不出我，怎么搞的？”

“那照片？你戴眼镜，头发短短，哪像你？”

“那慧心呢？慧心，那是我的笔名，你也不记得？”

“你是苏青啊！我从来都叫你囡囡。那么黑城呢？你真不知道黑城就是我？”

苏青气得爆炸，瞪着晓枫。

“那也是我从前写诗的笔名，我记得我给你看过……”晓枫无力地、慢慢地瘫坐下去，“哈，慧心？黑城？……到底哪个是你，哪个是我？”

苏青冲到茶水间的门使劲拍着。

“放我出去！放我出去呀——喂——”

一出喜剧演变成了悲剧，慢慢淡出观众的视线。

江边，空无一人的宁静美。

“我没法在公司待下去了，呆下去也没有多大意义吧。辞职后我在电视台的新闻部找到一份工作。之后不久，听说网络公司也大裁员，不知晓枫去了哪里，黑城也消失了，狗狗也没有再回来。一年多了，有时候一个人也会拍拍散拖，但已经失去从前感觉了。”

“家里收拾得还可以，又再买回来一些洋兰。”

“现在除了查资料，我已经很少上网。更加没有用微信了，原来对生活也没太大影响。”

电脑、手机寂寞地搁在桌上。

咖啡沸腾了。

“一年多了，我觉得生命好像在发霉。”

苏青看看窗帘，她忽然想来一点改变……也许风水会好些。

于是，窗帘被拆下来，换成新的；沙发被移动了，重新布局；再狠一点儿，不中意的就扔，就好像把网上、手机上的没大意思的东西删掉。苏青把一袋一袋垃圾拿到屋外垃圾收集站。

回来一看，家果然已焕然一新。

哈！不错！全部换新的，重新开始！

卧室的被套也换了吧，连枕头套也换了，忽然用力一拉，里面的鹅毛都飞出来了。苏青赫然发现一张卫生纸：

在纷纷扰扰的变化中

真够绝！放这里！之前找到9张，他说一共有14张，是莎士比亚的十四行体。这样说应该还有4张吧？次序对不对呢？嘿！这个晓枫玩什么啊？感情是用来玩的吗？

苏青立刻撕开另一个枕头，又有一张：

外面的世界全拆迁了

她不能隐忍了，已死去了或埋葬了的感情，一下子翻开来……

在鹅毛飞散的床上，她哭成了泪人。还有3张，她在床垫下找到：

我们俩是最牛的钉子户

最后两张她费了一个星期的工夫，在厨房找到的：

就让我住进你的心
住进你的梦，住到白头到老

次序肯定乱了，她又花了另一个星期时间拼凑。

外面又下着毛毛雨，天台上的晾衣绳挂着的不是衣服，是一首十四行诗，莎士比亚式的，或者叫什么“商籁体”。卫生纸一张一张开始时迎风飘着，久之却因湿重而飘不起来了。

囡囡，我要搬家了
新地址：长情市相思路
痴心大厦
房间：1314
房东是：我最爱的你
房租是：我一辈子的爱
年期：永远
密码锁：你的生日
狗狗守门口
就让我住进你的心
住进你的梦，住到白头到老
外面的世界全拆迁了
在纷扰的变化中
我们俩是最牛的钉子户

不知何时天空竟飘起雨来，雨点打在写有诗句的厕纸上，诗句开始被浸湿、融化。

这还不是苏青被思念折磨得最难受的，她现在懒得逛街，网购回来的T恤衫不明白为何老是穿的不自在，脖子后面皮肤敏感、发痒，就这么一点不舒服可以让她一整天发脾气。为什么以前晓枫，给她买的衣服就没问题？也都是全棉的呀，她把旧衣服和新对比了一下。啊！狗狗把所有标签都细心剪掉了，原来就是为了不刮皮肤，她从抽屉找到了剪刀，自己一剪却连衣服也剪破！猛然这一刹那她恼恨自己了，她想念晓枫想得肌肉疼痛，抱着衣服埋着脸弓着腰，抽抽搭搭地哭个不停，像个孩子似的放声大哭，不肯停歇……

雨季的柬埔寨。

一身背包客打扮的苏青穿梭于柬埔寨的市集、古迹。连她自己也不相信真的来到了这里。

“半年后，我真的去了柬埔寨，我发现他所说的一切，竟然都真实存在着。只是那个他，并不存在。”

一所破败的村寨小学。这情景真有点像《机械师2》里Jessica Alba愿意以生命赎回来的那所学校。

孩子们并不十分流利的诵读从教室里传来：

In younger days, I told myself my life would be my own

And I'd leave this place where sunshine never shone。

在年轻的日子里，我告诉自己，我的生命将属于我自己

而且我要离开这阳光照不到的地方

在简陋的教室里，黑板上写着英文和柬埔寨文的歌词，苏青借着“Carry On Till Tomorrow”（《坚持到明天》）教孩子听歌学英文，她抱着吉他，弹一小段和孩子们试唱。

苏青来这里支教，不用说是受到黑城的启发。她想不通顾晓枫为什么会编这么一个故事，以这里做背景，为了煽情的效果吗？她后来在网上也找到黑城发的照片，真傻，如果当初她怀疑的话，上上网就能揭破。Kampot只是内战乱葬岗所在，而深受地雷祸害的主要在北部、西北的边境省份。

柬埔寨地雷总数：800万——1000万

柬埔寨30年的战争使全国上下留下各种伤疤。不幸的是，战争最持久的遗留物之一——地雷，依然在每天继续威胁生命，军方也没有记录曾在哪里布下地雷。如今，柬埔寨是所有国家中身体残疾比例最高的国家之一。自1979年以来有2万人丧生，有超过4万柬埔寨居民被地雷炸伤而遭受截肢。平均每天至少有1到2个平民误踩地雷。据估计，可能需要100年的时间去清理掉柬埔寨境内的所有地雷。

村落附近的林子里，到处竖立着骷髅头像的红色警示：“Danger！！Mines！”危险！地雷！这些牌子主要是警告孩子不要在附近玩耍的。十几个穿着排雷服的人干活回来，他们上午引爆了5个前苏联制造的地雷。许多生活贫困的柬埔寨人，因买不起别的地方土地，明知这里是雷区也搬到这里居住。村落扩大了，断肢的村民比比皆是。

树丛里一根一根竹枝插在枯叶地上，围了红线形成区块，金属探测器“嘀嘀嘟嘟”地扫描着，发现了便小心翼翼徒手挖出来，清理了一区块再又插上竹枝，进入下一区块，向创伤的大自然要回安全完好的土地。

工作完毕，摘下头盔，噢！原来是女的！她们全是当地人，只靠双手和简单工具排雷。休息时间，她们和其他的柬埔寨男人们一起，一边听着收音机一边喝茶聊天。

简陋的医疗室内，一个医生和志愿者为孩子定期检查伤患，帮助他们练习、熟习义肢走路。

一条小狗后肢残疾，主人遗弃它了，是志愿者把它送来的，那个志愿者不就是顾晓枫？身形好像，是吗？

苏青来柬埔寨原定计划待3个月，会不会碰到他？苏青经常留意中国来的志愿者，顾晓枫会不会也像自己所想一样来柬埔寨？把谎言变做承诺，把虚拟还原成现实。

晓枫在微信里提及的Kampot叫贡布，是个旅游发达城市，根本没什么地雷了。一些地雷灾害的村落却因太偏僻而去不到，就这个叫都巴萨的地方有联合国和慈善机构派驻医疗站和援建中心，比较安全，也欢迎志愿者短期支教。这自然成了苏青的选择。

朝阳照射，学堂的棚顶给晒的闷热，其中一课室传出苏青英语授课的声音：

“Drifting就是漂浮，漂流的意思，我们在‘自由的翅膀上’漂浮在天空，就可以离开这个暴风雨的日子了。大家跟我一起念好吗？Drifting on the wings of freedom。”

课室黑板上写了歌词，学生们跟着苏青朗读。

“Drifting on the wings of freedom。”

“Leave this stormy day。”

“Leave this stormy day。”

“And we'll ride to tomorrow's golden fields。我们骑着……去到明天黄金色的田野。我们ride，ride是骑的意思，是骑在什么上面呀？大家猜猜，在天空中有什么可以骑的呢？用你的想象力。”

有学生举手，苏青点了一个。

“Cloud（云）！”

“没错！”

“骑着云彩就可以自由自在去很多地方了，那云彩等于上面说的什么呀？”

学生在思索。

“是不是大鸟啊？”

“不是！”孩子笑了。

“是超人吗？”

“不是！”

“自由的翅膀！”

“对了！”

柬埔寨庙宇，保存得很糟糕，很多神像的头都不见了。

小型货车进校园，因刚下过雨显得特别颠簸，坐在副驾驶座的顾晓枫感到特别亲切，他终于安全到达，而且村民和孩子都有新的补给了。他来柬埔寨快一年了，负责穿梭北部几条村落，运送义肢、药物、医疗设备以及慈善机构赠送的食物、旧衣服、旧书、日用品之类。

他们的小型货车溅满了泥巴，沿途已经死火过两次，终于又来到设在小学旁边的医疗康复室。

当值的无国界医生是香港离休的蒋医生，和晓枫热情打过招呼，检收器材。穷乡僻壤各种条件都不足，他最满意的是晓枫善于变通，以前有人总是把成人义肢硬往这边送，孩子用不上啊。晓枫能保证有六成准确的符合要求，另外四成他还会想方设法办妥。这几天，孩子们放学都会打康复室这边绕一绕，看望一下那条给地雷炸掉了后肢的黄狗“多多”，这也是晓枫给它起的名字。他们见到晓枫会有糖果饼干吃，该领取义肢或轮椅的，如果没有新的，晓枫总能弄些旧的来。他们这天发现晓枫在院子里忙什么，哪里捡来两个木轮子？做鸡公车吗？这么小？晓枫也懂得一点点柬埔寨语，不，是给多多做一双腿，连蒋医生也摸不着头脑。不到一个钟头完成了，原来轮子中间贯穿了一根轴，多多下身架在上面，那不就取代了后腿了吗？孩子们都热心鼓励多多放胆尝试，它也不自在不习惯安装了这个山寨义肢，但终于试试走一步，再走一步。孩子欢呼拍掌，难得见到笑容的蒋医生也开怀大笑。

今天，苏青在教员室外为两个格外勤奋的女孩补课，其中一个叫冉叶，右腿半年前给炸了，刚装上义肢，她妈妈要6点钟才能来接她回家。其实苏青也乐于有学生放了学陪她聊聊天。她犯了职业病，冉叶的妈妈是当地一队女子排雷队的，金属探测器只能探测到地下15厘米下的地雷，但下过雨移了位，或者下沉到20厘米便测不出来。女性比较细心，效率也不低，每个人可以赚到125美金一个月。当然这工作很危险，冉叶经常害怕等不到妈妈来接她。不过冉叶很乐观，不乐观又能怎么样呢？当地政府会不定期举办“地雷小姐”选举，以鼓励积极人生，这令苏青想起了上海富豪的相亲大会，一个是悲惨的现实里的生存之美，一个是权色泛滥下的欲望之丑！苏青还不脱愤世嫉俗，她参加过一个成功扫雷的仪式，排雷队员会手拉手踩踏过那片“光复”的土地，才让政府验收的，满以为村民有农地可以开种了，谁知没多久就转卖了给地产商。

她来了两个多月了，还有不到一个星期就回上海。昨天她被蚊子咬了，有点发烧，不过听冉叶锻炼英语说故事，听着笑着就忘记了：以前有些人还把地里挖出来的地雷埋在自家周围防盗，结果下一场大雨，泥土松软了，地雷全移位了，害得他一家人不敢出门！

村民过来康复室领取各样资助品，晓枫弄来了一部旧的台式电脑，捧着往学校里送，学校不大，教员室就在路的左边，他没去过，也许他也听闻有中国的女志愿者来做支教，但他做梦也想不到会是苏青来到柬埔寨这穷乡僻壤——他微信里信口开河的是Kampot，她应该去了那里，而不是都巴萨。

苏青陪着冉叶去康复室，顺便看看医生，冉叶坚持被蚊子咬过发烧一定要看医生的。苏青快离开这里了，难道她真的没一丝希望会在柬埔寨碰到顾晓枫吗？她当然也心存侥幸。这条路，她每天都会来回经过，可是他从没有碰到中国面孔。冉叶走得慢，遇上土洼需要苏青扶一把，她提到康复室最近送来了一只狗，很可怜的，叫多多。“多多！”苏青所有神经都灼热了一下：

“是扫雷犬吗？”

“不，不。”

就在这一问的当儿，她跟晓枫擦肩而过了。她仿佛有感应似的，回头看了看，凭背影衣着判断，绝对就是个本地人。

晓枫来到教员室，给没有电脑用的空桌安置好了，他本该快点回去康复室和司机会合，在天黑前赶路前赴下一站的。但他留意到一张桌子旁边倚着一把吉他，见过吗？连似曾相识也谈不上，苏青那吉他藏在杂物房用套子封存了一个世纪了。

几天前他送多多来救治，匆匆在校园一转，听到了有女声领着孩子唱“Carry On Till Tomorrow”，练了不少日子吧，挺整齐挺好听的。

那个女老师是谁？他心血来潮翻看桌子上的东西，还想拉开抽屉，却被值班看守的制止。

“请问，这位老师叫什么名字？”

可能听不懂吧，晓枫勉强说柬埔寨语，他摇摇头。

“是女的吗？”

“女的。”

晓枫心跳突突，不会吧？但也不出奇啊！他看到椅背上挂的这一件衬衣，应该是以防傍晚有温差穿的，领子后面的标签剪掉了，腰间的也剪掉了，不会这么巧合吧？他跟看守人指东画西说自己不会偷东西的，只是看一下，试图拉开抽屉。看守人不许。桌上的课本作业下面压着的一本英文小说。苏青也爱看英文小说，而且也是平装本！

看守人语气严厉了……

晓枫抽出小说里夹着的书签，那上面打印了他那首十四行诗！苏青找到余下的所有了，而且还这样精致地珍藏着。他的眼泪夺眶而出，连连喊着苏青的名字，看守人不敢对他怎么样。

“在哪里？”

“她在哪里？”

“对，对，她……”

“送学生回村子了。”

“送学生回村子了？送学生回村子了？”晓枫马上跑出去，冲动得不顾一切。

在医疗间，苏青找蒋医生看诊了，没大碍，天热，过劳而已。孩子们和装上了轮子的多多玩得忘其所以，太阳要下山了，是时候回家了。苏青这才问起多多名字的由来，蒋医生说是一个中国志愿者，跟她一样说普通话，当然他听懂六七成而已。他有时一周来两次，有时一两个月也不出现。

“这里的环境不很好，经常出事，半年前有6个人触雷遇害，我心情坏透了，这小伙子就陪我，不停给我讲笑话，我不懂听，但懂笑啊，哈哈，这小伙子。”

讲笑话？顾晓枫跟她初相识他也是不停讲笑话的。

“他叫什么？”

“笑疯，哈哈。”

“笑疯了？”

“是笑疯。”也许是蒋医生普通话不灵光吧。

“Shit！Shit！是晓枫！”苏青跳起来，感到天旋地转。

“老师？”冉叶听不懂她们说什么。

“那他呢？”苏青问。

“他去给学校送电脑。”

苏青马上想去找他，但被蒋医生留住：“你别去了，在这儿等就行。这么久了，他也该回来了，他的车就停在外面，他一定会回来的。”

苏青坐立不安，倚门而望。有个身影趋近，她还误会是顾晓枫，那是看守人回家吃饭经过，他倒反而主动过来跟苏青说，有人找她。

冉叶权当翻译，是那个送电脑的年轻人找她，以为她陪孩子进村子了，也许追去了。

糟糕！天快黑了，村子那条路不好走，昨天才下过滂沱大雨。

晓枫很少进村子的，走错了又绕回来，现正三步并作两步穿过林间小路，他平时很谨慎，尤其是照顾别人照顾孩子的时候，走这些路不能急的，天黑更不要走不熟悉的路，下过雨连熟悉的路也不一定安全的，可是他自己呢？他现在脑袋发热发胀，他一心只想着能找到苏青，否则这辈子可能再不能相遇了……

晓枫看到前面有人持电筒照射，是排雷员收队了吧？不，他们都围在那边，好像遇上什么麻烦。

苏青也坐不定了，冉叶等不着妈妈也觉得有点悬，司机也等不到晓枫，正商量之际……

巨大的爆炸声从不远处传来！

“地雷！”司机几乎见怪不怪。

苏青冲了出去，在林子那边又人喊叫，火药味很浓。晓枫，这么久没回来……

那边就是通往村子去的路，若不是蒋医生硬拉着她，她敢情就闯过去了，又一声震耳欲聋的爆炸声，火光冲天，苏青吓倒在地。

苏青看见不远处阵阵烟雾，喧闹声、哭喊声，没有人敢朝爆炸点过去。冉叶也出来了，她害怕，担心她妈妈出事，苏青跑过去抱紧她，也让她抱紧自己。那边现场被隔离了，发生什么事她也不知道，伤者已经被送到省医院，她无法去查，甚至伤者是不是晓枫也不知道。

人生的际遇确乎无常的。

In younger days, I told myself my life would be my own
And I'd leave this place where sunshine never shone
For my life's too short for waiting when I see the rising sun
Then I know again that I must carry on
Carry on till tomorrow, there's no reason to look back
Carry on, carry on, carry on。

在年轻的日子里，我告诉自己
我的生命将属于我自己
而且我要离开这阳光照不到的地方
因我的生命太短暂怕等不到太阳升起了

所以我更知道必须坚持下去

坚持到明天，没有理由回望过去

坚持、坚持、坚持……

Drifting on the wings of freedom，leave this stormy day

And we'll ride to tomorrow's golden fields

For my life's too short for waiting when I see the rising sun

Then I know again that I must carry on

Carry on till tomorrow，there's no reason to look back

Carry on，carry on，carry on。

飘浮在自由的翅膀上，远离这风暴的日子

我们骑着云到明日的黄金田野

因我的生命太短暂怕等不到太阳升起了

所以我更知道必须坚持下去

坚持到明天，没有理由回望过去

坚持、坚持、坚持……

渡轮在江上。

码头人潮涌涌从出口冒出来。

苏青又得赶时间了，她又忙于打电话，忙于骂她的下属，在人群中夺路，不断超前。

在她走到出租车站前，12点了，钟楼的大钟敲响了，她忽然有种冲动停下来。

她站在柱子后闭目想念晓枫，听着大钟柔柔地敲击。

当她睁开眼要去拦出租车时，正好发觉有人在前面也站着闭目想什么。

是晓枫？

他晒黑了，背着小背包，啊，一年多来他做了些什么，去了哪里？

路人在她前面经过，一眨眼似的，晓枫不见了。

苏青心跳着，她怀疑是不是幻觉，因为她曾经被幻觉戏弄过。

外滩的人行道很挤，她像疯子般到处寻觅，没决心，没把握，但只是心里想见他，她不知自己去了哪里，她不明白自己为什么仍然脆弱，她又想哭了，回头时：

晓枫正好在她身后！

“你晒黑了。”

“是的。你最近好吗？”

苏青忽然注意到晓枫的手臂上绑着石膏。

“你的手怎么了？”

“哦，一场意外。医生说明天就能拆了。你还在那家公司上班吗？”

“没有了。很久了。”

晓枫见大家没什么好说的：“那……再见。”

“再见。”

但两人却没有移步。

“再见。”

“啊……再见。”

苏青鼓起勇气先转身，抑制着眼泪。没想到晓枫追上来。

“苏青！”

苏青僵住了。

“苏青，我真的去了柬埔寨了。”

“是吗？我也去了！不会吧？我听到地雷爆炸，有志愿者受伤了，不会是你吧？”

“你也在吗？”晓枫灿烂地笑了，眼睛红了，“你也在吗？真的是你吗？”

苏青百般滋味在心头。千回百转，最后他们在钟楼下再相遇。

六

大海空阔，浪涛拍岸！顾晓枫和苏青坐在一块礁石上看风景。苏青跟旅行团去度假散心，在景点遇上背包客顾晓枫。他们俩其实都各自落寞，各有怀抱，都想离开人群静一静。

“我失业了一年多了。你呢？”

“我？我没失业。我是杂志社的，3年没放大假了，没有失业。”

“不是失业，我是说你失恋多久了？”

苏青立刻没了表情，但不想说，茫然看着远方。

“嗨，我失业期间给人写段子，60块钱一段。给你讲个笑话。”

“收钱的？”

“免费。那先讲一个外国笑话吧。玛丽太太因闯红灯上法庭。法官盯着她看，问：你以前是在西区小学当老师的吧？是的，你怎么知道？法官笑了，我曾是你的学生。玛丽太太也笑了，轻松起来。法官接着说，我等这一天等了20多年，现在罚你抄一千遍‘我闯红灯错了，以后再也不犯了’。”

“哈哈哈……再讲一个吧。”

“这是真人真事。有一对夫妻，妻子怀孕了，胎动了。‘老公，快送我去医院吧！’丈夫紧张得把毛巾、纸卷、衣服、袜子、水壶、去皱霜，甚至婴儿车也放到车上了，他连冲十几个灯赶到医院。‘老婆，到了！幸好没堵车……’可是，啊！他什么都带上了，却没有带上老婆。”

“哈哈哈哈哈……这乌龙老公！哈哈哈哈……”

他们坐在大礁石上一边看落日，一边讲笑话，苏青听着乐着，全然忘却了感情之伤。不知不觉，黄昏斜照，风浪大了。沙滩上，领队用扩音器提醒团友半小时后停车场集合回酒店。

“你们的团召集了，走吧。再见。”晓枫说。

“不！再讲一个嘛！”

苏青像个孩子吃了糖果还想要，就在这一刻，迎头的大浪卷起到半空，拍向他们的礁石上！

“小心！”晓枫本能地拉起苏青的手，起身跳下礁石。

“哇！”

大浪轰然泼水似的砸在他们原本坐的礁石上，还好他们已经躲在礁石后。苏青有点受惊了，但看到挡在浪前面的顾晓枫一身都湿了，有一点点小感动。

“背包！”晓枫爬上去，挽起背包，却发现了礁石上有些什么，定神再看清楚。

“什么？”

“你看。”

苏青也上来看：

礁石上的凹洞里竟然有一条小小的彩鱼，它是被大海送上来，为他们添惊喜。刹那间，他们的世界都被染成彩色了，原来背后的夕阳霞光是如此斑斓。